U0926211

杨澜 著

# 提问

HOW TO ASK A BETTER QUESTION

浙江文艺出版社
Zhejiang Literature & Art Publishing House

果麦文化 出品

CONTENTS

# 目录

序篇

# 提问之道

2019年，在我成为电视节目主持人30年之际，新华社人工智能主持人问世。“他”中文标准，英文流利，将来讲上百种语言也不在话下；“他”断句准确，没有口误；还有“分身术”，可以同时出现在数个新闻现场。“他”会不会抢走我的饭碗啊？

值得庆幸的是，到目前为止，人工智能主持人应该更适合有固定脚本的新闻播报。对于提问、采访、对谈、论坛等需要互动与即兴的主持形式就不一定能胜任了。这两年我正好在制作《探寻人工智能》第二季，在采访人工智能科学家、曾经主管过谷歌大脑的吴恩达时，他突然说：“我觉得你们记者的工作很有趣，要做那么多功课，研究专业领域的知识，还要了解我个人的背景，然后把有针对性的问题提炼出来，并不断追问。这中间一定有一些规律，是可以用算法来表现的。”他越说越兴奋，眼睛里闪着亮光。我却出了一身冷汗：曾经让机器“认”出猫的他，是想创造一个会采访的人工智能主持人吧！

那他得先从人类的好奇心开始算起。

“妈妈，我是从哪里来的呀？”

“从妈妈的肚子里生出来的，宝宝。”

“那我是怎么到你的肚子里去的呢？”

“嗯……”

面对孩子的热切追问，多少父母无言以对？

如果你仔细观察儿童，就会发现，他们对世界和对自我的认知几乎都是从提问开始的。他们刨根问底的十万个为什么正是构建智慧大脑的一砖一瓦。

研究表明：人类跟黑猩猩98. 5%的基因是相同的，有1. 5%的基因不同。随之产生一个问题：为什么我们跟黑猩猩的基因只有1. 5%是不同的，可是我们和黑猩猩的现状却有如此大的差异？答案之一就是：语言对于大脑进化的巨大促进作用。对人类的孩子而言，2—6岁是语言发展的关键期。它与儿童智力发展的关键期重合，绝非巧合。在生物进化的漫长历史中，语言能力，正是人类智能发展超越其他动物的重要转折点。我把它称为智能进化的撑杆跳。

有了语言，人类组织起来围猎、耕作；有了语言，人类向下一代传授经验和技能；有了语言，人类坐在篝火边，讲起祖先的传说和故事，从而有了共同的身份；有了语言，人类汇聚起来，有了氏族、村庄、民族和国家；有了语言，人类既能娱乐、八卦，也能够表达出抽象的概念：道德、价值、信仰……以语言为载体的知识的生产与传播塑造了人类文明。语言是思维的载体，语言甚至就是思维本身。

人类智能的发展，是认知能力不断发展的过程，是我们看待世界、解释世界，看待自己、解释自己的过程。从某种意义上说，也是不断提出问题、分析问题、解决问题的过程。一部人类的历史就是一部提问的历史。

两千多年前，屈原写下《天问》，一口气问了170多个问题，没有一句回答。“遂古之初，谁传道之？上下未形，何由考之？”他从天地万象，问到存亡兴废，从吉凶善恶，问到神仙鬼怪。其思想之开阔，文辞之奇美，酣畅淋漓，令人击节。

在世界的另一端，一个人因为爱提问而送了命，罪名是“亵渎神明”和“腐化青年”。他的名字叫苏格拉底。他做了什么呢？无非是用连续提问的方式启发人们反思自己的知识和观念是否可靠。“苏格拉底式”的提问一般有四层：“这是什么意思？”“为什么？”“所以呢？”“还有别的可能吗？”比如他问学生：“欺骗是善行还是恶行？”学生答：“是恶行。”苏格拉底问：“那么如果欺骗前来进攻的敌人，算是恶行吗？”年轻人答道：“是善行。对朋友行骗才是恶行。”苏格拉底追问：“在战争中，统帅为了鼓舞士气，对士兵们说援兵就要到了，但实际上并没有援兵，请问这是善行还是恶行？”学生无语。苏格拉底不过是想证明，我们自以为是的观念往往经不起推敲，而真正的智慧，是“自知其无知”。但他的提问方式让不少人觉得难堪、恼怒、羞愤，竟给他带来了杀身之祸。

承认无知，挑战已知，正是科学兴起的原因。这种思维方式，给了人类探索世界的极大动力和野心。

在葡萄牙首都里斯本的郊区有一个叫罗卡角的地方，那里是欧亚大陆的最西端。诗人卡蒙斯的诗句，被镌刻在悬崖之上的石碑：“陆止于此，海始于斯。”大海有涯吗？如果有，大海的那边是什么？海浪拍打着崖壁，发出深沉的嘶吼，告诫每一个向未知出发的人，也诱惑着每一个冒险的灵魂。1492年，那个叫哥伦布的意大利人，带着对黄金和香料的渴望，以及“地球是圆的”的信念，离开欧洲大陆，率船队一路向西行驶，发现了美洲“新大陆”。1519年，一个叫麦哲伦的葡萄牙人说：“教会说地球是平的，但我知道地球是圆的，因为我在月亮上看到了地球的影子。我对影子比对教会更有信心。”他毅然离开大陆的怀抱，投身于海洋，开始了人类历史上第一次环球航行。当他们扬起风帆，把大陆远远抛在身后的时候，心中没有恐惧吗？海洋的尽头会不会出现断崖深渊，就如人们所预言的那样？他们会预料到有一天他们自己会命丧他乡吗？

科学的昌明起源于一个又一个好奇和提问："发生了什么？""为什么会这样？""如果……会出现什么改变？""还有什么可能？""那个没有被问出来的问题是什么？"提问—假设—证明—新知，人类的认知图谱不断扩充着。真理是成功的假设。地理大发现，生物进化论，蒸汽机的鸣响，飞行器的诞生，人们潜入海底，遨游太空……还有那些始终困扰我们的问题：宇宙的起源，意识的产生，生命的密码……人类对世界的探究从微观世界到浩瀚宇宙，问起来就没完没了。不是说宇宙是无限的吗？而宇宙又在膨胀着，那么它的外面又是什么呢？所知越多，问题就越多。这就像一个圆圈，直径越大，接触的未知领域就越大。

科学与艺术，是人类文明的一双翅膀。自然科学往往引导我们寻找唯一正确答案，但一涉及文化和艺术，答案常常是不确定的、开放的。艺术家们并不急于提供答案，他们甚至鄙视轻率的结论，而更热衷于呈现人性的矛盾和人类的困境。即使盲信让人幸福，提问让人痛苦，他们也选择后者。"问世间，情为何物，直教生死相许？"金代的元好问看到大雁殉情而发出这样的感叹；"当你站在我面前，看着我时，你知道我心里的悲伤吗？你知道自己心里的悲伤吗？"卡夫卡可是一个执着的人；"活着还是死去，是一个问题。"莎士比亚笔下的哈姆雷特无从抉择；"你到底是什么人物？有一种力量，它总是想作恶，又永远想造福。"歌德长诗里的浮士德自我叩问……人类以创作对抗孤独和死亡，又因为最终无法逃脱而拥有某种悲壮。

什么是艺术？不同时代人类的回答大相径庭。毕加索的《梦》与达芬奇的《蒙娜丽莎》展现的美有什么不同？安迪·沃霍尔（Andy Warhol）的《布里奥盒子》，杜尚（Marcel Duchamp）的小便池凭什么被称为“艺术”？摄影术出现后，人们问：“绘画已死吗？”人工智能软件“创作”的肖像画出现在拍卖市场，人类的艺术是否又死了一回？倒是中国艺术家徐冰说得干净利索：“你生活在哪儿，就面对哪儿的问题。有问题，就有艺术。”艺术干预生活的方式就是提出问题，而宗教和哲学试图回答问题。

最简单的提问，回答起来却最费周章。要回答“我是谁”“从哪里来”“到哪里去”，就需要搬出整部宗教史和哲学史。当佛陀还是悉达多王子时，他看到人间生老病死的诸多苦难，就问：“如何才能消除痛苦与烦恼，获得内心的平静与安宁？”为了回答这一个问题，他抛弃了锦衣玉食的生活，离开了父母妻儿，用了六年的时间艰苦修行，形销骨立，终于在菩提树下悟道成佛。

哲学家们忙活了几千年，试图回答对于世界和人生的种种考问。我们的意识从何而来？有没有天赋的知识？人生到底有没有意义？人性本善还是本恶？肉体与精神是什么关系？……他们竭尽一生，试图从不同角度解答这些问题。而他们也因此用各自的方式回答了亚里士多德的那个提问：最要紧的问题是，你将如何度过自己的一生？

质疑权力常常是叛逆的开始。陈胜问：“王侯将相，宁有种乎？”女性自我意识觉醒的先驱玛丽·沃斯通克拉夫特（Mary Wollstonecraft）问：“卢梭（Jean-Jacques Rousseau）先生所宣扬的人人生而平等，如果不包括占人类一半的女性，还算不算真正的平等？”青年毛泽东：“问苍茫大地，谁主沉浮？”马丁·路德·金（Martin Luther King）设问：“我们为何不能再等待？”并且自答道：“因为忍耐的杯盏已经溢出，人们再不愿被投入绝望的深渊。”思想解放和社会变革往往来自一个个不肯向常规就范的倔强的提问。

政治家们特别擅长用提问的方式表达观点。约翰·肯尼迪（John F. Kennedy）在就任美国总统的演说中，说出了一句名言："不要问国家为你做了什么，要问你为这个国家做了什么。"英国第二位女首相特雷莎·梅（Theresa May）卸任时，说出这样一组数字：在任首相期间，她在议会用140个小时，回答了4500多个问题。

明辨始于善问。人文主义作家蒙田在《随笔集》中写道："我知道什么？"在他生活的16世纪，许多人都认为自己掌握了直接来自上帝的真理，但蒙田却劝他们"请好好想想自己是否有可能错了"。法国启蒙主义思想家伏尔泰说："我用来判断一个人的，是依据他提出的问题，而不是他给予的答案。"科学家爱因斯坦说："一个人提问的能力比回答的能力更重要。"当代管理学大师彼得·德鲁克（Peter F. Drucker）最津津乐道的，就是和客户之间的问答，不断启发对方找到真正的愿景和使命。史蒂夫·乔布斯（Steve Jobs）不断追问团队的问题是："这就是你能做到的最好了吗？"诺贝尔物理学奖得主杨振宁先生跟学生们说："如果在一个领域里已经提不出好的问题，就果断地放弃。"

2012年，在《自然》杂志上，牛津大学数学家，传记作者安德鲁·霍奇斯（Andrew Hodges）以连续提问的方式为人工智能先驱阿兰·图灵（Alan Turing）叫魂。

"必须成为一位伟人，才能被赦免身为同性恋的罪孽吗？"

"如果是这样，那多伟大才够资格？"

"在二战中破译纳粹德国恩尼格密码足够伟大吗？"

"或者还需要发明计算机，顺便再发明人工智能，这样够不够？"

我们无法回答这些问题。阿兰·图灵在42岁决定剥夺自己的生命时，也无法回答这些问题。他只是在自己的著作《计算机与智能》

（*Computing Machinery and Intelligence*）的开篇问了这样一个问题：“机器会思考吗？”

机器真的会思考啦。随着算法、算力、大数据的迅猛发展，2016年以来，人工智能的话题越来越热，也前所未有地挑战了我们对人类智能的认知。究竟什么是人类智能无法被机器取代的部分：记忆，计算，认知，判断，预测，想象，共情，创造……？

有一个能力常常被低估：提问。

机器通过大数据学习可以比人类更“聪明”地回答问题，选择解决方案，但它很难问出连续深入的问题。人工智能如一面镜子，让我们从另一个维度认识人类智能。什么是智能的核心？一种定义是：它是探究、管理与预测不确定性的能力。人类探究未知的脚步永不止息，而这种核心能力就是不断地提出问题，并试图回答。

被称为“数学界的恺撒大帝”的丘成桐教授，27岁就证明了卡拉比猜想。他在接受我采访时说：“人类的智慧在于，不仅提出问题，而且能在成千上万个问题中找到最重要的最相关的问题。”“人的思维轨迹是在矛盾中前进的。比如我一开始是想证明卡拉比猜想是错误的，但做了几年，发现不对，就转过头来重新开始，最终证明了它的正确。这样的过程，机器很难做到。”

当机器在记忆、计算、博弈、预测等诸多领域超越人类，当我们越来越多地把决策权，从叫一碗牛肉面到看什么新闻，都交给机器的时候，提问，这个古老的技能，还掌握在人类自己的手中。笛卡尔说：我思故我在。今天或许可以改为：我问故我在。问，就是人类探究精神的体现，是人类智能的核心。

机器能拥有价值观吗？当人类想把自己的道德输入机器时，才真正意识到，人类是多么自相矛盾的动物。我们知道自己真正要什么吗？

“电车难题”（Trolley Problem）是一个伦理领域的思想实验：一辆电车高速行驶无法停下，而它前方的两条轨道上各有一个人和三个人，请问你会怎样搬动道岔？在任何一种选择都会造成伤害的时候，你依据什么做出选择？麻省理工学院的学生们把这一难题放到网上，场景变成了无人驾驶汽车。如果前方一边是儿童，一边是老人，行车软件该怎么选择？一边是女人，一边是男人呢？一边是流浪汉，一边是科学家？一边是罪犯，一边是守法的公民？……数百万网友参与调查，人们的回答千差万别。也有意见比较一致的时候：“如果路边的行人多于车内乘客，无人驾驶汽车应该优先保护谁？”大多数人都回答：“行人。”但是，“你会买这样的车吗？”几乎所有的人都回答：“不会。”

如果人类尚且无法就价值观达成一致，我们又如何将它赋予机器呢？也许这个问题应该改为：“如何让无人驾驶汽车尽一切可能避免‘电车难题’？”

提问是一种人生态度。总体上来说，成人比孩子的问题少。那么，在我们的成长过程中，是如何逐渐失去了提问的能力的？

“哪来的那么多问题啊！别胡思乱想！”父母说。

“把我说的标准答案记下来！”老师说。

“你是在挑战我的权威吗？”上司说。

“问这个有什么用？会改变什么吗？反正不会让你多挣钱。”朋友说。

当一个个提问被制止、扼杀、贬低，久而久之，人们懒得去问，甚至懒得去想了，好奇心被压制，独立思考和批评性思维的能力也进入休眠。好消息是，今天我们的观念和教育模式正在被重塑。从偏重教知识，教答案，到教方法，教提问，鼓励终生学习。还包括突破边界，培养跨学科的综合思维，把审美带入科学……打开观念的束缚，我们的孩子正变得更善于提问。通过提问，我们探索新知，启发想象，增进自知，达成共识，去解决那些棘手的问题。

提问是一门手艺。它既是天赋的能力，也是习得的本领。记得我大学毕业找工作时，到北京第一家五星级酒店长城饭店的市场部接受面试。面试官在询问了我的学业表现和兴趣爱好等一系列问题后，问："杨小姐，我需要问你的问题都结束了，现在你有什么问题要问我吗？"我愣住了：怎么，被面试的还需要提问吗？慌张中急不择言："请问，你们市场部是卖什么的？"我还以为市场部是酒店大堂里的小卖部呢！所幸的是，我的传媒生涯让我的提问能力得以复活和强化。在三十年的媒体工作经历，二十二年制作《杨澜访谈录》的过程中，提问不仅成为我的职业，甚至成为一种生活方式。上千次的深度采访，数万次的提问，让我不断思考如何有效地提问。美国编剧大师罗伯特·麦基（Robert McKee）写道："只有天才而没有手艺，就像只有燃料而没有引擎一样，只能像野火一样暴烈燃烧，但结果却是徒劳无功。"写作的秘密在于不断地写作，提问的秘密在于不断地提问。我强烈地意识到：提问是认知与沟通的语言方法论。而且提问是一种底层能力，每个人都用得上。

提问有它的质感。这不仅是某一个问题的语言表达的品质，也包含着提问背后的视野和格局，包含着事实的准确和思考的深度。我一直认为，在采访和沟通中固然需要临场应变与发挥，但事先扎实的"功课"才是真正靠谱的朋友。简单做过一个统计，每次专访前，我都要阅读十万到二十万字的书籍和资料，以期对受访者和他所在的专业领域有基本的了解。有时，看一本书并不保证能够产生一个好问题，但起码让我避免了十个愚蠢的问题。这也让我自觉不自觉地始终在学习，积累下来的阅读量有上千本书。当然，研究本身并不是目的，它就像食粮，喂养的是想象和创新。

提问是一种讲故事的方式。罗伯特·麦基在总结好莱坞电影剧本的创作规律时，提出："故事有它的普遍形式，但没有什么公式。任何兜售商业成功范本和故事速成模式的说法，都是无稽之谈。"提问也有自己的普遍形式。有时有闭合的大情节，有时是开放的、拼贴式的小情节。采访者要考虑提问的结构：首先，要找到主线，贯穿整个采访的脉络是什么？提问与提问之间有什么内在逻辑和联系？其次，提问是有其背景和参照的。如何为观众带来故事背后的"意义"或"意味"，就需要把一个人和一件事放到一个更大的图景中，揭示其代表性和相关性。最后，提问的顺序怎样最有效？无论是线性提问，还是闪回跳跃的非线性提问，都有人物，有场景，有冲突，有悬念，有发展，有危机，有转折，有高潮，有结局。采访者要吸引观众，诱导他们跟随自己去探秘，又要让他们有意外的发现和惊喜。

提问有事实型的问题（Who，What，When，Where，Why）探究前因后果；也有假设型的问题（What if）打开想象，这也被称为"反事实思维能力"，是人类思考世界存在的其他可能性的能力。如有记者问任正非："如果特朗普（Donald Trump）给你打电话你会跟他说什么？"再如："如果你的生命只剩一年，你将如何度过？"我在采访新加坡国父李光耀时问他："如果你和邓小平换个位置，你们的命运会有什么改变？"他哈哈大笑说："我相信他依然会成为伟大的领导人，而我，可能还没有走到他的一半，就被打倒了。"通过虚构的极致化的场景，逼近思想和情感的真实。我们被带进一个个并不熟悉的世界，而在那里的深处又发现自己的人性。

提问是一种"流"。它是一个动态的过程，犹如音乐，有起承转合，迂回曲折，也有抑扬顿挫，跌宕起伏。提问的节奏感非常重要，如果"包袱皮"太厚，观众不明白你到底要问什么，疏离感就产生了。过急过快，没有给受访者充分的时间回答，就会让人有匆忙赶路、疲于奔命的感觉。

一个问题表面的意思是什么，潜台词又是什么？是顺流而下，还是逆流而上，是刨根问底，还是戛然而止，是酣畅淋漓，还是意犹未尽，都是火候和分寸的把握。提问有其品味的高低。这些分寸的拿捏，与提问者的审美能力息息相关。我喜欢的一种提问路径，是在故事高潮处，突然变换一个思路，反向提问，其意象就像李白写的“碧水东流至此回”。奥斯卡·王尔德（Oscar Wilde）说：“人生最大的悲剧有两种：一种是得不到自己想要的；另一种是，得到了。”我试图在完成一个人的主线故事后，揭示命运的反讽。那就是，当历经磨难，梦想成真的时候，他是否就从此过上幸福的生活了呢？这样的戏剧感会留给观众更多想象空间。

提问还是一种游戏，有种种制约条件。通常受访者不会给予超过一天的时间，有时甚至只有一个小时，半个小时，十分钟。他们还可能给出一系列前提条件，比如私人感情不能问，一些经历不愿被提起。采访当天的天气、交通、身体状况、情绪等，都会带来一定的影响。但有限制反而激发好胜心，随之而来的紧迫感和压力，让人的精神处于高度集中和兴奋的状态，有时会产生预想不到的化学反应。了解到每一次采访都有其局限性，时间，背景，话题，情绪……提问都必须取舍。背景越宽泛，提问者的知识越稀薄，提问就充满陈词滥调。越聚焦，越有深入的体验，就会产生新颖的提问，带给观众意外发现的新鲜感和愉悦感。提问的魅力还在于无论你做了多少精心的准备，总有你无法控制和预测的情况发生，而其中之美，让你充满生机，保持活力。

吴恩达先生如果读了这本书，是否能对他写出关于提问的算法有所帮助，我不知道。如果他果真创造出一个善于提问的人工智能主持人，我很愿意跟它比赛一下。可是，输赢的标准是什么呢？

从业45年的美国著名访谈节目主持人拉里·金（Larry King）写过一本书《拉里·金沟通现场》。我喜欢它的原文标题：*How to Talk to Anyone,*

*Anytime, Anywhere: The Secrets of Good Communication*。很霸气，是不是？

我没有那么大的企图。我的读者大概也不需要以提问为职业。但我相信每个人都有提问的能力，并且能够通过学习提升这种底层能力，改善自己的认知与沟通的品质，甚至改变人生的轨迹。如果一定要为提问之道加一个副标题，我愿意这样表述："认知与沟通的方法论——如何更好地提问。"

好吧，现在就让我们开始提问吧。

# PART I
# 提问之前

好奇心是与生俱来的，可以被唤醒或激发；好奇心也是“习得”的，可能被压抑，亦可能在练习中被强化，并驱动新认知持续生成，甚至成为一种习惯和思维方式。

认知是双向过程，以提问的方式与自我、与他者、与世界有效互动，是实现自我认知，认知他者与外界的高阶沟通。

研究受访者，经由高语境理论和低语境理论洞察提问文化，语言和非语言两翼并进，从策划案推进到问题单，提问便完成了从口头语言到肢体语言的双重准备阶段。

CHAPTER 1

# 驱动认知：好奇心

如果提问是导火线，好奇心则是它的燃料库。

2017年，当英国人伊恩·莱斯利（Ian Leslie）将“好奇心”比喻为除却食物、性、庇护所之外，人类发展的第四驱动力时，另一名英国人早已用行动描绘出了一幅跨界格局的好奇心版图：17岁开始创业，横跨航空、铁路、金融、通信、娱乐等诸多领域，在25个国家开展业务，创建超过400家公司。他就是商业领域的“冒险家”，维珍集团创始人理查德·布兰森（Richard Branson）。

2001年，自最初的创业地伦敦牛津街一直到伦敦郊区牛津郡的家，我沿着这条路线，对理查德·布兰森进行了访谈。

杨澜：你年轻时正值（20世纪）六七十年代，正是一个反叛的时代，年轻人想打破所有社会规范。你是否还保留着那样的性格？

布兰森：是的，我很喜欢打破界限。我喜欢和不同领域的大人物较量……我尽量不让自己成为什么大人物。

杨澜：人们想知道，你能将维珍这个品牌发展到多少个行业中去呢？

布兰森：我们向不同行业发展，并非出于经营战略考虑，最主要的原因是我喜欢探究未接触过的新事物。

布兰森的未知领域不仅在于商业，更有热气球、航海，乃至太空探索。他和杰夫·贝佐斯（Jeff Bezos）、埃隆·马斯克（Elon Musk）共同被称为“角逐太空”的三位成功企业家。

正如维珍航空的广告语：有的人问，为什么要？也有人问，为什么不呢？布兰森对“未知”领域的探索，正对应了伊恩·莱斯利在《好奇心：保持对未知世界永不停息的热情》（*The Desire to Know and Why Your Future Depends on It*）中的两个分类：消遣性好奇与认知性好奇，前者是人类本能存在的好奇，后者是人类更高认知需求的好奇。

面对未知，怎么能没有好奇呢？

## 好奇心的起点：未知和无知

未知，意味着无限可能，追寻未知，也意味着开启认知的路途。

清代文学家刘开在《问说》中说：“问与学，相辅而行者也。非学无以致疑，非问无以广识。好学而不勤问，非真能好学者也。”但是，由于害怕背上无知的名声，人们对提问普遍感到不自在，因为真正的学习首先要直面自身的无知。

苏格拉底曾说：“我唯一所知的就是我一无所知。”后来者们正是通过著名的“苏格拉底式提问”见识了哲学大师版本的认知性好奇。

苏格拉底：请告诉我，你认为一名智者是凭借他所知道的东西而变得更智慧，还是凭借他所不知道的东西而变得更智慧？

欧西德莫斯：很明显，智者之所以充满智慧，是因为他们知道很多东西。怎么可能会有人凭借他所不知道的东西而变得更智慧呢？

苏格拉底：那么，他们充满智慧是因为他们已经掌握的知识吗？

欧西德莫斯：还能有什么别的原因能让人更有智慧呢？

苏格拉底：除了知识能够使人更智慧，还有什么其他的方式吗？

欧西德莫斯：我想不出了。

苏格拉底：所以，智慧就是知识。

欧西德莫斯：我觉得可以这么说。

苏格拉底：你认为一个人有没有可能掌握所有的知识？

欧西德莫斯：不可能，绝对的。

苏格拉底：那么，因为不能掌握所有的知识，在人类当中就不可能存在智者了？

欧西德莫斯：对，当然是这样。

苏格拉底：这么说，只有懂得足够的知识，才有可能变成智者。

欧西德莫斯：（目前）我大致上同意这个结论。

苏格拉底通过与欧西德莫斯的对话，证明了所有人都不够资格被称为"智者"。而提问中的苏格拉底却以无与伦比的好奇心让我们相信：真正智慧的人，不一定知道所有的答案，但一定知道如何通过提问不断接近智慧。

与苏格拉底的智者论有异曲同工之妙，天才物理学家阿尔伯特·爱因斯坦有一句经典的名言："我没有什么特殊的才能，只是好奇心极强而已。"在认知的路途中，起始阶段的"未知"和"无知"构建起了好奇心的底色，它是谦卑而包容的，不是傲慢和封闭的；它是疑惑和挑战，不是偏见和草率的结论；它与天赋和本能相关，更可以通过后天的激发和学习得以发展。

## 好奇心的激发：家庭和学校

“为什么”虽然只有三个字，却是一个不简单的词语。在美国著名脱口秀主持人拉里·金的词典里，“为什么”被这位“麦克风边的大师”定位为“最佳问题”。

我对各种事物都充满了好奇，因此，参加鸡尾酒会我最喜欢问一个问题：“为什么？”如果有人说自己和太太正要搬到另外一个城市去，我会问：“为什么？”如果有位女士换了份工作，我也会问：“为什么？”有人总喜欢用“Met”这个词，我也会问：“为什么？”在做电视节目时，这也是我用得最多的一个问题，可能也是我曾经问过的最佳问题。我坚信这永远都是个好问题。而且，显然这也是最能保障交谈生动有趣的一个问题。[1]

从孩童时代走到成人世界，不是每一个人都可以像拉里·金这样幸运。每个人起初都有好奇心，但是它陪伴每个人的时间却长短不一。哈佛大学教育研究生院院长詹姆斯·E. 瑞安（James E. Ryan）教授指出：我发现，无论出于何种原因，绝大多数人对于这个世界的好奇心都会随年龄的增长而递减。这或许是因为父母或老师厌倦了他们所提出的“为什么”，从而没能有效地激发他们的好奇心吧。生活的烦琐也会让好奇心无处容身，因为对于成年人来说，单是度过每一天就已经有够多的挑战了。无论出于何种原因，能够像孩童般对世界保持与生俱来的好奇心的，都是非同寻常的成年人。[2]

不按牌理出牌的理查德·布兰森也有一对不按牌理出牌的父母。因为患有“阅读困难症”，他小时候学习成绩不理想，却对办杂志充满了好奇。面对一个15岁少年做出的“辍学办杂志”的决定，布兰森的父母竟然投了赞成票。“我父亲说，他到21岁的时候才知道自己对什么工作感兴趣，所以支持我离开学校去大胆尝试。我很幸运有这样理解我的父母。”面对我的提问“你性格中的冒险与家庭相关吗”，布兰森做出了如上回复。

詹姆斯 · E. 瑞安对于来自父亲的正向激发也充满了感恩：“我的父亲没有上过大学，对于我不断提问的行为，以及除了提问和投球几乎一无所长的事实，他不知道该抱以什么样的态度。我和父亲不同，不但不擅长手工，而且什么都不会修理——我不具备任何实用性的技能。但是，我提出的问题却源源不断，正因如此，父亲一再告诉我，成为一名律师才是正道。除了这条路，他无法想象我还能靠什么谋生。”最终，他听从了父亲的建议。自小痴迷于提问的瑞安进入法学院之后，更加沉迷于法学院教授们连环发问风格的苏格拉底式教学法，感慨自己“找到了属于自己的群体，这也是我在从事法律工作几年后，决定成为一名法学教授的原因之一”。

在1991年出版的《采访美国顶尖采访记者》（*Interviewing America's Top Interviewers*）这本书中，“好奇心”是19名全国著名记者评价自己的工作时使用频率最高的词。美国广播公司的芭芭拉 · 沃尔特斯（Barbara Walters）在书中列举了好的采访必备的三个因素：好奇心、倾听和做作业。[3]对于采访者而言，好奇心的重要性显而易见。

相比来自原生家庭和父母的影响，学校的培养对维护和发掘人类的好奇心同样重要。有时，在家庭中没有被激发的好奇心，往往在学校的集体氛围里得以释放。在自传《试镜人生：芭芭拉》（*Audition: A Memoir*）中，芭芭拉 · 沃尔特斯怀念并肯定了大学时期的学习方式所带来的有效滋养：莎拉劳伦斯学院（Sarah Lawrence College）是个学习的好地方。我们从不整齐地按排坐，而是围坐在桌子旁。我们做的事情就是发言，然后讨论，然后做更多的发言。我学会了提问和倾听。我学会了永远不要羞于表达自己的观点。每个学生的观点都会受到严肃对待，从来没人说“真蠢”或是“根本不沾边”。[4]

与芭芭拉·沃尔特斯有所不同，同样是美国杰出记者的沃尔特·克朗凯特（Walter Cronkite）更认可“阅读百科全书”是助力自己好奇心的因素：当我查阅《大不列颠百科全书》（*Encyclopedia Britannica*）时总是很难不被书中其他文章吸引，我想我常常保持着对追求新信息的好奇心，但我觉得多数教室里的常规教学以及作业枯燥乏味之至。我本人真的不是笨蛋，因此我觉得我之所以有这种感觉是因为老师的教书方式太不令人鼓舞了。[5]

主动阅读胜于被动听课，让我联想起自己的成长与初期学习生涯。我经历的是传统的中国填鸭式教学法。提问的权力掌握在年长者和老师那里，学生只需要把正确答案记住就是了。但是在好成绩的背后，与其他同学相比，不可否认我是个爱讲话的孩子。小学及中学期间，我的学期评语里总有“上课爱讲话”，因为我听懂了老师讲授的内容，就喜欢跟身边的同学说说自己最近读过的精彩小说，老师有时给我这个“好”学生留面子，结果我的同桌因此受罚。这实在让我愧疚不已。对不起！也许，在这些滔滔不绝的“废话”里，就有一份无法被抑制的好奇心吧。

## 好奇心的练习：新手和专家

探究好奇心一族，专家和新手的区分并无太大的意义。意大利经济学家、社会学家维弗雷多·帕累托（Vilfredo Pareto）的分类法，为我们观察人类好奇心提供了视角独特的参阅价值，那就是创意生成路径中的好奇心，它是强大的认知驱动力，与创造性提问的生成密切相关。

在《心灵与社会》（*Mind and Society*）一书中，帕累托认为，世上的人大略可以分为两类："投机者"和"食利者"。前者崇尚重建一切的创造精神，后者喜欢一成不变的稳定生活。两类人群根本的不同点，体现在创新过程中好奇心指数的不同，从而对风险的接受程度不同。如果你看过电影《霍比特人》就会记得，比尔博·巴金斯享受村庄里一成不变的安逸生活，把妈妈传下来的蕾丝手帕和瓷盘看得很重，喜欢在自己的袋底洞中与书籍和地图为伴。但"矮人"们闯入他的生活，在甘道夫巫师的怂恿下，他终于决定"去冒一次险"，前往"孤山"，随他们踏上了收复王国的探险之旅。因为他们也是在"找回自己的家"。"食利者"的惰性和"投机者"的冲动同时存在于我们每个人身上，这就是所谓的留在"舒适区"和走出"舒适区"的博弈。

那么以好奇心指数衡量专家与新手，两者又有着怎样的逻辑关联？认知心理学家通过比较专家与新手的绩效和所用的方法得出了如下结论：

> 我们要注意到专家不只具有优势，还有劣势。其劣势在于，当对一个领域内已经建立的事实和理论有很深的理解后，会使其极少运用新的方式来看待问题。这可能正说明为什么在一个领域内起到革命性作用的人一般都是年轻人或者是经验较少的科学家。[6]

专家的优势只是局限于其所在的领域，非常有可能成为"食利者"；新手的劣势则可以通过练习去弥补，非常有希望成为"投机者"。那么要遵循怎样的原则，经过怎样的步骤和技巧练习，才能生成创意级别的认知呢？"让大脑尽量吸收原始素材、消化和吸收素材、用潜意识去整合素材、创意诞生、应用并修正于现实世界。"以上是"创意大师"詹姆斯·韦伯·扬（James Webb Young）提出的经典五步创意法。而这整个过程，正是以好奇心为驱动力，去观察、调查、思考、研究、整合、检验、修正，从而达成新认知的重要阶段。

在哥伦比亚大学两年学习期间，我的个人指导老师是国际传媒专业的主任皮特·约翰斯顿（Peter Johnston）教授。他曾在美国最大报纸《纽约时报》担任了二十年的高级编辑。当我作为学习期的记者，开始自己的提问训练时，他给予的忠告就是：记者最忌一个“懒”字，所有的信息一定要亲自核实，切不可道听途说。为了使自己的专题报道作业更扎实，我将自己的采访范围扩大到尽量多的人群：既有百老汇剧场艺术家，也有公立小学管理者和教职人员；既有华尔街的金融分析师，也有中央公园的流浪汉。为了了解非裔居民对州长竞选的态度，我与一位同学深入当时治安不佳的哈雷姆区，采访非裔社团和商贩，路上被一些面露不善的人盯着看，还真有点心里发毛。严谨的学院派采访练习，让我不仅重新评估了好奇心的驱动力，而且还有了一个更大的感悟，那就是对于提问者来说，好的采访过程和好的结果一样重要，只有掌握第一手资料，才有机会获得真知。

在拉里·金做电台主持人时，为了练习采访的功夫，他就坐在超市门口，不管进来什么人，只要人家愿意，就拉过来采访，练就了一身观察和提问的好本事。他在46年的职业生涯中采访过近四万人次！

“每个人都很无知，只是看在哪方面而已。”美国著名幽默大师威尔·罗杰斯（Will Rogers）的这句话曾经引起拉里·金的深度共鸣。“不管你是以自己认为可行的方式与人交谈，还是在亿万电视观众面前和嘉宾交流，你都应该记住这句话。这句话的潜台词是：‘每个人都是某个领域的专家，不管是谁，都至少会有一个自己擅长谈论的话题。’请记住这句话，并尊重别人的某项专长，对方能听得出来你是否真正有诚意。如果他们发现你确实发自内心尊重他们，那么在你开口说话时，他们会更积极地听。反之，如果他们觉得你不尊重他们，那么不管你说什么做什么都无法将他们吸引回来。”[7]

不受经验所累，打破思维范式，真正理解他人，开放的心态会提升我们的认知水平。“我会带着同样的好奇心看待总统和水管工。”拉里·金式的好奇之道正是他沟通能力养成的秘籍，To Talk to Anyone，Anytime，Anywhere，随时、随地，和任何人随意交流，他真的做到了。经常有人问我，采访那些名人、政要是否紧张，我的回答是，在采访的时候，王子与庶民平等。作为记者，我与他们任何人在人格上都是平等的，不会因为对方的职位或成就感到紧张。唯一感到有压力的，是如何在有限的时间里获取最有价值的信息。

是的，在好奇心面前没有专家和新手，没有权贵和平民，有的只是对人和世界的关注方式，好奇心练习绝非暂时的段落，它需要漫长的光阴。对于一位真正的创新者而言，它的长度是：一生。

# CHAPTER 2
# 认知互动：提问力

保持好奇心，建立新认知。提问“为什么”会让你探索这个世界，提问“为什么不”能够让你试图改变这个世界。

我常说，我的好奇心无可救药。提问，无疑是我与自己、与他人、与外界保持认知互动的沟通方式。在某种程度上，提问，不仅引导我，而且重塑了我。

## 认知世界：让世界认识我

我人生中的两次重要拐点，与两个提问紧密相关。

1990年，我从北京外国语学院毕业的那一年，中央电视台《正大综艺》导演辛少英到北外来招主持人。我被系里推荐去应试。同去的有30多人。辛少英开门见山地说，她希望找一个纯情一点的，要善解人意的那种。接着，就让每位到场的同学都说几句话，大概算是面试。轮到我自我介绍时，我反问她：“为什么在电视上女主持人总是一个从属的地位，为什么她就一定是清纯、可爱、善解人意的，而不能够更多地表达自己的见解和观点呢？为什么中国电视屏幕上很少有职业女性的形象？”我当时其实是想用这样一个问题表达自己的某种不满，但没有想到给导演留下了这个女孩“有思想”的印象。于是几天后，我接到通知去中央电视台试镜，经过第二次、第三次直至第七次面试，我走上了《正大综艺》的舞台。

第一个提问，是我以反问的方式与外界的互动，这个互动的结果是让央视接受了我这个“新面孔”。并非我的提问有多么厉害，而是这个提问与当时的时代和媒体背景产生了积极的呼应。那次《正大综艺》招聘，是改革开放以后中央电视台第一次在社会上招聘主持人，而且不以播音和传媒专业为限。加之那时社会刚刚经历动荡，气氛沉闷，人们厌倦了生硬的电视语言，需要在更人性化的交流中放松心情，所以才会有我这样一个具有一定国际视野，有一点叛逆精神的新面孔出现在电视屏幕上。

一个人的提问力，彰显在与外界互动质量的高低。而如何与外界发生深度的关联式互动，科学思维模式可以有效导引提问者。

经济学教授尼尔·布朗（Neil Browne）和心理学教授斯图尔特·基利（Stuart M. Keeley）在《学会提问》（*Asking The Right Questions: A Guide to Critical Thinking*）一书中提供了两种思维：海绵式思维和淘金式思维。对于两者，布朗和基利进行了比对：

海绵式思维：吸收外部世界的信息越多，你就越能体会到这个世界的千头万绪，而你获取的知识将会为以后进一步展开复杂的思考打下坚实的基础。相对而言，这种思维方式是被动的，它并不需要你绞尽脑汁地去冥思苦想，因此来得轻松而又快捷。

淘金式思维：自己掌握主动权，选择该相信什么忽略什么。这种思维方式需要你积极主动地参与进来。他们得尽快决定自己的所见所闻到底价值几何。在一场互动的对话中披沙拣金，需要你不断地提问并思考问题的答案。[8]

海绵式思维强调被动获取结果，而淘金式思维则重视在获取过程中展开积极互动。对提问者而言，这是一种可效仿的互动思维模式。

当提问的机会来临，我没有被动等待选择，而是掌握主动权，大胆地问我想问。世有疑惑，必须发问，也正是无意中遵循了这样的互动思维模式，1990 年的那个提问为我打开了职业的大门。

## 自我认知：我认识“我”

1994年，主持《正大综艺》已有四年光阴，伴随着它的成长我也在成长，这个舞台使我尝到了声名鹊起的兴奋，也带来了主持领域的诸多奖项，包括中国主持人最高奖金话筒奖。与此同时，一个属于专业领域的疑问时常沉浮于我的思绪，那就是：主持人的定义和功能到底是什么？主持有艺术吗？这是不是一碗青春饭？

在当时国内综艺主持的舞台上，常常把“形象”当作评价主持人的首要标准，靠形象吃饭的主持人的功能非常有限，其价值只体现在将脚本上的台词转化为自己的语言，比较生动地表达出来。没有权利，也没有能力去拓展主持内容的创作。因为背别人写的稿子，所以语言风格变化不定，谈不上个性，也没有识别度。《正大综艺》能给予主持人自己写稿的权力已经是非常少见的了。更何况电视节目主持受限于整体节目样态和环节的策划，主持人的作用只是起承转合，缺少完整性和把控力。我开始萌发了要成为节目制作人的想法。“怎么样才能让自己的职业价值随着时间而增值，而不是贬值呢？”我问自己。

来自职业领域的困惑成为我做出人生选择的重要原因之一。1994年，我辞去央视的主持人工作，远赴重洋，到美国开启了研究生阶段的深造学习。

相隔四年的两个提问，完成了两个认知的互动。前者是对外界的发问，即认知外界；后者是对自我的发问，即自我认知。关于自我认知的重要性，美国两位传播学教授查尔斯·J. 斯图尔特（Charles J. Stewart）和威廉·B. 凯什（William B. Cash）进行了如下阐述：

我们对自己的认识要比我们是什么更重要。我们有对自己的认知，即自我观念（self-concept），它来自我们的生理、社会和心理认知。这些认知又起源于我们的经验、活动、态度、成就、财富，以及与他人的互动。我们的自我认识具有解释和我们如何感知他人关于我们曾经是谁、现在是谁、将来可望成为什么样的人等等诸多因素的解释和评价的双重属性。这些人包括我们所属和希望所属的群体，也包括那些对我们有重大影响的重要人物。[9]

自我认知的开启，是从“我”出现开始的。央视资深主持人敬一丹生动记录了职业领域的这一拐点时刻：

第二天坐在话筒前开始播的时候，我怎么也找不到感觉了。什么感觉呢？就是“我”出现了。“我”的出现，是播音员和主持人最本质的区别。播音员是转述者，而“我”出现了以后，让我感觉非常陌生。……我第一次在质疑我的专业。我在学会了字正腔圆地做一个转述者的同时，失去了独立的思考和个性化的表达。我们那时候经常说要“理解稿件”，理解编辑记者的意图，我认识的世界是间接的。我的所有创造都局限在把文字变为有声语言。我不否认这也是一种创造，但这种创造相对来说是狭窄和消极的。[10]

主持有艺术吗？如同敬一丹对自己专业的质疑，我在美国的学习始终持续着这个提问，从图书馆的书本文献，到课堂之外的实践，不断地在深化着我对主持人职业的理解。向同业前辈提问，经由他人认知反观自我，更是架构自我认知的有效方法。

幸运的是，硕士阶段的自我认知是在一个更多维更复合的学习系统内进行，我没有选择新闻学院，而是进入哥伦比亚大学国际和公共事务学院主修国际传媒。从综艺主持跨越至国际传媒，这不是学习领域的变化，而是认知系统的重启。从国际关系的视角重新思考全球政治格局的变迁，重新估量领导者决策背后的利益博弈，思考力与观察力的双重训练，帮助我脱离单纯的职业技巧，致力于形成对世界、对自我更真实更立体的认知。

十年后，当我专访哥伦比亚大学的校长李·鲍林格（Lee Bollinger）时，他所致力于推行的教学改革，也印证了我当初的选择与传媒人未来教育方向的有幸吻合。

杨澜：在您对美国各大新闻学院，以及哥伦比亚新闻学院的演讲中，曾说过希望对课程进行改革，让学生接触更加宽广的领域和学科。

李·鲍林格：是的，我一生中，花了大量的时间思考新闻、媒体自由和言论自由，从中我也得到了一些启迪。我认为新闻业是当今社会最重要的职业之一，新闻工作者要把普通民众和世界上发生的事情联系起来，必须要尽可能地博学。我们应该帮助年轻的新闻工作者多了解科学、政治、经济，而不能只限于新闻写作和报道的职业训练。

杨澜：您知道吗，这就是我当年没有去读新闻学院的原因。

李·鲍林格：这很有意思。

成为有影响力的传媒人，发出有价值的声音，一定要培养快速收集信息、处理信息的能力，同时对社会各领域发生的重要变化保持敏感度。这种能力不会因为青春的逝去而衰减，相反会因为岁月的历练而显得越发迷人。

沃尔特·克朗凯特是美国新闻界的传奇人物，他开创了电视新闻报道的新形式，由传声筒式的播音员变成调配力量的主持者，“主持人Anchor”是接力跑中最后一棒的意思，这一称谓正是从克朗凯特开始的。作为新闻人，他树立了行业的“黄金标准”。他负责主持的《CBS晚间新闻》居全美电视新闻收视率榜首长达21年。

杨澜：克朗凯特先生，如果你在主持人和记者之间只能选择一个词来形容自己，你将选用哪一个词？为什么？

克朗凯特：我认为现在的主持人可以有很多不同的含义。如果主持是指从组织撰稿、编辑，一直到协助制作播出，那么主持人是个很荣耀的名称；如果主持人只是一个播报者，那样的话，情况就不同了，虽然也是一个很好的职业，不过不应被称为记者，而是新闻发布者（播音员）。我是新闻记者，我为自己的职业感到自豪。

始终与重大新闻事件同步、秉承客观中立立场、富有洞察力的新闻判断、温和可亲的电视形象，使克朗凯特及其新闻节目成为同时代美国人生活的一部分，也使他在美国被誉为“最可信赖的人”。他的回答，进一步明晰了我对自己职业定位的认知，那就是：一个电视主持人，只有认识到没有脱离节目品类和内容而独立存在的主持艺术，才能放得下虚荣心，在节目的完整创作中找到自己的价值，从而形成自己的风格。

“形象”包括外在的造型和内在的情感与思想；“风格”是指在采访和表达中形成高识别度的个性化语言。成为一名具有独立见解和独特个性的记者，探索和传播世界的真相——当我完成阶段性的自我认知，我的提问生涯也由此上了一个台阶。

## 关键提问：你我之间

在工作和生活领域，淘金思维式的提问，更易被批判性思考的人群使用。

在《学会提问》一书中，经济学教授尼尔·布朗和心理学教授斯图尔特·基利列出了批判性思考的人所具有的四项价值观，“好奇心”居于第二位。

好奇心。要想充分利用淘金式思维来立身处世，你需要兼听博观，而且是真正意义上的兼听和博观。他人有驱使你前进的巨大动力，将你从当前偏听偏信的状态中彻底解放出来。要想成为一个有批判性思考的人，你需要对自己遇到的一切不断提问。你从别人那里学到的一技之长就是他们的洞见和感悟。[11]

当好奇心成为开放性的价值观，提问所带来的福利则是价值观的互动。作为一个以提问为生的人，我与对面的受访者通过关键提问，已然缔结了彼此的关联。

在哈佛大学2016年的毕业致辞中，教育研究生院院长詹姆斯·E. 瑞安用五个关键提问诠释了有效沟通的智慧：1. 等等，你说什么？2. 不知道……3. 我们能不能至少……4. 我能帮什么忙？5. 真正重要的是什么？五个关键提问揭示了提问对于构建“你我之间”关系的价值所在，瑞安将其写在了其著作《关键提问》（*Wait, What?: And Life's Other Essential Questions*）的扉页：人与人之间的关联，是通过问题形成和加深的。好问题不仅能引导他人决策，也能帮助自我突破认知。

那么什么是好的提问？在我看来，好问题并非是正确的问题，而是一个可以用来厘清下一个问题的问题。这不是文字游戏，而是职业提问者的方法论。

我甚至认为，人生本身就是一场问答。有一个问题人人都必须面对：“你为什么活着，又将怎样活着？”每个人的生活本身，就在回答这个问题，不管你有没有意识到。上帝是宽容的老师，五花八门的答案他都照收不误。至于给各人打多少分，就不得而知了。

如今，我已过知天命之年，但依然在书写我自己的答卷，这份答卷是由一个个日子组成的。其中有不少时候我感到困惑难解或绝望无助，或干脆就答得跑了题。好在上帝给我们安排的这场考试是开卷的，你可以去问别人是怎么回答的。

1997年，我来到回归后的香港，1998年1月，《杨澜访谈录》的前身《杨澜工作室》在香港凤凰卫视开播，这是中国电视史上第一个以主持人名字命名的高端访谈节目。我记得采访的第一位嘉宾是艺术家陈逸飞先生。《杨澜访谈录》就是一个可以公开讨论人生答卷的地方。

我想明白金庸笔下可歌可泣的侠义精神在他自己的人生中是否行得通；我想明白建筑大师贝聿铭信不信风水；我想明白世界信息产业巨子安德鲁·格罗夫（Andrew Grove）怎样从一文不名的匈牙利难民开始，到领导科技产业的发展潮流；我想明白，在邓小平三起三落的政治生涯中，他的家人接受了怎样的考验；我还想明白，香港女探险家李乐诗心中的南极与北极，“饺子皇后”臧健和所经历的辛酸与挣扎……

他们中的大多数人已经用大半生的时间写出了自己的人生答卷，当他们回答我的提问，展示他们人生的荣辱成败时，生活的意义似乎变得清晰起来了，不同的人可以从中得到不同的启示。

关于提问的重要性，有的访谈研究者认为“提出问题就已经解决了问题的一半”，有的认为“答案的好坏是由问题正确与否决定的”，这样的观点虽有些极端，但很能说明提问的重要性。记者们常说：“没有坏的回答，只有坏的问题。”

探索如何系统而有效地提问，就让我们从案头准备阶段开始。

CHAPTER 3

# 案头功课：语言

问：明天会下雨吗？

答：不会。

问：那么天气会不错吧？

答：这要看你所说的“不错”是什么意思。

问：是晴天吗？

答：不是。

问：那是什么？

答：下雪。

问：你为什么不直接说下雪呢？

答：你根本就没问。

在美国院校新闻院系常用的采访教材《创造性的采访》（*Creative Interviewing: The Writer's Guide to Gathering Information by Asking Questions*）中，肯·梅茨勒（Ken Metzler）教授展示了如上记者对天气预报员的提问案例。通过这段“拙劣至极的对话”，教授如此点评了记者的提问：记者只问会不会下雨，这一提问排除掉了所有其他可能的天气情况。如果记者把提问变成：“你预测明天的天气会怎样？”回答就会变成：“下雪。”当然，天气预报员在玩文字游戏，但其中的教训却显而易见：提出的问题要传达你的真实想法（避免词不达意的情况发生）。[12]

暂且不讨论这位记者提问的方式，在我看来，提问要达到真实传达自己想法的目标，首要的工作是认真做好功课。任何谈话都是双向的语言认知加工过程，包括解读语言符号与非语言符号。提问者的一句提问不仅仅是一个简单的问题，而是需要感知和理解词语，按照遣词造句规则生成句子，推论对方说话的含义并做出回应。当然，谈话者本人不会注意到这些认知加工过程，他们觉得自己仅仅在说话而已。[13]

提问者在话语的准备、组织过程中，不仅考虑到访谈的进程和目标，还始终意识到观众的存在，意识到观众是访谈话语的最终接受者。因此，主持人主持的话语不仅要让观众听懂，还要产生预期的效果，这一目标不仅决定整个访谈的进程，同时自始至终制约着他们对语言手段、话语策略的选择。[14]

访谈中的话语互动是复杂微妙的，互动起点要从研究受访者的案头阶段，即静态采访阶段开始。

## 研究受访者：
## 用背景知识接近对方的认知水平，拉近心理距离

**提问** 中国第一位WTO专业博士 刘光溪

杨澜：你在博士论文《互补性竞争论》中提出，过去人们认为，区域竞争一定是此消彼长，你赢我输。而你认为，其实在互补的过程中，可以共荣共促进。虽然WTO（谈判）貌似是一个经济上的谈判，实际上它是深入到一个国

家政治，特别是文化价值观上的一种冲突。那么你认为在文化价值观上，西方的所谓主流社会，与中国几千年的底蕴能否达到互补性竞争的状态？

刘光溪：你这个问题提得非常深刻。国际经济界里存在着什么？不是竞争，就是互补；不是取代，就是你死我活，就是此消彼长。我后来发现这种理念好像跟中国人过去的一种理念很相似，竞争不是你死，就是我活，胜者王侯败者寇。

**提问** 美国外交家、国家安全事务助理 布热津斯基（Zbigniew Brzezinski）

杨澜：回顾历史，当时的国务卿赛勒斯·万斯（Cyrus Vance）先生曾经来中国试图与邓小平就某些问题，特别是台湾问题达成协议，可是无功而返。在他之后，您去了北京，当时您对于完成这项使命有多大信心？

布热津斯基：问得好，针对这项任务，我也不知道我到底有多大信心，但是我有一种感觉，那就是在大的战略问题上，尤其是战争与和平的问题、苏联的扩张问题上，我和邓小平主席所持的观点，相比万斯先生的观点而言更接近些，我觉得这可能有助于建立一个战略性对话的平台。

当我开始发问时，唯恐自己问出愚蠢的问题，于是将每个问题都放置于某种知识背景之中，希望通过这种方式来接近对面受访者的认知水平。这种做法也的确在某种程度上达到了它的作用和功能，那就是换来了对方更有诚意的回应和深入的谈话。我也会常常回归简单的直觉式提问，但提出简单问题依然无法脱离案头功课的支持，所以我是标准的“功课主义者”，信任但不敢完全依靠自己的直觉与经验。无论什么时候，要想让谈话深入下去，都要从了解谈话环境和谈话对象开始。

提问，既是记者的本分，也是我试图在个体经验之外，尝试理解和连接更多人、更大世界的努力。2001年《杨澜访谈录》开播，这个栏目是中国电视史上最早，也是持续播出时间最长的高端访谈节目。我前后采访了国内外近千人，他们中间有领导者、思想者、创新者，也有新闻话题的当事人。《杨澜访谈录》以“记录时代的精神印迹”为使命，既讲故事，也谈话题，以每次采访平均“功课量”为10万—20万字计，总的阅读文字量已有1.6亿字，相当于一千多本书。策划会、准备、采访、编辑等时间加在一起，上万个小时应该也是有的，积累了12万分钟的节目素材。不是有种说法吗，什么事做了上万个小时，基本上也就熟练甚至精通了。今天，只要给我足够时间准备，采访任何人都是可能的。

但是，对于一位认真的采访者而言，在大量的案头阅读面前，感受到的往往是时间的仓促与自身的无力。意大利女记者奥里亚娜·法拉奇（Oriana Fallaci）谈到采访工作时曾说道：“每当我经历一次重大事件，或进行一次重要采访时，往往深感苦恼，就像隐藏在历史丛林中的小虫子那样，害怕缺乏足够的眼睛、足够的耳朵、足够的脑子，去看、去听、去理解这些人物。当我说在每次采访中我都会耗费许多心血，这一点也不夸张。”[15]在20世纪80年代初访问邓小平之前，她曾彻夜备战，看的材料“摞起来有两英尺高”，包括邓小平的传记、邓小平在各种会议上的讲话材料、邓小平的生平履历材料，以及传奇故事等，紧张得像“学生的大考”一样。[16]

关注受访者信息，不仅研究他们的故事、经历、性格等一般性信息，更大的难题在于理解与他们专业相关的特殊性信息。

沃尔特·克朗凯特的敬业体现在以学术钻研的严谨精神做好案头工作。

他曾成功地进行过数次阿波罗登月飞船的报道，最长的一次连续工作30多小时。为了不说外行话，把艰深的宇航知识平实地介绍给普通电视观众，他大量研修了这方面的专业书籍。“不瞒你说，报道宇航计划是对我们所有人的挑战。我们要学的太多了，宇宙飞船的机械原理，移动物体在失重状态及宇宙无大气层状态下的物理特性。为了解释宇宙飞船的运作，需要搞懂许多原理，其中一条奇特的原理就是相对于地球，如果加速，飞船飞行速度反而减慢；反之如果减速，其速度则加快。若加速，飞船就升得更高，离地球更远，于是环绕地球轨道历时则更长——实际上减慢了速度。但若减速，飞船则落回离地球更近处，于是就能更快地绕地球运行。”[17]对于宇宙航空知识的研究和学习，使得克朗凯特成为本领域的资深记者，其深入浅出的报道使专家们对其准确性惊叹不已。

对于芭芭拉·沃尔特斯的勤奋，制片人斯塔瑞德·勋伯格（Stuart Schulberg）回忆说：“她回家后比节目中任何人都更认真地钻研人物。”她家里的床边堆着山一般的书籍就是明证。[18]在堆积如山的资料面前，如何完成有限时间内的高效阅读，芭芭拉的经验也值得分享：

你尚未拜读过其作品的作家，对他绝不要虚张声势地说，你已经拜读过他的作品；也不必借口没有时间，向他表示歉意，因为这个理由并不充分；更不需要告诉他，你正在向图书馆借书。唯一的办法是，谈话前先将书找来读一遍。假如你在一个星期内，必须与五位作家谈话，只要他们的作品不是小说，而是散文之类，你不妨阅读他的书的第一章和最后一章，有时间的话，再读中间数章。如果时间上不允许，或临时找不到这本书，可以设法找一篇书评代替。虽说这些办法都不能使你对全书融会贯通，但总比毫无准备要好些。[19]

无论泛读、精读，抑或泛读+精读，基于千头万绪的烦琐资料，生成条分缕析的问题，提问者在这个无比烧脑的过程中，与受访者的关系不断发生着微妙的变化，从陌生到熟悉，从熟悉到比较熟悉，从比较熟悉到比熟人更熟悉。用一个资深记者的话说，熟悉得“像一个没见过面的老朋友”。你事先做过调查研究这一事实会给受访者留下印象，显示你不能被轻易愚弄，并且能激发人们积极而有深度的回应。当别人花时间了解我们，了解我们的兴趣、研究领域、成就或观点时，我们会非常高兴，因为我们为自己所做的事和我们是谁感到自豪。要知道相关的专业术语和技术名词，并能正确发音和使用。要知道受访者的名字（以及怎样拼写）、头衔和所在组织。你应该清楚一个人是教授还是讲师，是编辑还是记者，是飞行员还是航海员，是博士还是硕士，是兽医博士、牙科博士、骨科博士或医学教育博士中哪个学位的医生。[20]

即使我们做了大量功课，对比专业人士，依然只是临阵磨枪，懂些皮毛而已。认识到这一点，让我能对知识保持敬畏。在日本京都金阁寺的“枯山水”花园中，有15块石头，它的周围是古代僧人和武士修行的房间。从任何一个房间看出来，最多只能看到14块石头。设计师以此提醒每个人保持谦卑，因为你永远都有不了解的事物。

说到新中国的文学史，王蒙是一位绕不开的人物。这不仅仅是因为他是一位著作等身的大作家，也不仅仅因为他曾经做过文化部部长，更重要的是，他从一个14岁少年布尔什维克开始的成长经历，是新中国文学史乃至时代变迁的一面镜子。2002年，我曾经采访过他，那时的他谈论的重点是文学创作和个人修养。十年之后他接受了我的第二次专访。为了呈现一个更真切的王蒙，我采用作品通读的方式切入案头，沿着“文学”“政治”两条主线重温他的作品，从《组织部来了个年轻人》《青春万岁》，到《青狐》《庄子的享受》，再到《中国天机》，力图了解他的思想和人生脉络。在提问中，我步步为营，基于作品的细节展开。年近耄耋的老作家，用一种更加直接的方式回顾政治动荡背景下的人生选择和成长阵痛。

《组织部来了个年轻人》是王蒙在1956年创作的小说，也是改变他命运的作品。由于当时几乎没有任何作品可以表达团委干部也有阴暗面，该小说迅速引起轰动，也使王蒙于次年被划为“右派”。1962年，王蒙摘掉了“右派”的帽子。然而就在生活和工作看似步入平稳之时，他却主动要求前往新疆。

（1）

杨澜：我其实更想问的是，您那时真的预感到像“文革”那样一种巨大的横扫一切的风暴会来吗？

王蒙：没有。

（2）

杨澜：但是您感觉到去一个更远的地方会更安全吗？

王蒙：对。

杨澜：那您真是很有政治嗅觉，就像地震要来了，您提前感觉到了地震的迹象。

王蒙：我不是说安全，想不到那么具体，但是我想呢，到边疆去吧，它会离开这个文艺斗争的风口浪尖。

（3）

杨澜：您这之前去过新疆吗？

王蒙：没有。

杨澜：所以您也只是一个浪漫的想法，浪迹天涯。

王蒙：是，我喜欢新疆的歌舞。

（4）

杨澜：那不是说明那个时候您很幼稚吗？对生活没有真实的认知，只是凭着一种浪漫的想法去选择。

王蒙：第一我很幼稚，第二我非常牛。一个真正有本事的人，他不怕冒险，也不怕环境不好。我有本事去，我就有本事回来，如果我回不来，那说明自己没本事。

（5）

杨澜：那能否说在当时已经愈演愈烈的各种政治纷争和派别斗争当中，您希望躲避这个风暴眼？

王蒙：是的，您说得太对了。北京是我最熟悉的地方，最有感情的地方，但是这个地方，您不知道……

杨澜：是非之地。

王蒙：对呀。

（6）

杨澜：那您还有另一种选择，就是争取站对了队伍，然后也可以更飞黄腾达了。

王蒙：那是我鄙视的，坚决不愿意做的事。

研究受访者，尤其是研读与其相关的个人作品，并非只是从作品到作品，而是将他现实中的选择与作品中的观点进行有效融合。在对王蒙的访谈中，我用六个追问的问题与他一起回溯和反思其本人在政治运动中的人生选择，以对应改变他命运的作品《组织部来了个年轻人》。

在从事文学创作近六十年之后，他出版《中国天机》一书，用半生的经历，阐述他对于新中国历史、政治的理解与反思。

杨澜：您在谈到什么是中国天机的时候，我看到特别有意识地强调了两点：第一个探讨的是您所亲身经历过的这一系列政治运动背后深层次的原因；第二，您又提到了一个理论和群众到底是谁领导了谁，谁控制了谁的问题。对于第二点，人们就不太明白什么意思，什么叫理论领导了群众，还是群众领导了理论，您这是什么意思？

王蒙：我非常高兴您能提出这一点来，说明您抓住了一个重点，就是马克思的名言“理论掌握了群众，就变成物质的力量”，这个当然是正确的。但是我又体会到，人的思想永远不是一个单行线，群众也能掌握理论。群众掌握了理论，就不太在乎理论的原点：我更重视的是，我是要让这个理论符合我的利益，符合我的文化传统、习惯和追求。

访谈节目的成功秘诀不仅在于其报道的独家性——此处的报道别处找不到，还在于深度提问所带来的对各种复杂事物的究根问底，因为人们想在这里看到的是经过严谨调研和追问所获得的事实。

CBS王牌新闻节目《60分钟》创始人，美国新闻界传奇记者迈克·华莱士（Mike Wallace）与美国福斯特汉姆大学新闻系教授贝丝·诺伯尔（Beth Knobel）以《光与热》（*Heat and Light*）为书名，总结和分享了“新一代媒体人不可不知的新闻法则”。在信息泛滥的互联网时代，“案头阶段的背景调查与研究”不仅不过时，而且弥足珍贵。书中指出：网络的诞生使得这类研究变得前所未有地简单，以至于年轻记者常以为所有的调研都可以在网上完成。这种想法当然是不对的。互联网提供了一个绝妙的起点，但如果你的文章旨在开拓新的领域，你就必须与懂这行的人交谈。值得反复强调的是：如果你真的想给出新的信息，而不仅仅是对现有信息做做改写，你就应该走出去与相关人士交谈。[21]

在信息爆炸、社交媒体野蛮生长的今天，有一些“符合传播规律”的“新闻”会病毒式流传，却很有可能是假新闻；人工智能将我们感兴趣的新闻不断推送给我们，使得我们进入“信息茧房”，以为那就是事实本身，从而失去对事实的全面和客观的评价，造成“真相稀缺”。在这样的环境中，搜集“资料”更需要有严谨求证的态度和方法。

从资料文献阶段推进到策划会阶段，案头准备也随之进入了访谈文案的拟定与制作阶段。

## 从策划案到问题单：人物分析与主题设定

虽然电视访谈节目通常是录播的，即留有后期编辑的余地，但是，我认为必须要保持谈话的自然流畅和宝贵的现场感。通常，制作半个小时的节目，我们的录像时间在40分钟到1小时左右，不会无限制地聊下去。这就要求采访提纲扎实而紧凑。

随着现场访谈时间的临近，对受访者的研究工作在不断深化，成果体现在一份“策划文案”中。这是策划人、主持人（提问者）、专家与导演等多方力量头脑风暴的结果。

2010年，瑞典皇家科学院将当年的诺贝尔经济学奖授予伦敦政治经济学院教授皮萨里德斯（Christopher A. Pissarides）和他的两位同行——来自美国的戴尔·莫滕

森（Dale T. Mortensen）和彼得·戴蒙德（Peter Diamond），以表彰他们在劳动力市场经济学方面的卓越贡献。一年之后，三位经济学家将国外演讲的第一站确定为中国。皮萨里德斯将接受《杨澜访谈录》的专访。

“针对劳动力市场和宏观经济间交互作用的搜寻和匹配理论”是皮萨里德斯的最知名研究。为了将这样的专业术语“翻译”为观众理解的内容，导演们主动到清华大学和中国科学院等研究机构，先完成第一轮扫盲式的专业访谈，然后再邀请多位经济领域专家作为策划人，为访谈团队进行更具深度的讲授。经过多轮策划的磨合，逐渐形成了关于皮萨里德斯的访谈策划文案：

主题句：经济学剑客·皮萨里德斯；

人物分析：原本低调的LSE（伦敦政治经济学院）教授，英国科学院院士。在2010年3月之后，迅速成为经济界的抢手红人。从原来得奖后的沉默到启动环球演讲，象牙塔里的沉默剑客将会剑指何方；

单元设置：从“就业、老龄化、住房、婚姻”四大主话题链接皮萨里德斯研究与中国本土现状，拉近学术研究与观众日常生活的关系。

遵循主题句对受访者的精确定位，于是，我的13个问题也相应在不同的单元板块中设置完成。

在访谈提纲的制作中，大纲顺序是对整个访谈轮廓清晰系统的描述，如何安排大纲顺序对访谈来说至关重要。话题顺序，指根据话题或问题自然分段。时间顺序，指话题或者子话题按时间先后顺序排列。空间顺序，即根据空间划分来安排话题。[22]作为人物访谈类节目，《杨澜访谈录》常常采用的是融合三种顺序的“复合顺序”，先通过设置关键句，继而切分主题单元，继而切分具体的问题，在不同的主题单元，时间、空间、话题三元素有机穿插其中，这是形成最后问题单的逻辑依据。

2015年，杨振宁和翁帆夫妇成为《杨澜访谈录》受访嘉宾。策划之初，杨振宁丰富而厚重的人生经历让我们着实有些“乱花渐欲迷人眼”。通过第一轮的梳理，一个关键词开始浮出水面，那就是“改变”，因为杨振宁的人生历程始终围绕一个核心“改变中国人自觉不如人的想法”。随着策划的深入，解读杨振宁的两个“大事件”：顶着反对的压力，挑战业界几乎已成定论的“宇称守恒定律”，最终获得诺贝尔奖，这是物理科学上的重大革命；顶着世俗的压力，勇敢追求小自己54岁的翁帆，最终两人结为夫妻，这又是颇具挑战性的浪漫的革命。对手越强大，故事越具有戏剧感。关键词在“改变”的基础上提升为“革命”。在最后策划阶段，又一个关键词与“革命”一起出现，它是杨振宁骨子里的“保守”，正是这两个字直接影响了他做学问和做人的态度与风格。正当在“革命”与“保守”之间徘徊时，在资料中我们发现了杨振宁好友Dyson对他的一句评价“保守的革命者”，简直是一语中的啊！终于，访谈杨振宁和翁帆的文案主题句确定为：保守的革命者。

围绕“保守的革命者”这个主题句，访谈文案的主题单元被切分为三大板块：

第一板块：一场浪漫的革命

第二板块：一场勇敢的革命

第三板块：“保守”的革命者

以关键句的方式定位受访嘉宾，是策划会的骨干议题。它的生成与获得，需要策划、导演、主持人各方重点解读与人物相关的文献资料，并在文献知识点的基础上进行多维度分析和整合，最后这个关键句成为访谈文案的“锚”，所有的主话题与子话题依次从这里启程。

当然，以上所述“访谈策划文案”和“问题单”的形成是基于录播状态。直播状态下，作为提问者，又是如何处置的呢？

当直播台上的拉里·金说“晚上好，我的嘉宾是……”的时候，他的手里会拿着一些蓝色的卡片——但是上面记的东西只是起辅助作用，而并不是详细流程。对于接下来的提问，他更擅长运用即兴式的方法。但是，在拉里·金即兴提问的背后是必须知道最基本的东西，“如果你有时间挖掘嘉宾的内心，你事先对他的了解越少越好。你可以一直使用‘谁’‘什么’和‘为什么’来提问。这比事先就对嘉宾背景深入了解的效果更好——这样会让节目更有趣。不做任何准备的时候，就是你可以任意飞翔的时候。当然那也可能是危险的。如果跌落下来，你也无法重来”。[23]不只在直播现场，芭芭拉的案头准备也可以采取即兴的方式：“对于直播采访的准备工作，我早已有了自己的方法。我在3寸×5寸大的卡片上写下问题，想到多少就写多少，然后问办公室来往的人，不管是送邮件的，还是制作助理，或是发型师，‘如果你可以向某某某提问，你会问什么呢？’这方法管用极了。”[24]

相比完备清单式的问题单，拉里和芭芭拉的卡片式问题单从形式上彰显了提问者的机动应对和驾驭访谈现场的智慧，因为卡片上的信息常常只有关键词，它考量的是提问者的即兴提问能力，以及调度自己知识和经验的能力。

如何在有限的时间内，打造更高质的问题单?

与人交谈有一位隐形的旁观者，那就是时间。时间的长短松紧，直接影响我们交谈的节奏和重心。

在我的采访生涯中，遭遇时间限制，是一种常态。一些重要采访，因当事人公务在身，如国家领导人来访，行程密集，各种活动安排常精确到以分钟计，所以能得到20分钟进行采访已属不易，这还往往是团队的小伙伴们软磨硬泡、分秒必争的结果。

在时间的压迫下，就需要注意提问的有效性。我与同事们的策划讨论常常围绕以下环节展开：20分钟至多问几个问题？哪个问题最重要？如果对方回答某一问题时间过长，导致时间不够，哪些问题可以舍弃？如何提问才不至于让对方漫无边际地说开去？围绕某一主题，如果他不正面回答，用另一个角度再试一次，还是放弃，直奔下一主题？看起来不同的问题，对方有可能给予的回答是否会出现一致或重复？什么样的问题适用于破冰？什么样的问题即使在超时情况下提出，对方也不得不回答？类似的提问他曾经有过什么回应，我们怎么问才有独特的角度？提问之前对于事实的陈述或总结用词是否准确，来源是否可靠？如果对方回答过于简洁，哪些问题可以备用……关于“提问”的“提问”还真不少呢。

创意策略反映在问题单上，会有助于访谈的成功，但有时会收效寥寥，甚至遭遇失败。原因很简单：因表达、理解和诠释过程而导致的语义问题。提问者往往只关注自身的语言和背景，而忽略了语言学家欧文·李（Irving Lee）所强调的“词语的意义受性别、年龄、种族、文化、民族以及当前形势的影响”。

采访过程中，迈克尝试了各种方法去赢得叶利钦的欢心。他记得他用了奉承的方法，告诉叶利钦：“能坐下来和曾经的历史推动者、撼动者交谈十分荣幸，也很愉快。”其中一次，迈克试图和叶利钦开玩笑，称他为“一个可爱的年轻人”。但没有一招是成功的。之后，叶利钦在采访进行到半个小时的时候差点还因为他的翻译的一个错误而离开采访现场。当时，由俄罗斯为叶利钦配备的翻译将迈克的问题译成俄文，而一位CBS新闻的翻译将叶利钦的回答译成英文。迈克问叶利钦他是不是“厚脸皮”，其实是不怕批评的意思。但叶利钦的翻译把这句话译错了——完全按字面意思，而不是比喻意义——问叶利钦他是不是跟头河马似的！叶利钦明显动了气，他说要么是翻译出了错，要么是这问题太不得当，他要离开。尽管最终事情弄明白了，但对于改善整个气氛却于事无补。采访进行得颇为艰难。[25]

迈克·华莱士采访叶利钦（Boris Nikolayevich Yeltsin）的失败提醒我们需

要温习一下语言学家欧文·李关于在访谈中有效使用语言的要领：

1. 小心地选择词语和词组。

2. 扩大你的词汇量。

3. 注意词语中微小的语言变化有可能改变整个含义。

4. 要把词语放在一定的语境中去听。

5. 对语言的使用要跟上时代。

6. 清楚词语的意义受性别、年龄、种族、文化、民族以及当前形势的影响。[26]

研究受访者，完成策划案，手持问题单，然后向对面的他提问，即使周全如此，采访领域的专业人员有时也无法完全掌控提问的风险。古希腊哲学家亚里士多德认为，语言是思维的任意外在形式。但在上个世纪20年代，美国语言学家萨皮尔（Edward Sapir）和沃尔夫（Benjamin Lee Whorf）提出了语言相对论，认为并非思维操纵语言，而是语言操纵思维。[27]

在提问的准备阶段，对语言的关注，不仅要研究有声语言，跨文化传播中的无声语言是一套更隐秘的系统。

进入非语言系统，让我们先从认知语境开始。

CHAPTER 4

# 案头功课：非语言

先分享两个关于“提问”的故事，一个是中国人的，一个是美国人的。

亲历者：本人 北京外国语大学二年级学生

教授从兜里掏出一张一美元的钞票，高高举起，涨红了脸，大声说：“谁能提出一个问题，任何问题，我就奖给他一美元。”

他是美国人，在北京外国语大学任教。他讲完了，问大家有什么问题。谁也不吱声。他请求大家提问，因为不然的话他无法了解我们听懂了多少。但还是没人举手。教授有点儿不耐烦了。不，应该说，他愤怒了。

“没有哪一种知识是提不出问题的。难道我讲的每一句话都无懈可击吗？是你们压根儿没听课还是愚不可及？”他的另一只拳头敲打着桌面。

终于，有几个学生举手了。我是其中之一。与其说我们真的有什么问题要问，不如说是因为我们也有点儿生气，因为那一美元有点侮辱人。

亲历者：弗兰克·赛斯诺（Frank Sesno） 华盛顿大学媒体与公共事务主任

几年前，我在中国的一所大学任教，我提出了一些我自认为很好的、挑战苏格拉底的质疑，即美中两国在这个世界上所要承担的任务，以及学生们对这样的竞争的感受。

我让学生们分享他们的看法，定义自己的术语，支撑他们的观点。一位中国学生向屋子里的一位美国学生弯过身去："他在干什么，让我们打架吗？"对这些学生而言，这是不熟悉、不舒适的领域，我的问题带来了重重一击。[28]

为什么"提问"会带给双方"不舒适的碰撞"？"我们"的生气与"教授们"的生气之间存在着怎样的文化隔膜与冲突？日本明治大学斋藤孝教授是研究身体论和交流论的知名学者，在《如何有效提问》一书中，他结合自己的经历，阐述了关于提问的感悟和见解：和欧美人相比，尊崇儒教的国家对"提问能力"的认知非常薄弱。斋藤孝从文化和宗教的视角进行了分析：在儒教文化圈，能够提出精辟问题的人，通常兼具谦虚的美德。就算不发问，自己推测之后也可理解，或是因为关乎私人问题或专业领域，所以他们一开始就保持低调，我想这是儒教国家独特的特征。也正如弗兰克·赛斯诺在《提问的力量》（*Ask More: The Power of Questions to Open Doors, Uncover Solutions, and Spark Change*）中的小结：当然，这也有文化敏感性。一些人对年龄和权威保持恭顺的态度，其他人将公众质疑视为不合适、不尊重。[29]

作为跨文化传播学的奠基人，爱德华·霍尔（Edward Twitchell Hall）的高语境和低语境概念成为解答以上困惑的经典理论。高语境传播指的是绝大部分的信息或存在于物质语境中，或内化于个人身上，极少存在于编码清晰的被传递的讯息中。低语境传播正好相反，即将大量的信息置于清晰的编码中。在诸如日本、中国、朝鲜等高语境文化中，意义可以通过手势、空间、沉默、地位、教育、家庭背景、头衔、年龄，甚至个人的亲朋好友进行传达，因此人们在交流时，常常比较隐晦、间接、含蓄，信奉"沉默是金"的原则，鄙视夸夸其谈，认为“空罐子叫得最响”。而在德国、瑞士和美国等低语境文化中，人们交流时都需要详细的背景信息。正因如此，所以“美国人更多地依赖口语而不是非语言行为进行交流。他们认为‘说出来’和‘说出心里话’非常重要。他们欣赏那些词汇丰富、能够清楚而有技巧地表达自己观点的人”。[30]在口头与书面语言中做到“Articulate”，是教育中的重要指标。无疑，东方与西方在高低语境之间的差异会造成沟通与理解上的落差。比如，美国前国务卿基辛格（Henry Alfred Kissinger）博士在接受我采访时曾回忆起：“1969年10月，毛泽东主席请美国记者埃德加·斯诺（Edgar Snow）一起站在天安门城楼上观看游行，以此向美国政府传递改善关系的信号。但我们当时觉得这只是中国在搞宣传，所以根本就没有注意。中国人常常高估我们的敏感程度。”

霍尔的观点，帮助我以超越的视角反思职业生涯中的关键词“提问”，也使得我将访谈实践中的提问放置于更广阔的语言交际背景之中。对面的受访者来自不同的文化族群，经常以中文英文双语进行访谈的我，如何能够以自己的问题穿越高语境文化和低语境文化的丛林？那就是对于语言和非语言的双重关注和解读。也正如霍尔的强调和提示：语词交谈固然重要，但这并不意味着不用语词、只用行为的交流就不重要。诚然，语言以特别细腻的方式塑造思维，但毫无疑问，人类最终不得不认真研究语言之外的其他文化系统；它们对我们感知世界、感知自我的方式以及组织生活的方式都产生广泛的影响。我们要习惯面对这样的事实：语词层面的讯息传达的是一种意思，另一个层面传达的意思有时却截然不同。[31]

是的，我们对别人的判断，70%以上在见面的两三秒之内就形成了，这就是为什么我们的形象和举止非常重要（这是我们未开口之前“说”的话）。语言只占很小一部分，有时语言是最无足轻重的，甚至还具有欺骗性。

## 眼神

2005年，我对美国前总统克林顿（William Jefferson Clinton）的专访，是从感知他的非语言——眼神开始的，更从他与每个人面对面的眼神交流中，领略到了他高超的人际交往能力。

《杨澜访谈录》已经采访了不少国际政要，但是从来没有一个人像克林顿这样，一进房间就和每一个人握手的，我是指每一个人。从摄像师到小助理，一一握手，并询问对方的名字，而且握手的时候还看着对方的眼睛，搞得好几位小伙伴都不好意思了。明知道他也不可能记住这么多人的名字，但大家都感到被尊重。这让我想起了一个朋友告诉我的真实故事：有一次，克林顿在北京的一家餐厅用餐，为了保证他的安全，餐厅当晚就不对外营业了。就在这一天晚上，克林顿和餐厅的每一个人，从餐厅经理到服务员，都进行了一对一的交谈，甚至包括那些完全不懂英文的人——天知道他们都交谈了些什么。不过克林顿的个人交往能力一直是有口皆碑的，包括小布什总统（George Walker Bush）也承认这一点。

于是，我对克林顿的采访就从他的语言与非语言技巧开始。

杨澜：布什总统曾经这样形容你的个人风格说，克林顿总统可以同时正视人们的眼睛，与他们握手，抱抱他们的宝宝，拍拍他们的狗。你如何形容他的风格呢？

克林顿：我们有很大的不同，也有一些相似之处，这可能因为我们都来自美国南方，出生于同一时代，受同一种文化的熏陶。我认为他是一位非常非常有能力的政治家。

传播学教授查尔斯·J. 斯图尔特和威廉·B. 凯什在著作《访谈的艺术》

（*Interviewing Principles and Practices*）中，研究发布了“世界各地非语言符号传递信息的差异性”：从全球范围来看，美国人所受的教育主张在与人谈话时要看着对方的眼睛，而非洲人所受教育则告诉他们听别人讲话时要避免眼神接触。一个诚实的美国人张大了眼睛表明他的惊讶，而中国人这样做则表明他生气了，法国人以此表达的是不信任，而西班牙人以此表达的则是缺乏理解。[32]日本人在对方说话时点头，或者说“是的”，往往是表达尊敬，表示自己听见并听懂了，并不一定是赞同对方的说法。

眼神交流在人际交流中的符号性意义，经过媒体的报道和传播常常被第三方解读，即使解读者来自不同体系的语境文化。迈克·华莱士采访霍梅尼（Ayatollah Khomeini）的报道中，两人之间的“眼神交流”甚至比两人之间的语言交流更引人注目：

> 迈克在1979年采访伊朗精神领袖阿亚图拉·霍梅尼时，霍梅尼就是不看他。“他不看着我这一事实有太多意味，”迈克回忆道，“他已经同意和这个人，这个访问者坐下来做访谈。他为什么愿意和我坐下来对谈？他的人民显然感到这对他而言，或对他们而言是个好主意。”但霍梅尼的民众却不能强迫他们的头儿和迈克做眼神交流。而这种联系的缺乏，这种眼神交流的缺乏，也成了整个报道的一部分。霍梅尼在美国人心中那种冷酷统治者的形象在迈克的这次访谈中进一步加深了。[33]

经由读“眼”而读心，芭芭拉·沃尔特斯也认同此道：“做采访的时候，我会直视着采访对象的眼睛，通过对方的表情，哪怕是最细微的，比如眼光的一瞥或是一丝的畏缩，我就知道自己击中了要害。”[34]

虽然我无法确定“眼睛是心灵的窗口”出自西方还是东方，但我非常认同上述芭芭拉·沃尔特斯的观点。因为我相信要想真正了解一个人，就必须观察他的眼睛。当然，眼神的交流在不同的场合需要掌握不同的分寸。在访谈现场，我会始终与受访者保持眼神接触，但不是全程盯着对方，而是将目光落向对方，用这样的方式传达对对方观点的重视，并运用眼神给予对方积极的回应，从而引领谈话实现双方之间的心领神会。

## 动作

人与人之间的沟通55%是靠肢体语言完成的。肢体语言表露我们的内心，也影响着我们之间的关系。

肢体动作是肢体语言的一种，对受访者的肢体动作保持敏感，是发现有价值的提问线索的有效方法。

2004年，法国在上海举行文化年，时任第一夫人的贝尔纳黛特·希拉克（Bernadette Chirac）自然成为推广法国时装的形象大使。由于行程非常紧凑，我对她的访谈是在随行人员的催促中进行的。不过，我发现，随行人员越是催促，她越是要停下来看一看，跟每个人握个手、寒暄几句，然后再款款离去。她似乎用这种方式幽上一默，同时也捍卫自己一点点自由的空间。

她的这个肢体动作给我留下了深刻的印象，在访谈中我决定减少关于“时装”的话题，而将提问的重点放在了希拉克夫人的“态度”上。

杨澜：身为一个时装王国的第一夫人，我想民众对您的服装以及着装方式肯定非常挑剔。这是一种压力吗？您如何应对呢？

希拉克夫人：我尽可能让人们感到满意，但是我有很多工作要做。因此，在繁忙的日程中你很难找到时间来更换服装。我清晨起来就要把外套和正装穿好，让它同我的裙子相配。之后，要到晚上我才有机会来换衣服。所以，有时候你很难做到尽善尽美。但我尽力做到最好。

受访者的紧张和局促，往往也会第一时间通过肢体语言暴露出来。表情和身体比较僵硬的，我就讲讲笑话，分散一下注意力；身体后仰几乎陷到沙发里去的，就提醒对方坐直一些，这样在镜头里更好看，同事会适时递上个靠垫。

别以为所谓“大人物”就会对采访应对自如。

我采访查尔斯王子（HRH Prince Charles）时，不知是生性腼腆还是有点紧张，他一边回答，一边不自觉地搓手。

我看了看他的手，皮肤通红，骨节粗大，联想到他喜欢骑马，种植有机农作物，就问：“我听说如果您可以自由选择职业，您更愿意成为一位农夫，是吗？”他放松下来，点点头说：“也许吧，假如我有选择。我真的喜欢农场的一切——土地、泥土、树木、鸡、猪、羊……它们总是让我着迷。我甚至跟植物说话，据说这样它们会长得更好，呵呵。我尽可能地接触土地，也鼓励人们在高度城市化的今天尽可能保持与土地的接触。今天的孩子们只知道食物是从超市里一包一包买回来的，我希望他们——包括我自己的两个儿子——参与农活，建立与土地的感情。”

这就是一个动作引起的一番谈话。

作为提问者，我们在观察受访者的肢体语言，对方也同时在解读我们的肢体语言。相比其他身体语言，手势语言是采访者比较显著的肢体语言，通过手势发出的动作不仅关乎提问者，更多意味着朝向对方的指示动作。

作为一名有丰富沟通经验的演说家和咨询顾问，特里·费德姆（Terry J. Fadem）在《提问的艺术》（*The Art of Asking: Ask Better Questions, Get Better Answers*）中阐述了手势的功能：手势在沟通中扮演了重要的角色：双手张开，手掌向上，手掌向下，拳头撞击，十指交叉，双手合十——要知道，用手发出的信号同所有问题都可以产生关联。

以下几个基本原则可以指导你使用手势来辅助口头语言的提问：

1. 查看一下你的手和胳膊，它们是否能与你的话语相配合。如果问开放式问题，就要张开手臂和手掌。

2. 如果你不太确信某个手势是否能做出准确表达，或不知道哪个手势才能准确表达，那么把手放好。

3. 在和一群人说话时，不要用手去指其中某个人，或者向他打手势，即使他是这群人当中唯一能够回答问题的那个人。如果你想听一个指定的人作答，那么叫他的名字，这个人就会听你讲话。[35]

## 服饰

一件平常的T恤，一句非凡的提问。

2016年，《杨澜访谈录》开启了全球范围的探寻人工智能之旅。当我来到人工智能研究重镇斯坦福大学，见到时任斯坦福大学人工智能实验室主任、“谷歌云”首席科学家李飞飞的时候，我立刻被她所穿的灰色T恤所吸引，并非这件T恤有很独特的设计感，而是印在上面的两行英文，翻译过来就是：AI改变世界，谁来改变AI？她说：“我很想让笛卡尔转世，问问他是否会重写‘我思故我在’这句话。”

一句饱含人文内涵的提问，一件平常的T恤，让我读出了李飞飞作为科学家的哲学思考。她在人工智能领域“以人为本”的研究方向和方法，凝结为“AI改变世界，谁来改变AI”，这句话也启发了我，一位文科生采访和探究人工智能领域的关键问题，即人工智能无法替代人类智能的是什么。李开复先生曾用“社交性”和“创造性”作为坐标衡量人工智能时代不容易被机器替代的工作。而同理心是其中的关键词，人与人交往的情感连接，浓缩起来就是一个字：“爱”。所以我在节目中提出“科技决定我们奔跑的速度，爱决定了我们奔跑的方向”。

相比眼神、语气、体态、动作，服饰语言以一种更为显性的方式存在着。作为非语言，服饰语言从来不可小觑，关注受访嘉宾的服饰细节很少会让提问者无功而返。

罗启妍：我觉得相称不一定要（对）称，这个不平衡也可以达到平衡的感觉。

杨澜：其实这是一种现代的感觉。

罗启妍：对，不一定要相称的，所以用颜色来平衡也可以，用重量来平衡也可以。我为什么要自己增加自己的麻烦呢？所以我不（对）称，上面不（对）称、下面不（对）称，什么都不用（对）称了。

杨澜：那这个结果是要多花钱呢，还是少花钱呢？

罗启妍：我真的不知道。

杨澜：比如说你这样一双鞋一定要买两双吧，对不对？

罗启妍：我就是买鞋，也不是随便看到好看就买，我一定问他：你有没有至少三个颜色？

采访珠宝设计师罗启妍，我没有从她的珠宝作品谈起，而是被她左右脚颜色各异的穿鞋方式吸引，提问就从鞋子开始。对她外在信息的解读，恰恰引出也印证了罗启妍设计珠宝所遵循的理念：知其雄，守其雌；知其白，守其黑。

与艺术家的浪漫与奔放不同，政治家们的高冷体现在发言分寸和表情控制方面的滴水不漏，但由服饰、发型、妆容等组成的非语言信息同时在“泄露”着他们的秘密。

2001年，我在美国华盛顿采访前国务卿奥尔布莱特（Madeleine Korbel Albright）前，就了解到她对胸针的喜好。一枚得体的胸针，往往非常醒目，不仅点缀色彩，让沉稳的套装多点灵动，也能体现主人的心情和品味。在奥尔布莱特身上佩戴的胸针还带有国家意识，她在出席国际谈判时常常佩戴美国国会白头鹰的胸针，相当强势；她与金正日会谈时戴着星条旗的胸针；在与伊拉克前外长阿齐兹（Shaukat Aziz）见面时戴着蛇形胸针（因为伊拉克媒体曾形容她像蛇一样狡猾）；参加中东和谈时又换上和平鸽的胸针。

杨澜：作为国务卿，您很在意穿着，旁人也同样很关注您的服饰，特别是您的胸针。最有名的故事是，有些伊拉克人称您是蛇一样的女人，您就干脆戴上个蛇形的胸针。那是什么时候的事？

奥尔布莱特：那时我刚到联合国，我的一位前任金·帕特里克告诉我，“人们会很注意您的穿着打扮”，所以我就有理由买新衣服。那个蛇形胸针我很早就有了，它也是我的收藏品之一。从那以后我觉得用胸针来表达自己的心情非常有趣，别的书好像还没有提到这一点，而我在我的书中则有描写，有机会的话大家不妨去看一下。

杨澜：看来您已经在为新书做促销了，那么您今天的胸针又可以向我们传达什么信息呢？

奥尔布莱特：眼下正是春天，这是个珊瑚胸针，我觉得那是种“中国红”。

如同奥尔布莱特“胸针”的特殊意味，在彰显个性化风格时，女性领导者也更爱用非语言的方式去表达。

2019年9月26日，当英国最高法院院长何熙怡（Brenda Hale）用平稳的语调，宣布英国首相“建议女王陛下‘暂停议会’的决定”为“非法”时，比这条新闻更为震撼的是她佩戴的那只硕大的“蜘蛛胸针”。因为它“太过耀眼”，几乎是瞬间点燃了传统媒体和社交媒体的热议。《纽约时报》特别指出，这枚胸针是一只肉食的“驼蜘”，并用“Big Spider Love：The Brooch That Ate Brexit（吞了脱欧的胸针）”来做标题，“一语双关”。与此同时，同款“蜘蛛胸针”被很快印到了某服装品牌的网售T恤上，一小时就卖出了1500件。

作为女性，何熙怡喜欢佩戴胸针，只不过她的胸针远比奥尔布莱特来得更为夸张，也更偏重“爬行动物”的特殊造型，从“青蛙胸针”“甲壳虫胸针”，再到“蜘蛛胸针”，这些具有强烈形式感的胸针以“非语言”的方式，与她作为大法官严谨有加的语言表达，共同组成了她本人个性化的观点和立场表达。

有人愿意以服饰类非语言发出“特殊意味”，也乐见媒体的“配合式解读”。但是，这在某种程度上，也造成了媒体对女性领导人服饰形象的过度关注。比如英国女王曾在2017年在英国议会演讲时戴了一顶天蓝色的帽子，纯属偶然，却被解读为“这是欧盟旗帜的颜色，女王希望英国留在欧盟”，而对女王当天的演讲内容未做深入报道。这种过于关注并解读女性领导人服饰的习惯也常常让当事人不悦。如爱尔兰前女总统玛丽·罗宾森（Mary Robinson）在任职期间准备出访时，记者就会问新闻发言人："总统会穿什么样的衣服？"而男性国家领导人从来不需要回答这种问题！于是，爱尔兰的新闻发言人不卑不亢地回应："如果你先告诉我你们总统穿什么服装，我再告诉你吧。"

从T恤、鞋子、丝巾到胸针，受访者并未明确言说的信息通过服饰语言一一传达给我以及屏幕前的观众。而我作为采访者，同样也在以这种独特的非语言，与嘉宾、与观众进行着微妙的互动。

电视采访对访谈者服装有一定要求，比如纯白色会显得肤色黑，纯黑色不反光的面料会看上去沉闷，细条纹或碎格子的衣服会在屏幕上"闪"，直到数码高清技术解决了这个问题。还有就是服装式样、颜色与环境的关系，与受访者的色彩关系（想想如果对方穿绿色而你穿黄色）。当然还要考虑季节温度与服装的材质（达沃斯论坛的采访常常在白雪皑皑的室外做，那时的天气非常寒冷）。

服装与采访内容也有直接关系。采访政要，相对严肃，记者的服装应尽量选单色的套装，配饰更要简洁。如果对方是男性政要，几乎可以肯定对方会穿深色西装，那么我就可以穿带颜色的套装，让画面不至于太呆板。如果是女性政要，那就要提前询问她的助理有关服装颜色的事。如果得不到信息，可以查查她以往的照片，琢磨一下她的着衣风格。以不变应万变的方式，就是选米色或灰色的服装，怎么都不会太突兀。同时避免穿太高的高跟鞋——访谈是谈话，又不是比海拔。

采访艺术家、设计师的时候，穿衣最难。过于拘谨严肃的套装明显不适合采访对象自由灵动的气质，从头到脚是完整一套也会显得过于刻意、沉闷。这时混搭是较好的方式，随意但要有想法。棉质衬衫、T恤加素色外套，搭瘦腿裤或牛仔裤，都是比较安全的穿法。

何谓安全的穿法？敬一丹给予了这样的定位：在屏幕上，主持人的服饰是一种语言。也许我还没开口，我的发式、化妆、服装就让人读出了某种意味。作为一个新闻评论节目的主持人，在服饰上大方、朴素，给人稳定感，这是最基本的。有一个原则，就是不能让服装成为妨碍人们接受信息的因素。[36]

芭芭拉·沃尔特斯的着装原则是：在节目里我从不穿性感撩人的衣服。新闻部里谁都不会那样穿，都只穿套装，或是高领长袖的裙子。肌肤很少裸露出来，除非是穿短裙子。当时这是条心照不宣的规矩——职业女性要想受人重视，唯有抹杀性别特征。如今状况已有所改善，但是对新闻节目的女主持人来说，并没多大变化。我们基本上还是穿套装。只是在近几年，我才开始在正式采访中穿长裤，而不是套裙。

无论是裙装出镜，还是长裤出镜，“处理好细节”是拉里·金对于仪表的要求：上电视的时候，你的仪表也非常重要，因为你不仅仅是在代表别人讲话，更是在代表你自己。你要穿一身好看的套装或者正装，打扮齐整，包括一些细节，比如指甲缝里面干不干净都要注意到。我倒不是在这里讲个人卫生课，只不过电视摄影机真的是不会撒谎，它会老老实实地把你的真实形象拍出来。如果你的衬衫第三颗纽扣没扣好或者休闲衫没有扣，观众都会看到。如果你在录制节目的那天下午替自己的汽车换油而在指甲缝里留下了黑泥，观众也会看到。而反过来，如果你的头发整整齐齐，全身上下也都很整洁，那么你本人以及你所代表的组织都会给人留下很好的印象，尤其是在电视上。[37]

在一个男性愈加讲求颜值的时代，女性访谈者需要处理的关乎服饰的非语言信息可能更多，也可能更少。从妆容的浓淡到香氛的使用，应对不同的社交场合，已然有越来越多的专业人士给予建议和方案。作为职业的访谈者，我秉承的倒是简单而有效的“睡觉原则”：只要让女人睡一个好觉，她就无所不能！虽然相似的忠告芭芭拉·沃尔特斯也说过。

在这里，我推荐她的版本，因为更加详尽，而且更具有可执行度：

1. 好好睡一觉，是我们化妆的最好“底子”，然后再搽软面霜或面乳，因为它们看上去如此自然，再画眼线。

2. 年轻女孩不要使用苍白的口红。我们年纪大的，需要更浓的颜色。在电视上，我使用红棕色眼影，走下电视我使用淡一些的眼影。我的眼睛总是如此装扮。

3. 我一般在到达《今天秀》工作场地两小时之后，才会喷洒香水。

4. 我提议要沐浴、洗澡，这样会除掉异味，呼吸起来畅快，可以进行长时间的美妙对话。这一切会让你看起来韵味十足、友善可爱，甚至在你开口之前，人们就会被吸引到你身边。当你对一位领袖人物说：“您相信永远吗？”——你会赢得一切。[38]

传播学者施拉姆（Wilbur Schramm）说：“我们以我们的发声器官发声，却以我们的整个身体交谈。”案头阶段对语言到非语言的探讨和研究，会帮助提问者与受访者得以超越文化、宗教和信仰的藩篱，实现广泛、深刻而精确的对话与交流。

其实，选择合适的服饰，梳妆整齐，精神饱满，不仅是一种工作状态，也是一个进入工作状态的“必要仪式”，这个过程让采访者身与心都逐渐进入最佳状态，而后就将这一切抛诸脑后，专心致志于交谈本身吧。

# PART II
# 提问开启

通常，开放式提问更利于暖场；闭合式提问单刀直入，但也有风险。

这只是理论层面的提问技巧。真正的技巧在于创造性的组合，在开放与闭合之间实现漂亮的开场。

破冰原则的背后是提问者的观察力与分寸感；关系原则的背后是提问者的价值观与方法论。

CHAPTER 5

# 暖场：破冰原则

先让我们来做个选择题：

你是宁愿：

1. 不带降落伞就跳出飞机？

还是：

2. 在宴会上坐到一个从未见过面的陌生人旁边？

如果你选择的是1没什么关系，千万别太难过，因为还有很多人都跟你一样。尽管我们每个人每天都在说话，但还是经常会觉得张不开嘴。[1]

如何与初次见面的人开始交谈？这是普通人际交往之间常常遇到的问题；如何与初次见面的人深度交谈？这关乎专业访谈领域的专业难题。

当“尬聊”成为一种调侃，映射出的是现代人沟通能力的减退。正如《提问力》一书所阐述的观点：我们太多时候在工作和生活中假装沟通，自说自话，陷入思维和认知的自我封闭当中，因此也不可能在和他人的关系上有真正的开放性。[2]

暖场，是打破思维和认知冰封层的起点，一方通过主动参与式观察和行为，尝试与对方展开积极的互动，消除双方（提问者与受访者）之间的陌生、警惕乃至敌意，这正是应用于人际交往和专业访谈中的破冰原则。

开启暖场的正确模式，首先是正确地称呼对方。

## 称谓的分寸

2007年，北京，我与约旦王后拉妮娅（Rania Al－Abdullah）的对话。

杨澜：王后陛下，这是您第二次访问中国了。您刚刚同北京大学的年轻人进行了一次非常有趣的对话，印象最深的是什么？

王后：听听他们对于这个国家的期望、他们的梦想，中国的未来将是非常光明的。

2009年初夏，英国克莱伦斯宫，我与英国王位继承人查尔斯王子的对话。

杨澜：王子殿下，谢谢您接受我们的采访。

查尔斯王子：不客气。

一个“陛下”，一个“殿下”，虽然只差一字，两个称谓的等级却是相差甚大。当哈里王子的儿子小阿奇诞生之后，英国王室公布了他的全名：阿奇·哈里森·蒙巴顿－温莎（Archie Harrison Mountbatten－Windsor）。随之，在互联网上“为什么阿奇的名字后面没有‘王子殿下’”成为全球网民的提问热点。人们对称谓的关注，恰恰映射出了称谓背后隐含的特殊社会学意义。按照社会语言学家的观点，称谓被区分为亲属类称谓系统与社会类称谓系统，前者规定长幼与辈分，后者界定等级与身份。所以，对于一位采访者而言，最先面对的问题往往是如何精确把握好对方的“称谓”。

无论是东方宫廷，还是西方王室，称谓以一种古老的礼仪传承，借以规范着内部秩序，也与外部保持着神秘的距离。

这天晚上，午夜时分，英国大使馆打电话通知身在纽约的我，菲力普亲王（The Prince Philip）完全同意接受采访，地点就定在他下榻的华尔道夫饭店的总统套间，时间是他飞回国之前的短暂一刻。我急忙问道如何正确无误地称呼他，我考虑在采访一位王室成员之前得进行必要的准备，对方告诉我称“殿下”“菲力普亲王”或“爵士”均可，但一定不能称他“大公”。[3]

所以，为了避免尴尬，在正式社交场合，有关称呼和礼节，提前咨询是专业人士的专业素养。如果你见了国王、皇后，要称呼“Your Majesty”（陛下），而不能直呼为“Queen”或者“King”，而且目光要略向下看，不能直视对方，甚至要行屈膝礼。如果对方是直系皇室成员，你应称呼他们为“Your Royal Highness”（殿下），非直系皇室成员或已离婚但仍有贵族头衔的，要称“Your Highness”。英国有授爵的传统，有些人很在意这一荣誉，你就需要照顾到。比如我采访的英国前外相杰弗里·豪（Geoffrey Howe）拥有勋爵头衔，在采访前他就特别提醒我要称呼他为“Lord Howe”。而有些人却不在意，比如拥有爵士头衔的维珍集团创始人，被称为“嬉皮士企业家”的理查德·布兰森，理应被称为“Sir Richard”，但我采访他时，他对这一称呼感到别扭，坚持要我直呼其名“Richard”，不然就把他叫老了。有欧洲血统的人在美国做生意，很在意保留贵族痕迹，比如以印花裹裙（Wrap Dress）著称的服装设计师黛安·冯·芙丝汀宝（Diane von Fürstenberg, DVF），这名字中间的von是德奥裔贵族的表示，即使她早已与那位德国皇室后裔离婚，也始终留着这一间缀。法国人的贵族标志当中有de，比如法国前总理德维尔潘的全名是多米尼克·德维尔潘（Dominique de Villepin）。

如果面对政府内阁部长以上的官员，第一次称呼应该用“Your Excellency”（阁下）。不知你是不是跟我一样，在记人名方面不太在行，有时只知道对方的职务，而忘记了对方姓什么，直呼其名吧，又没那么熟。那么不妨称其职务，比如“Mr. President”“Mr. Chairman”“Mr. Ambassador”甚至用“Madam”“Sir”也是可以蒙混过关的。这样的技巧常常需要，比如我认识的波兰驻华大使霍米茨基（Chomicki）先生，第一次见面真是记不住他的姓，偏偏又坐在他旁边用餐，只好一直用“大使先生”相称，他一定认为我很有礼貌吧。最后他不得不说：“请叫我的中文名字‘大虎’吧。”

中国已经没有贵族的世袭制了，北京人在称呼清朝遗族时，还有用“爷”或“格格”的，而平时人们更多地是以职务或职业相称：部长、主任、处长、教授、师傅、老师等，也有用辈分称呼的习惯：奶奶、爷爷、阿姨、叔叔、哥、兄、弟、姐、妹等。

2001年，我在上海采访了中国社会科学院前副院长刘吉，彼时的他担任中国移动通信联合会的会长和中欧国际工商学院的院长。知识分子和政治家是交织于他人生履历的两大身份符号。

杨澜：首先我应该怎么称呼您呢？是刘先生还是——刘院长可能比较亲切一点。但是我听说人叫你刘大哥，是吗？为什么这么叫你？不光是你这一辈的，小辈也这么叫你，是吧？

刘吉：对，我愿意跟他们年轻人在一起，要想永葆青春就得跟年轻人在一起。所以他们就喊我“大哥”，后来年纪大的也跟着一起喊“大哥”了。

如果知道对方的名字，是否就可以直呼其名？初次登上《正大综艺》主持舞台时，我也曾遭遇这样的称谓困境。当听到我直接喊出对方的名字时，赵忠祥老师直截了当地说：“中国人嘛，首先要讲礼貌，礼仪之邦嘛。你一个年轻的女孩子，怎么可以在节目中对年长的来宾直呼其名呢？”其实我有自己的苦衷：当时制片人明确告诉我不要用“先生”“小姐”之类的称呼。遇到陈强、田华等老前辈，称他们“同志”吧，似乎有点过于严肃，不太适合综艺节目的氛围；“先生”“女士”当时又不许用；总不能叫“叔叔”“阿姨”吧。情急之下，就只好直呼其名了，自己也非常别扭。

回头再看赵老师的指教，仍然是有道理的。作为提问者，对嘉宾的称谓，只要彼此尊重，利于沟通，就是正确的。后来，在节目中，对于年长的嘉宾，我统称“老师”。从此往后，中国电视上一片“老师”之称，竟然约定俗成了。对于平辈，我选择直呼其名。

杨澜：谭盾，首先祝贺你获得奥斯卡最佳原创音乐奖，我想所有的华人都感到非常骄傲。事先你有没有做准备，是不是觉得自己有希望获奖？

谭盾：最开始没有准备。我湖南老家的一个算命先生跟我讲：凡是你想得到的东西，都得不到。所以我就不敢想，我真的是不敢想，我也不去想。

是的，在正式的社交场合，直呼其名可以是非常有效的沟通方式，与是否礼貌并无关系。问一个人直接问题的时候，请直呼其名，尤其在会议或其他一些公共场合，这是一种积极的做法。称呼对方的名字，是一种引起对方注意的方式。如果你的问题是直接问题（容易理解，提问目标清晰等），你称呼的那个人会很乐意作答。[4]

奥里亚娜·法拉奇：阿布·阿玛尔，人们常常谈论您，然而对您却一无所知……

亚西尔·阿拉法特：关于我，唯一应该说的是：我是个普通的巴勒斯坦战士。[5]

1967年，阿拉法特（Yasser Arafat）被选为巴勒斯坦解放组织执委会主席，在此前后，在西方人眼中，他始终是个神秘人物，他的曾用名“阿布·阿玛尔”（缔造者的意思）罕有人知。做足功课的法拉奇以这样的称谓开始采访，两个人之间解密与反解密的较量就拉开了帷幕。

称谓并非一个简单的称呼，它可以在特殊的场景中被利用，成为“拆墙”的武器；称谓也是彼此之间关系的衡器，在日常的场景中被巧妙使用，可以促进双方之间的优质互动。在提问时，在对方名字后面加上亲昵的称呼，或者将对方的姓氏省略，都是拉近彼此距离的称呼方式。

**提问** 台湾“艺坛大姐大” 张小燕

杨澜：小燕姐，大概是去年，我在采访李敖的时候，他说，“在台湾横行四十年的只有小燕、琼瑶，还有我”。其实后来我想不对，你横行的时间比他长，对不对？

张小燕：对，我行的时间，也不能叫横行。哈哈……

**提问** 香港知名歌手 陈奕迅

杨澜：奕迅，非常感谢你接受我的访问，因为我看你平时很少做电视专访，为什么？

陈奕迅：是没有人邀请我。

## 谈资的选择

上联：在吗？干吗呢？

下联：嗯在，没干吗。

横批：呵呵。

这是来自网络的一副对联，显示了久未联系的两个人在微信上的聊天过程。

双方似乎在沟通，但沟通又没有发生。原因在哪里？提问者显然没有找到合适的谈资，即引发双方互动谈话的话题。

那么，什么又是无意义的互动？

有时候与他人互动时，需要一段简短、轻描淡写又无意义的互动，例如问候他人“最近好吗”或是“最近过得怎样”，这和“How are you”是一样的礼节。

教英文会话的老师曾如此问过，当时我身体的确不舒服，正当我开始详细述说时，他却告诉我“只要回答‘Fine, thank you, and you?’就可以”，认真地回答说不定会造成对方的困扰。

这类问题只是“随便问问而已”，不能将其视为愚笨又无意义的问题。[6]

斋藤孝教授的如上阐述向我们指出了社交式寒暄的功能之一：双方有礼节地打个招呼而已。在现实空间，打招呼是打破僵局的社交方式，但是打招呼所用的话题也常常局限于非常有限的素材。马克·吐温（Mark Twain）曾抱怨说，人们一见面就讨论天气，但却没人想点办法。话虽如此，谈论天气仍是非常理想的开场白，特别是在你对对方一无所知的情况下。除了天气外，小孩和动物也是不错的话题。[7]

对于专业访谈者来说，我们的工作绝不会止于寒暄，而且寒暄的时间越短越好。

1998年，我在凤凰卫视的访谈节目《杨澜工作室》刚刚创办不久，这一年，美国福克斯电影公司拍摄的电影《泰坦尼克号》在全球掀起狂潮，我将访谈邀约投向了福克斯公司的老板，传媒大亨默多克（Rupert Murdoch）。但他的助手说，三年来他没有接受过超过20分钟的采访，面对记者的追问，他只拣几个字就打发了。面对拒绝，我没有放弃。不久之后，在一次酒会上，有人把我介绍给他，他似乎也知道我，就问我想做什么节目。我说做人物专访。“什么样的人物呢？”他问。“比如说您。”我半认真半开玩笑地回答。没想到他爽快地答应了：“一言为定。”

勇气是最大的技巧，永远都是。开口提问的勇气永远都是不可或缺的最宝贵的品质，也是所有的沟通技巧中排在第一位的。[8]

2001年，作为《杨澜访谈录》的首位嘉宾，前国家主席刘少奇夫人王光美女士在北京家中接受了我的采访。面对这样一位经历过大风大浪的非凡女性，采访之初，我是忐忑的，与她握过手，正不知如何称呼她，她亲切地说：“你叫我光美吧，大家都这么叫我。”然后她打开衣柜，让我帮她找一件合适上镜的衣服，我们都看中了一件天蓝色的毛衣。她忽然想起了什么，找出一条蓝白相间的纱巾，往脖子上一围，问我是否好看。我初见她时的陌生与拘谨借由这样的互动方式得以消除。从她的审美眼光，到内在的气度，我读出了王光美女士朴实但高雅的个人品味，这些信息也构成了我解读她非凡人生的关键词。

谈资不是谈出来的，而是来自访谈者的发现。有案头功课作为基础，再即兴调度自己的知识储备，暖场的桥段与正式的访谈就可以水乳交融，成为访谈的有机组成部分。

2013年底，我在伦敦采访时任英国首相卡梅伦（David Cameron）。采访地点就选在维多利亚与艾尔伯特博物馆（Victoria & Albert Museum），当时那里正在举办中国明清画展。我向首相助理提议，在采访前能否请首相在画作前驻足欣赏一下，一来暖暖场，二来也便于拍摄花絮镜头（B－Rolls）。他的助手一会儿说可以，一会儿又说首相时间有限，不行。

当我和摄制组把机位、灯光都调整到可以坐下来采访时，卡梅伦进来了。他客气地跟我握握手，谢谢我们专程前来，接着就指着展品说："能请你帮我介绍一下这些画吗？"……我给导演使了个眼色，摄影师和灯光师立刻机上肩，灯上手，找好角度。我事先也没机会细看这些古画，只好根据自己有限的画理知识，猛一通解说，什么横式竖式啊，笔墨浓淡啊，气韵生动啊，天人合一啊……不知对不对，反正首相不住点头，还加一句："我一直觉得中国人用一支软笔能表现这么丰富的质感，真了不起！"这番交谈后，我对他的采访从对中国文化的兴趣开始，到两国外交经贸，再到他的执政理念与挑战，一气呵成，气韵生动啦！

从寒暄到邀约，从邀约到面对面，当暖场进入尾声，正式的问与答尚未开始之前，提问者和受访者的心理对白已然上线。

## 对白的预热

李昌钰的名字和不少大案联系在一起，有人说，只要李昌钰出庭作证，他代表的一方必胜无疑。1964年，他从中国台湾到美国留学，用了整整十年的时间半工半读，完成博士学业。在过去的20多年时间里，李昌钰参与侦破了超过六千起案件，有“罪案现场之王”的美名。

作为提问者，当我出现在采访现场——李博士所执教的美国康州纽黑文大学之前，已经在脑海中过电影一般预习了那些他经手过的惊天大案。但是，仍有一种莫名的焦虑与紧张萦绕心头……这可是一位明察秋毫，看透人心的刑侦专家。案头工作缺失了什么？是案例的细节，还是受访者的故事？似乎都不是。

在正式采访开始之前，李昌钰送给我一枚徽章，上面用英文写着他的名字和Forensic Science的字样。他说，20多年前，人们对此还非常陌生，很多美国人连forensic这个单词都不知道。

当他将目光投向我，仿佛在问我：你知道吗？

“forensic”和“foreign”（外国的）有什么关系吗？我的汗都下来了。忽然明白了自己先前焦虑的原因，我对他的行业还是不够了解。

“是刑事鉴识。还有人认为我是研究forest树林的！”哈，李博士用他的幽默感让我下了台阶。我得以在热场环节快速完成了对“鉴识科学”（也称法医学）的基本认知，也了解了刑事鉴识从受警方控制到可以独立发表意见、从使用最简陋的工具到引进DNA测试等先进手段的发展历程。于是我迅速调整了自己的采访提纲。

杨澜：你可以决定自己是作为辩护方的证人，还是作为检方的证人吗？

李博士：按照英国的法律，我可以代表法官、法庭，不管检方、辩方；在美国是一个咨询体系，你只能代表一方，不能代表两方。

杨澜：那会不会影响你的这个公正性呢？

李博士：不会，因为我讲的话是一样。

从他的介绍中，我理解了，即使都是在英美法律体系（亦称为普通法系、海洋法系）中，法医的作用也是不同的，如果考虑到更为复杂的社会、政治因素呢？

杨澜：一个案子不可避免地已经带有很多社会属性。你作为一个科学家应该只就事实来说话，但是也会不可避免地被搅在一起。比如，在O. J. 辛普森的案子中，你当时作为辩方证人提出了一个证据，就是说屋子里还有一个脚印，同时有一双带血的袜子，它不应该是穿在脚上，因为它两边都有一样的血……

李博士：对。

杨澜：所以你认为这双袜子一定是单独从脚上脱下来，才有血迹上去的。你提出的这些证据，实际上在很大程度上影响了陪审团最后的决定。你为什么要从这里入手做辩护？

李博士：对，这是个很好的问题，非常好的问题。美国是个多元化的社会，这是很难免的。所以我训练警察和侦探的时候，第一步就是要求他们不能有Tunnel Vision，“狭窄的视野”，认为只有一条路可以走，一定要有开放的思维，你的脑筋一定要想各种可能性。

杨澜：在很多人的内心里，包括后来民事案件当中，都是觉得O. J. 辛普森有罪。

李博士：是这样的。

杨澜：但是你举证说，可能还有另外一个人在现场，或者说这双袜子它作为证据不够确凿，它只是警察在收集证据时候因为疏忽、粗心而造成的漏洞，所以不能排除合理怀疑，而且这个案件一事不能二审，所以……

李博士：你其实可以做检察官了。

事过多年之后，2016年，案件的真相渐渐浮出水面。当时行凶的是辛普森的儿子，而辛普森也在现场。这是后话了。

迅速学习，进入情境，经过心理对白与现实对白的过渡阶段，我对李昌钰先生的访问，就是这样慢慢地轻松起来了。当访谈结束时，我开玩笑一般问李博士："我有资格戴上你给我的这枚徽章吗？""完全通过！"

不同专业之间的屏障可以加大双方沟通的难度预期，在开场环节的前后阶段，访谈者对现场内外信息处理的能力，影响着彼此之间心理较量的起承转合。

他是一位文学家，拥有大中华区最广泛的读者。他的侠义世界我从哪里破解玄机？他是一位评论家，《明报》创始人，从事政治评论多年。他的犀利笔锋我该如何解读？他还是一位成功的企业家……

越试图与驳杂信息中的他对话，心中的迷茫越为加剧：与"金大侠"侃大山，我从哪里开始侃呢？

1998年，首次采访金庸先生之前，他的复杂性让我一度感觉困惑和紧张。当终于完成案头功课，进入正式采访时，没想到，更紧张的一幕于采访前发生。

我们的采访在金庸先生港岛的办公室里进行，当我们寒暄了几句，坐在沙发上时，金庸先生一指我手中的采访提纲："给我看看吧。"

"可是，这只是个粗略的提纲，只有大概的意思。"

"没关系，给我看看吧。"他说。

"我写得很潦草，还……"

“没关系，给我看看吧。”

他坚持着，几乎伸手来拿了。我觉得老人挺有趣，就把纸递过去。那上面东一个箭头，西一段摘抄，乱得很，恐怕只有我自己能看得懂。金庸先生戴着老花镜，用手指指着，一行行地读下去，还不时停一停琢磨我的意思。我有点难为情了。可看他的样子那么认真，几乎像学生一样，我心里不禁想：原来这么一位大作家也不是任你问到哪儿，就能说到哪儿的，还是需要有个准备才接受采访，我的紧张这才渐渐消失。

他看完了，把纸递还给我，点头说：“提纲写得不错。我们开始吧。”

认真有加的金庸先生虽然让我佩服，但采访前“抢”走我的提纲真是不公平啊，哪有两个人还没过招，就先把对方的秘籍抢去的道理？时隔8年之后，当我第二次采访他的时候，就学乖了，提前将采访提纲记忆在脑子中，带着腹稿上阵，金大侠看着我摊出的双手，没招儿了。

对话是一种交流和碰撞，当我们在审视对方时，对方也在审视我们，那眼神似乎在说：我时间宝贵，你不会浪费这次机会吧？我见的大记者多了，倒要看看你的实力如何：你是否足够自信？我回答时如何压你一头？你有反击的可能吗？某个问题是我今天要阐述的重点，如果我长篇大论，你敢打断我吗？

所有这些心理对白，都必须在见面头几秒钟的寒暄中完成，你说是不是还挺有趣的？如果遇到“偏执型”的受访者，却不是那么有趣的，问答之间，双方的心理对白也可以“兵刃相见”。

安德鲁·格罗夫曾经担任英特尔（Intel）集团总裁30多年。因为严厉的领导作风被称为“最严厉的老板之一”。采访前我注意到，他的助手们总是与他保持着一个相对安全的距离。在他说话的时候，没有人敢插嘴。

我很快亲自感受到了他的严厉。他对于提问是非常挑剔的。有些被采访者在回答提问时，只要明白对方的意思，就不会去刻意指出对方语言中的小错误。但格罗夫会吹毛求疵。比如我问他：“作为当年的一位匈牙利难民，您对‘成功’这个词怎么理解？”

“这两者有什么联系呢？匈牙利难民与成功？”他一点也不客气。

我心里闪过一丝不快：你一定明白我指的是什么，这不是明知故问吗？不过，也许我的问题是过于简化了。于是我解释说：“我是指，您当年身无分文来到美国，如今不仅赢得财富，而且创建了一个举世闻名的公司。”

这时，他才回答说：“成功在不同的时期意味着不同的东西。当我是一个难民时，我的成功就是逃出去；当我上大学时，我的成功就是考出好成绩……成功就是做好下一件事情。”

向格罗夫提问，首先要思路清楚，语言明晰，不然就会遭他抢白。

1994年，医生告诉格罗夫他患了前列腺癌。当时，不同的医生提出了不同的治疗方案，格罗夫看到医生们都拿不出统一的意见，就决定自己来研究这种疾病。最终用自己的研究结果做出选择，把生命作为赌注压在了一种高剂量的放射疗法上，结果，癌细胞居然慢慢消失了。

我把这归纳为“自我治疗”。没想到格罗夫又立即反驳说：“我怎么可能自我治疗？我只是在医生们指东道西的时候，做出自己的选择。每个病人都必须做出这样的选择。”

我必须承认，我当时是有点尴尬的。心想这个格罗夫真有点不给面子，真是个“偏执狂”。

即使是面对相同的受访者，提问者也会收获不同等级的“面子”，这取决于提问的水平。

同样是采访基辛格，在两次访谈开始前，我与基辛格博士所经历的心理对白是两个截然不同的版本。1996年，刚刚研究生毕业的我在美国基辛格事务所采访了他，作为提问新手，我只知道带着空白的脑袋去提问，还停留在“你最喜欢吃的中国菜是什么”的初级段位；而在2002年，在人民大会堂接待厅迎客松铁画前与他访谈的我，已经做了充分的案头准备，从他的大国势力平衡理论来谈论中美关系、中东和平等话题，得到了他“excellent”的评价。

采访其实像是一次探险，对人心的探险。做专访常常是交浅而言深，一个从未见面的陌生人坐在你面前，短短的半个小时、一个小时的时间，作为提问者你希望挖掘出更深层的一些东西，作为受访者的人家为什么一定要告诉你呢？双方的权衡和较量，正是在这个微妙时刻发生的心理对白。

CHAPTER 6

# 关系原则

暖场结束，切入正题。从第一个问题一路向前，直至访谈结束。

非常正确，但这只是一个理想化的访谈流程。

帕洛阿尔托学派在《人际传播实用学》（*Pragmatics of Human Communication*）中指出：任何谈话无论多么简单，都包含两种信息：内容信息和关系信息。自第一个提问开始，人际传播的双层交流，即内容信息和关系信息的交流就同时开启。访谈是需要双方持续合作的动态过程，尤其在提问的初期阶段，内容信息的交流效果，某种程度上，要取决于关系信息的营造质量。

记者要达到正常的信息交流，就要找到双方之间一种合适的关系，即我们常说的谈话气氛。记者要有能力判断，在对采访对象的访问中，对方究竟在一种什么样的关系中才愿意吐露真情、倾心交流。记者必须对这种促进信息交流的“关系”十分敏感，并有能力去把握和营造这种“关系”。[9]

关系原则的精心维系，就从第一个问题开始。

## 开放与闭合

第一种提问方式：

这么热的天是不是糟糕透了？

经济是不是又会滑坡？

红人队（Redskins）今年的情况是不是更糟？

第二种提问方式：

这几个夏天都这么热，肯定是“温室效应”惹的祸。你觉得呢？

今年股市波动很大，让人担忧今年的经济状况会不会像我们想的那样平稳啊。会不会出现滑坡呢？

自从搬到华盛顿之后，我一直都是红人队的忠实球迷，但说实话他们真的得好好整顿一下，而且达拉斯牛仔队对他们的威胁很大啊。不知道红人队今年会怎么样啊？

拉里·金和比尔·吉尔伯特在其著作《拉里·金沟通现场》中列举了以上两种提问方式。其实第二组问题和第一组问题讨论的是完全相同的话题，但是第一组问题只会得到“是”或“不是”这样的回答，而第二组却能激发别人给出较长的回答，当然也会使谈话顺利地进行下去。[10]

在国内外采访教材和采访课程中，“开放式提问”和“闭合式提问”是最为常见的提问方法论。前者用宽泛的方式提问，为答案留有足够的余地；而后者的提问方式比较具体，答案范围也比较局限。如果用“开放式和闭合式”分析上述两种提问，第一种属于典型的闭合式提问，第二种却不是典型的开放式提问。在《访谈的艺术》一书中，查尔斯·J. 斯图尔特和威廉·B. 凯什教授分别剖析了开放性提问和封闭性提问的优点与缺点，并对两类提问方式进行了更细微的厘清。

第一种提问为什么被称为杀手级的问题？因为回答第一种提问，只能用是与非，它属于封闭式提问中的“高度封闭”，对方回答好像在做选择题，是一种随时可能“杀死”双方对话的交流方式。第二种提问为什么不是典型的开放式提问？因为它是开放式提问中的“适度开放”，既具开放性又包含一定的限制条件。这样的提问方式，有利于对方的回答，也利于提问者的控制。

无论是高度开放，还是适度开放，开放式提问总是提问者安全的开场选择。但因为是开放式的，你就要准备好，对方几种不同的回答方式，你都要接得住。如果你是跟一位资深人士交谈，我建议你提前了解他的专业背景，尽量少说外行话，这样谈话才能深入，而对方的谈兴也会更高。

因此有时功课量不小，比如采访索罗斯（George Soros）之前我就特别痛苦。他写了好几本书，从对冲基金到金融市场新准则，从经济“反身性理论”到政治哲学，本本大部头，我读得昏天黑地。但是因为心里有底，问题就可以是开放式的，不管你怎么答，我都能引到我想谈的话题上。

我抛给索罗斯的第一个问题就是“你怎么评价自己”。他倒也坦白：“我以前认为我是个失败的哲学家，但我现在慢慢觉得，作为哲学家，我还没有完全失败。因为我的思想也对别人产生了影响。”我就顺势问他，既然如此在乎思想上的成就，那么是什么原因让他早年投身金融界，是不是因为那时太想赚钱了？他的“反身性理论”如何让他看到市场漏洞和获利机会？作为极其成功的投机家，击垮数个国家货币，造成无数人失业破产是否会给他带来良心不安？他在2007年已看到市场繁荣不可持续，预言经济危机的到来，为什么人们并不相信他的预言？这几个问题的顺序是与他对第一个问题的回答对应的，如果他当时回答“我知道我是一个有争议的人”，那我就可以从最后一个问题倒推着问，一样能完成采访计划。这让我觉得采访也是一种智力游戏，有趣得很。采访结束后，索罗斯在嘉宾留言簿上写道：“你对我的理论的总结比我自己表述得更清晰。”

开放式提问容易激发回答者的热情，比较适合用于开场提问，而封闭式提问则容易造成冷场，却很有针对性。在具体的访谈实践中，没有哪一种提问方法总是正确。封闭式问题的作用总是被严重低估。

杨澜：友柏，我的第一个问题：当你要为一个客户设计一个产品的时候，通常这个设计分成几个阶段？最重要的是哪个阶段？

蒋友柏：其实只有一个阶段，我觉得是直觉。

杨澜：直觉？

蒋友柏：直觉。因为我认为做创意这一行，最重要的就是要回到最原始的东西。

杨澜：那如果把你自己的人生也当作是款设计的话，这个直觉又是什么？

蒋友柏：目前还在找，真的还在找，我只是想要很真实地去过一段日子。当然，我后面搞不好会经过社会不断的摧残，或越来越坏——这个还没有发生。

2010年，我以连续的封闭式提问开始了与蒋友柏的对话。首先从他的职业特性切入，让他选择“最重要”阶段，一个“最”字对第一个提问进行了限定；当答案“直觉”出现时，我的第二个问题又以假设的方式完成了第二次限定，那就是从“艺术中的直觉”到“人生中的直觉”。伴随交流的推进，蒋友柏很快打开了话匣子，向我们展示了他从职业到生活两大领域的故事与感悟，一个命运多舛的“蒋家后代”，一个独立创业的“悬崖边的贵族”呈现于屏幕之上。

开放，还是闭合？没有标准的答案，只有变通的使用。开放式提问开场+闭合式提问推进，抑或闭合式提问开场+开放式提问推进，或者纯粹的开放式和闭合式，都有可能在不同的语境中使用。使用的目的只有一个，那就是有利于双方尽快进入互动流程，并在互动的过程中，保持某种“压力”，让对方积极地回应，对话也会相应变得有趣。

在《创造性的采访》一书中，关于如何创造性地提出第一个问题，肯·梅茨勒教授提出了四点规则，值得我们借鉴：

1. 比较好回答，电视采访更应如此。
2. 能增强采访对象的自尊心，敏感问题稍后再问。
3. 显示出采访者为此已经做了充分的准备。
4. 在逻辑上符合采访者已经阐明的采访目的。[11]

## 相近与关联

华莱士：我把今天同你的交谈看成一次非常难得的机会，因为像你这样的人物，我们记者不大容易得到专访的机会。

邓小平：我是一个普普通通的人。

华莱士：我希望我们在一起的一个小时对你是有趣的。

邓小平：我这个人说话比较随便。因为我讲的都是我愿意说的，也都是真实的。我在我们国内提倡少讲空话。

华莱士：你有没有接受过一对一的电视采访？

邓小平：电视记者还没有。与外国记者说得比较长的是意大利的法拉奇。

华莱士：我读过那篇谈话，感到非常有趣。法拉奇问了你不少很难回答的问题。

邓小平：她考了我，我不知道她给我打多少分。她是一个很不容易对付的人。基辛格告诉我，他被她剋了一顿。

华莱士：是的，我采访过法拉奇。但是我也问了她一些很难回答的问题。

在这段访谈中，华莱士以一位传媒界同行"法拉奇"为中介，不仅让自己进一步了解了邓小平，"电视记者还没有。与外国记者说得比较长的是意大利的法拉奇"；也让邓小平了解了自己，"我读过那篇谈话，感到非常有趣""我采访过法拉奇""我也问了她一些很难回答的问题"等。借力第三方消除彼此之间的陌生与隔膜，是增加彼此了解，建立良好交流气氛的高效方式。

只有接近，才能够实现亲近，而找到相近点是关键。正如华莱士屡试不爽的方法：与采访对象建立融洽关系的方法之一就是在谈话中提起你们共有的朋友或都认识的熟人。[12]是的，对于提问者，这确实是好方法。我会在采访克林顿的时候提及老布什，会在采访吕克·贝松（Luc Besson）的时候提及让·雷诺（Jean Reno），会在采访龙应台的时候提及李敖，也会在采访数学家丘成桐时谈到"光纤之父"高锟（因为两人都是在科学界卓有建树的华人，有类似的成长经历）。任何能够与受访嘉宾建立共识的人、事、物都是开启提问的好素材，甚至包括两个人相似的名字。

杨澜：蔡澜先生，您好，我们俩的名字很相似。

蔡澜：是啊，怎么这么巧！你那个名字怎么来的？

杨澜：那是因为我父母。我是我们家唯一的女孩子，出生的时候我父母就想，哎呀！中国人总要在名字里表现出对孩子的一些期许。那么女孩子什么最重要呢？不要小心眼。于是他们希望起一个跟海有关的名字，希望能够比较洒脱一些、开朗一些，就给我起了这个名字。

蔡澜：我是在南洋出生的，本来的名字应该是东南西北的“南”字。后来因为我的祖父辈也有一个“南”字，所以就没名字了。我爸爸在我上学的时候就改成了这个“澜”字。

就在我与蔡澜先生各自讲述自己名字的过程中，我们对彼此的家庭和成长背景都有了直观的了解，无形之中拉近了双方的距离，这为两个人之间的交流创造了非常好的氛围。相比严肃的公共话题，开场以私人话题提问，常常会收到出其不意的好效果。当然，这个话题一定要在对方的兴趣范围之内。

2003年，我在悉尼采访了时任澳大利亚总理约翰·霍华德（John Winston Howard），在案头阶段，我就获知他是英式橄榄球的球迷。碰巧的是，我采访的那天，正好是英式橄榄球世界杯在悉尼举行。

杨澜：您会去看今晚英式橄榄球世界杯的揭幕战吗？

霍华德：我当然要去。我是（英式）橄榄球的铁杆球迷，现在的澳大利亚队是卫冕冠军，但是竞争将非常激烈。能主办（英式）橄榄球世界杯这项世界年度第三大赛事是我们的荣幸，我们对比赛充满了期待。

杨澜：您一向都热爱体育运动，是吗？

霍华德：是的，我非常喜欢体育运动。除了（英式）橄榄球，还有我们澳大利亚自己的项目澳式足球，它起源于墨尔本，这项运动是我们澳大利亚的发明，它是我们的骄傲。

接着，我们不仅聊到他童年时在患有耳疾的情况下依然热衷于运动，而且在政治竞技场仍保持运动员的争强好胜之心。开场的寒暄成为深度采访的线索。

开场问题不仅要与嘉宾的兴趣关联，还要与现场乃至电视机前的观众关联。如果你处在主持人的位置上，那么你的沟通对象就不只是接受采访的人，还包括观众。如何把两者的语境和情感有效连接，至关重要。

2014年10月，我应邀主持世界银行年会开幕论坛。这也是亚裔主持人第一次主持这一广受关注的经济会议，并会进行全球现场网络直播。“消除贫困和共享繁荣”是大会的主题，但当我事先翻看世界银行年度报告时，不禁自问：“天哪，这么学术的内容怎样让网友感兴趣，又让现场的专业人士感到有足够的吸引力呢？”

开场后，我给世行行长金墉和首席经济学家巴苏（Kaushik Basu）博士的第一个问题就是：“对生活在贫困之中的人们来说，世界银行很大，也很遥远。请你们结合自己的经历说说，世行提出的双重目标（消除绝对贫困，全球共同繁荣）跟他们到底有什么相干。”金墉就谈到他当年在海地防治艾滋病时，人们普遍认为在发展中国家治疗艾滋病是不可能完成的任务，但他们最终找到了行之有效而且支付得起的方式，可见事在人为。他还展示了一位患者在治愈前后对比的照片，判若两人的强烈对比，引起现场观众一阵唏嘘。而巴苏博士则讲了印度沙漠地区的妇女通过把刺绣作品销往世界各地而改善生活的故事，说明一个数据和市场更加联通的世界，正在让消除赤贫成为可能。

寻找相关性，扩大关联度，赋予开场问题开门见山的直接威力，也让受访者放下架子，接上地气，像定音鼓一样，为整场谈话定下一个基调。

杨澜：迈克尔，很荣幸在节目中采访你！1998年，NBA总决赛第一次在中国电视直播。从那以后，你在中国的第一代球迷成长了起来，其中就包括姚明。他曾经在我们的节目上说，你在篮球运动上给了他最大的激励。你上次来中国是11年前，自那以后，新一代球迷或许没有在电视上看过你打球。那么你如何找到自己和他们之间的情感联系呢?

乔丹：我觉得这得益于这一代球迷的父母。他们已经告诉新一代人我的过去、我的现在，以及我为篮球运动做过什么，我为此感到非常骄傲。

2015年我采访乔丹（Michael Jordan），虽然他是一代篮球巨星，但是，2015年的他已经离开篮球江湖多年。设计第一个提问时，我按照相关性原则，将他昔日的影响力与当下互联网一代球迷进行连接。在这个问题中加入了NBA元素、中国元素（姚明）、新一代球迷等多个元素。听到这个提问，唤起的不仅是乔丹本人的记忆，还有与中国篮球相关的集体记忆，更有与电视机前的篮球球迷相关的个体记忆。所以，一个具有能量的开场提问，所具备的必须是更多维的关联度。

## 尊重与赞美

林兆华，人称“大导”，他排演过的戏剧多达70多部，这个数字直追他自己的年龄。他不仅多产，而且多部作品都成为中国当代戏剧史的里程碑。访谈林兆华前夕，我们节目组专门进行了前期采访，从孟京辉到赖声川，在戏剧界各大腕眼里林兆华就是不折不扣的大师。

在本篇上一章，我们集中讨论了“称谓的分寸”，其实分寸感的把握背后是提问者对受访者的身份认知。无论是“大导”，还是“大师”，面对这些具有赞美色彩的称谓，我没有盲目地去依从，而是从外界的评价出发，以尊重对方的态度提出了自己的观察。

杨澜：我看到一个圈内人评论您的文章，说您本可以大师的派头做事，却像一个干力气活的人，每天还在排戏，这种观察我不知道准确不准确？

林兆华：不准确。第一我否认大师的称呼。

杨澜：那是因为谦虚。

林兆华：不是，我的心理状态永远是一个攀登状态，是向上的。因为大师到了顶了，就该往下摔了。

一个人的态度决定了做事的状态，正如提问者的态度决定了问题的质素。

当我们谈及提问理论和提问方法，还有一个更重要的论题，那就是提问者的价值观。关系原则中的提问者和受访者，在互动和交流的表象背后，根本性的支配因素取决于提问者的价值观，即心态。

我认为提问者的心态尤为关键。人生而平等，是法国启蒙运动思想家在17世纪广加传播的理念。然而直至今日，等级的观念还是根深蒂固于人类社会。作为一名访谈节目的主持人，提问的对象从名流显贵，到平民百姓，你的心态在言谈举止间不经意的流露，根本无法逃过摄像机的镜头和观众的眼睛。一视同仁，不卑不亢，是我的原则。

作为提问者，对受访嘉宾最好的尊重就是以实质性的提问表达这份重视，而不是言不由衷地吹捧。我常常会从引用对方最近做的事、出的书、做过的演讲切入，一来表示我关注他的新闻，而关注本身会让对方感到受尊重；二来这是他熟悉的内容，会有表达欲。比如采访汤姆·克鲁斯（Tom Cruise）的时候，他正在做电影《侠探杰克》的宣传。我的第一个问题就是："你为什么觉得观众愿意来看这样一部电影，主人公赤手空拳，既无超能力又无外星人帮忙？"言下之意是动作大片的主角多是以各种"侠"命名的超级英雄，要不就是变形金刚、星球大战之类，你有信心吗？汤姆·克鲁斯应该知道这也是许多观众心中的问题，马上答道："这的确是数码时代的一个传统英雄，正因为如此他才显得特别、经典。选择一个角色是有风险的，有时成功，有时失败……"我追问道："如果失败呢，你害怕吗？""不，我不这么看待自己的工作。大成本电影有它的打法，小成本电影有时风险反而小一点。我只会考虑电影的成本和合理的票房，一定要让投资方把钱赚回来，这样我才有下一单啊！就我个人而言，就是要让观众看到我全力以赴。"

最后一句话说出了汤姆·克鲁斯的心理诉求，那就是"让观众看到我全力以赴"，这也是他在电影界取得成功并受人尊敬的缘由。脱口秀主持人奥普拉（Oprah Winfrey）在自传《我坚信》（*What I Know For Sure*）中，从主持人的视角也关注了受访者的心理诉求：这么多年来，与数以万计人的谈话让我了解到，有一种渴望是我们所有人都有的：我们希望感觉到自己有价值。不管你是来自托皮卡的全职母亲，还是来自费城的女商人，我们每个人，在心底深处，都渴望着被爱、被需要、被理解、被肯定——拥有亲密的羁绊，这些会让我们觉得无比生机勃勃、无比充满人性。[13]在美国学者福山（Francis Fukuyama）的《历史的终结及最后的人》（*The End of History and the Last*

*Man*）一书中，他把“价值感”和“优越感”称为人性中的两大驱动力。第一种力量让我们追求平等民主，后一种力量常常让我们无法避免等级观念和偏见。

提问者的人文精神表现在他的价值观上。对面无论是大人物还是小人物，提问者应从同理心出发，而不是根据世俗意义上的成功者标准，去处理自己与对方的关系。面对不善言辞的嘉宾，看到他们面对我和摄像机的紧张和局促，我会主动用他们熟悉的语言去交谈，不会轻易打断他们的谈话，充分理解和尊重对方的情感。

当然，通过适当的赞美来激发受访者的谈兴是提问者表达重视的另外一种方法。只是，要警惕，不要让赞美发展为恭维，甚至谄媚。

杨澜：克朗凯特先生，对于世界上许多记者来讲，您是一个具有传奇色彩的人物，非常感谢您能安排时间接受我的采访，也使中国几亿观众能在银幕上见到您。

克朗凯特：能接受您的采访也是我的荣幸。

这是1996年在纽约，我对克朗凯特先生的访谈开场。我承认，二十几年前的这场访谈还非常稚嫩。但是，这个赞美是由衷的，同时，我也“搬出了”中国观众，言下之意：我虽然只是一个年轻记者，但庞大的中国观众群体值得您认真对待。

# PART III
# 场景化提问

场景化提问也称为情景化提问。情景可以是建筑、陈设等有形的场景因素，也包括颜色、气味、声音等无形的场景因素。

抵达现实场景，进入受访者的现实地带；重返特定场景，引发受访者的非常记忆。

场景化提问不仅有利于舒缓受访者心理状态，更有利于丰富的信息在场景中戏剧化交集，具备使提问实现具体化、细节化、故事化的强大功能。

CHAPTER 7

# 抵达—现实场景

同样的《创世记》，却为我创造出不一样的“场景化体验”。

上个世纪90年代中期，初次游历欧洲，在梵蒂冈西斯廷教堂首次见到了米开朗基罗的代表作《创世记》。巨幅的天顶壁画令我无限感叹，尤其是《创造亚当》的场景：上帝的手指即将与亚当碰触，将灵魂传递于人类。这一戏剧性的瞬间，被称为“最惊天动地”的时刻。

2016年是人工智能爆发的元年，为了探寻人工智能，我来到了美国采访。一走进麻省理工学院计算机科学与人工智能实验室帕特里克·温斯顿（Patrick Winston）教授的办公室，迎面是墙上的一幅复制画——米开朗基罗《创世记》的《创造亚当》，我又看到了上帝伸向亚当的那只手，亚当慵懒地斜卧着，软弱中透着一些渴望，将自己的手伸向造物主。我心想，谁能预见，亚当的子孙也将有一天试图模仿造物主的角色，将智慧注入机器！这又将是多么惊心动魄的一次碰触！

同样的一幅画作，之所以给予我更强烈的震撼，正是因为我当时所处的场景：全球人工智能研究的重镇——麻省理工学院计算机科学与人工智能实验室。

二十几年前，互联网技术刚刚兴起，而今天，人类已经进入AI时代。技术驱动时代的疾速变幻，让我对超级智能的未来产生恐惧，这似乎更加激发起我的好奇心，于是问题来了：拥有智慧之后的机器人又将对人类怎么样？

看到我的焦虑和好奇，温斯顿教授回答说："放心吧，到目前为止，我们还是独一无二、不可替代的。"

场景化的提问和回答更加肯定了《杨澜访谈录》One On One的专业理念。作为采访者，抵达、进入受访者的现实场景，我们才更有机会拥有独一无二的场景化采访体验。

## 场景：背景信息的集散地

现实场景，对于《杨澜访谈录》而言，可谓"一人一场景"。追随着每位嘉宾的生活和职业足迹，毫不夸张地说，跨越千山万水，只为抵达最佳的现实场景，与受访嘉宾进行面对面问答。二十二年，我们的飞行距离超过260万公里，相当于环绕地球60多圈。为了纪录片《探寻人工智能》两季节目的制作，我和我的小伙伴，跑了6个国家近40座城市，采访了80多个顶尖实验室及研究机构的150多位行业专家。在采访里程数据的背后，是对"在现场"的采访方式的坚持。

在电视访谈节目中，构成现实场景的最重要板块就是采访地点。对于电视采访来讲，采访地点也成为画面中的一个重要的事实要素，这时的采访地点不仅参与了营造访问气氛，而且更涉及受众对节目的理解。[1]选择采访地点并不只是抵达这个地点即可，作为采访者和提问者，要主动地从地点周边的环境中发现最有价值的信息集散地。

2002年，我到美国采访哥伦比亚广播公司（简称CBS）首席主播丹·拉瑟（Dan Rather），采访地点在CBS纽约总部。在正式采访之前，我仔细打量着这个房间内外，忽然发现从这个房间外的阳台望下去，正好可以看到世贸中心的原址，六个多月的时间过去了，废墟的清理工作还没有结束，相比杂乱无比的现场表面，“9·11恐怖袭击事件”在美国公众心理上所造成的巨大冲击还要持续更长的时间。发现这个地点给予了我观察“9·11”的新视角，也让我的提问更自然地将受访人物与新闻事件连接在了一起。

杨澜：世贸大楼的废墟让我想起了那些在这次恐怖袭击中失去生命的人，也让我想起了您在“9·11恐怖袭击”后所说的话，您说可能美国媒体并没有充分地告诉美国人民世界其他地方的人们对美国的不满和怨恨，您为什么这么说呢？是什么妨碍媒体做出充分报道的呢？

丹·拉瑟：首先，我这么说是因为我认为这是事实，是不言自明的。在美国新闻界，任何一位诚实的观察者都不能不注意到，近几年中，我们对国际问题的报道一直在减少，而不是增加。我们的确没有充分报道伊斯兰国家和其他一些国家对本土美国人和海外美国人的憎恨，以及这种憎恨的程度。

通过对周围环境的观察，寻找切入口展开提问，是一种自然的方式，但前提是“切口处”一定是受访者本身关键信息的“交集地”。2014年北京APEC会议前夕，我在青瓦台采访韩国时任总统朴槿惠。因为安全原因，我们一进入青瓦台大门，就被要求关掉手机。这倒让我更加仔细地观看园内的景色。我发现，这里的园林设计，在自然朴素中独具匠心，宽大的建筑四周，低丘起伏，路径曲折，有移步换景之意。树木苍翠，有些一看就是上百年的老树。朴槿惠9岁时曾随父母入住青瓦台，后来父母先后遇刺身亡。

2013年，她作为韩国第一位女总统再次入住青瓦台，物是人非，一定触景生情吧。所以我的第一个问题是看似随意地问她：“青瓦台什么角落在你眼中最美？”她回答说是一个叫作“绿园”的花园，那里四季皆美，更重要的是，那是从她少女时代起，青瓦台从未被改变的一个角落……

如果说青瓦台的“绿园”是局部的现实场景，Istana（伊斯塔纳）这个地点则成为我采访新加坡前总理李光耀的“最佳场景”。

李光耀，被称为“新加坡之父”。对于世界，他是“小舞台上的大人物”；对于中国，他是资深的观察家和老朋友。从1976年到现在，他一共访华30多次，与中国的三代领导人都有过直接的接触，同时也见证了中国改革开放关键时期的发展。2009年，已经86岁的李光耀先生依然精神矍铄，依然担任着新加坡内阁资政。当我抵达新加坡，进入Istana总统府的那一刻，这个历史感十足的政治地点已经在无言诉说着房间内主人公十足的政治资历。

新加坡总统府的名字“Istana”是马来语“宫殿”的意思，它地处最繁华的商业地段，乌节路的中心地段，进入这里感觉就像来到一个大公园，环境清幽，和外边嘈杂的商业氛围完全不同。在主楼二楼的四扇窗户后，就是李光耀办公的地方，跟随他多年的管家告诉我们，从1970年他就在这间办公室里办公，到现在已经39年了。

杨澜：从上个世纪50年代初新加坡人民行动党成立以来，您见证了政治的兴衰和政治人物的起落，世界上还有什么事情能够让您吃惊呢？

李光耀：每时每刻新事物都会出现，但是它让我吃惊吗？是的，比如我没有预料到的苏联崩溃的到来会如此之快。我知道这个体制正在衰落并且难以维持下去，因为很快它就无法满足民众的经济需求。因此，这是世界历史的一个重大转折点。另外一个令我吃惊的事，这对我是一个惊喜，就是邓小平的改革开放。

相比历史悠久的Istana总统府，“剧场”则是移动版本的现实场景。当《暗恋桃花源》在北京进行第二轮公演的时候，我采访了台湾戏剧导演赖声川。采访地点没有选择酒店，或是演播室，而是在演出剧场的现场。

剧场对于一些人来说是观赏的平台，对另外一些人来说是表演的舞台，但对于赖声川而言，则是一种生活方式。中西文化的隔膜、家庭的过早变故令赖声川早早地体会到命运的无常，也冥冥中成就了他舞台创作的原料，“剧场”不仅是伯克莱大学“戏剧艺术研究所”博士赖声川的创作地和谋生地，更是他参悟人生的道场。从美国的百老汇，到中国台湾的小剧场；从人生舞台到戏剧舞台，“剧场”成为我提问的移动现实场景，一问一答间，“悲喜交加、啼笑皆非”的人生百味也铺陈开来。

杨澜：把两部戏拼在一起，这个创意来自哪里？

赖声川：我自己在生活中观察到，朋友或者家人，甚至自己，如果是所谓悲到极限，你已经到了另外一个境界，它的悲跟喜已经不一样。它超越了（这两者），甚至是这两者的共同泉眼。所以我一直在想，我有机会的话，能够把这个悲剧跟喜剧放在同一个舞台上会怎么样。

杨澜：是什么触发了它呢?

赖声川：其实人生本身就是这样子。《暗恋桃花源》为什么可以打动这么多人?因为它长得很像人生本身，一下悲一下喜，一会儿很严肃，一会儿就变得很无厘头，它是定制定存的一种状态。

作为戏剧和影视领域的专业词汇，在今天，“场景”被更多行业跨界引用。当“场景化营销”成为当下热词，刺激用户购买和下单的“场景化体验”成为商家重要的营销手段。而在这个特定的场景中，商家设置的不仅有人物（营销人员）、物体（展示商品的装置等），还有配合商品的辅助环境因素（装饰品、声光电及气息味道等）。场景中的诸多元素构成营销背景，一起为商品合力背书。

正如营销场景的设置，采访中的场景设置也非常重要。物品陈列和装潢对于营造恰当的访谈氛围是很重要的。勋章、奖状、学位证书等都展示了成就、职业的可信度和在一个领域里的地位。图片、塑像、某组织领导人或是某著名人物的半身像等都传递着主人有着丰富的个人经历，有成就、有广泛的认知度和认可度以及广泛的社交联系。[2]

张征在《新闻采访教程》中，列举了记者采访著名作家，时任上海戏剧学院院长余秋雨的案例：先是在余秋雨的办公室。但余秋雨在接受采访时经常被电话打断。记者们看到，余秋雨的那个神情与其说是学者，不如说是一位百忙中的院长，大量行政事务等着他处理。“我们俨然在同一位院长谈话”，这显然与采访的话题不相契合。于是又换了个地方，找到一个学生们上自习的阅览室的角落，刚支起镜头，看到余秋雨的侧后方有一个我们常看到的“安静”字样的提示牌。在阅览室里采访一个学者是契合主题的，但是一个院长在学校要求安静的地方，在学生们上自习的地方做谈话节目，显然不合常规。于是记者们又找到了第三个地方，图书馆里的“库本”藏书室。

从镜头中望去，一排排装满线装库本书的书架作为背景，在昏暗的光线下，一种中国悠久历史和文化的沧桑感油然而生。作为文化学者的余秋雨在这种富有韵味的背景画面下侃侃而谈，非常契合节目的主题，也契合这位学者的谈话心境。所以说，采访地点的选择有时候显得十分关键，不是一件可以忽略的小事。[3]

上述案例中，记者“三换地点”，其目的就是找到适合采访的场景设置。在采访实践中，无论是被动寻觅，还是主动营造，合适的场景都非常有助于创造出建设性的氛围。

在邓小平逝世一周年之际，他的长女邓林在中国军事博物馆举办了名为“女儿心中的父亲”的摄影展。我受邀主持摄影展的开幕式，也不失时机地在这之前对她做了专访。那天的天气有些阴冷，开幕前的展厅里空荡荡的，即使在白天，光线也很暗。访谈现场是在很短的时间内布置起来的，没有进行特别的设计，稍显冷落。这样的场景无疑不适合访谈主题所需要的氛围。一个女儿谈起已经去世的父亲，是应该很温情、很亲密的。北京的春天调子太冷。好在大厅的一端，一张巨型照片占据了整个墙壁。这是邓家游春的照片。粉红和白色的玉兰花，灿烂的阳光，享受着天伦之乐的祖孙三代，让我的视觉温暖起来。我和导演重新商议，将这幅温暖的照片作为采访背景，于是，我对邓林的访谈现场就重新设置在了这幅照片的前面，为嘉宾的温馨回忆铺垫了合适的氛围。

场景中图片信息的选择和应用，是专业采访者不应该忽视的场景语言，尤其是具有特殊价值的图（影）像背景，它的功能不仅是烘托访谈的氛围，本身所具有的历史见证价值将成为访谈最好的背景。

2002年，亨利·基辛格博士率团来到中国，纪念尼克松（Richard Milhous Nixon）的破冰之旅，重温当年走过的道路。30年前即1972年，当美国总统尼克松访华的时候，周恩来总理在人民大会堂接待厅的一幅名为

“迎客松”的铁画前欢迎他的到来，彼时与尼克松同行的就有时任美国国家安全事务助理的基辛格博士。

30年过去了，物是人非。这次访谈，我选择这个仍“是”的“物”作为访谈场景。就在人民大会堂接待厅门口的铁画“迎客松”前面，我的提问从30年前的重要一刻开始，基辛格博士的思绪也同时自那一刻开启，生动回顾了中美两国从对抗到接触，从接触到缓和，从缓和到友好的外交风云史。

作为具有建设意义的现实场景之一，静态图片蕴含着动态的信息：事实、情感、故事、细节交织其中，其强大的诠释、象征、隐喻功能成为助力访谈成功的有机因素。

## 场景：情感信息的发散点

华莱士：30年前你睡在这里的时候，你是否相信有一天会成为芭芭拉·史翠珊？

史翠珊：在我7岁的时候，我就知道了。

华莱士：真的吗？

史翠珊：那是肯定会发生的事。是的，对我来说，别无选择。[4]

华莱士在《60分钟》节目中曾经专访过女演员芭芭拉·史翠珊（Barbra Streisand）。访谈之旅包括拜访她曾经住过的旧公寓——第三大道一家生意兴隆的海鲜酒店的三楼，住在那里，年轻的史翠珊每个月为此付60美元的房租（搬到那个公寓大概就结束了她“随处过夜”的习惯）。也就是在这个特别的场景中，华莱士通过提问，让观众看到了一位女演员成长和成功过程中的野心和梦想。

场景中的地点很少是中立的，当访谈者进入和受访者相关的地点，这个地点所附着的情感信息就自动参与到了访谈环节。

像许多人一样，我喜欢王小波的作品，特别是他的杂文。1998年6月，在他不幸去世一年之后，我约了他的妻子社会学者李银河做访问。

与一位遗孀谈过世的丈夫，那种气氛会不会太凝重和压抑？我觉得以王小波的幽默本性，肯定不喜欢歌功颂德式的追悼会。为什么不能以一种轻松自然的态度去谈论死亡呢？

李银河马上同意我的观点：“就是，说点高兴的事吧。比如我们两个人最后一次用电子邮件通信时，他还用暗号：‘土豆，土豆，我是地瓜。’你看我，长得矮，又开始发胖，是有点像土豆。”

我和她一起笑了起来。那时，我们正坐在前往京郊王小波墓地的车上。

我在山下采了些野花，有白色的，也有紫色的，跟随李银河爬到半山，献在王小波的墓前。这是一块天然的花岗石，有三四米长，骨灰就放在开凿的石穴里。而我的提问也就在王小波的墓前开始。

杨澜：在北京郊区有很多各种各样的墓地，最后你为什么将王小波的墓地选在昌平的这个公墓里呢？

李银河：我们曾找了好几个墓地，比如说通惠陵园、八达岭的陵园……但是最让我们不满意的就是，他们非得要横平竖直，一排一排弄得特别整齐。后来我觉得这不符合小波的个性，作为一个艺术家，他是要特立独行，怎么也得与众不同。

正如《访谈的艺术》一书中的观点：不要低估了地点的重要性。若有选择，一定要选择对有效传播很有帮助的地方。[5]而这个地点一定是可以激发受访者情感，并与提问者发生情感互动的最佳选择。

1973年，林怀民创办了台湾第一个现代舞团——云门舞集。在其后的30年中，这个舞团推出了150多部舞作，在世界各地公演了一千多场，成为国际一流的舞团。而林怀民本人，也被称为是“亚洲最重要的编舞家”。

被林怀民和他的云门舞集吸引，2002年我去台湾采访他。有台湾同行建议可以约请林怀民到台北市进行访谈，而我还是抑制不住自己的好奇心，带领团队前往云门舞集的大本营去实地采访。

当我来到台北县八里乡乌山脚下，看到一座淡绿色的铁皮房子，被告知这就是云门舞集所在地时，很难想象盛名之下的云门舞集只有一座夏热冬凉的排练场。在这座简陋的铁皮房子中，创始人兼艺术总监林怀民先生与我分享了云门舞集走过的近30年历程，其间所体会的，又岂止是大自然的冷暖呢？

杨澜：哪个是你最头疼的事？是每年要有足够的钱养活全团这80多个人呢，还是说每年要想出一个不同的剧目？

林怀民：该这么说吧，痛苦的事情是，你找了钱来筋疲力竭的时候，每年还要推出新作。

走出房间，跟随林怀民来到了附近一条小河的河边。

在河边，他谈到排练《薪传》时的情景，最难的是如何引领自己的舞者领悟祖先之舞的玄机。为了更快地达到目的，他将所有的舞者请到了这条河边，河边有很多的大石头，他让舞者们在上面睡觉，并在石头上找到全身心放松之道。

杨澜：谁在石头上睡觉可以放松？

林怀民：你要放松了才能睡，然后放松了以后再慢慢来，一点一点来，在石头上走路、跑步。好像我这一路走来，事实上有很多的摸索跟挣扎必然要去适应。

很庆幸自己的这次台湾之行，我能坚持来到云门舞集的“现实场景”，只有抵达这里，我才会因势而问，因情而问，林怀民也才会回馈我更加真实、更具真情的回答。

进入受访者的现实场景，“地盘意识”也是帮助采访成功的因素之一。在自己的地盘上接受访问，会使得受访者感到整个环境是熟悉而非陌生的、温暖而非冷冰冰的，而不是面临生理上、社会上、心理上的距离感。这对于比较低调、寡言、内向的受访者来说，无疑是一种有利选择。

相比职业场景，进入受访者的“生活场景”更能够满足观众的窥探欲，尤其是对于具有神秘色彩的政治家而言。生活场景可以让我们从“私人生活”的角度看到一个更加立体而真实的大人物。

“沃克角”（Walker's Point），在老布什（George Herbert Walker Bush）执政期间时常出现在时政新闻中，走进它的只有那些首脑级的国际政要，从撒切尔夫人（Margaret Hilda Thatcher）到戈尔巴乔夫（Mikhail Sergeyevich Gorbachev），都曾经是这里的座上宾。这个神秘的老房子到底是什么样子？

它与布什家族有什么关联呢?

2009年，我来到了美国东北部新英格兰地区肯尼邦克波特，一个人口数量不足3000的小镇，肯尼邦克波特小镇上有一所人人皆知的“大房子”，一幢三面环海的棕色建筑，它就是神秘的“沃克角”。

正是在这里，我开始了对老布什总统的访问。

杨澜：您儿子乔治·W.布什曾经说过，这个小镇是他的“锚”（精神支柱），对于您，这个小镇又意味着什么呢?

老布什：也是如此，对我们都是精神支柱。我祖父在这里买下这块土地时，上面什么都没有，然后在1902年建起了这栋房子。我已经85岁了，除了第二次世界大战期间错过了一年，我每年都会来这里住一段时间，夏天来此住上几周。这里对我来说就是一个根据地，对我的家庭和孩子来说都是如此。

正是在这个被布什家族称为“锚”和“根据地”的场景中，我与老布什的对话从政治说到了爱情。

杨澜：听说您就是在这海边的礁石上向芭芭拉求婚的?

老布什：是啊，我那时即将奔赴太平洋战场，我可不想让心爱的姑娘跑了，哈哈……

场景中的提问者看似孤立，却无时无刻不被场景驱动。从职业场景到生活场景，抑或是两种场景的交融，现实场景总在以强大的背书功能参与和影响着访谈的进程。

## CHAPTER 8

# 重返—特定场景

杨澜：郎朗，我知道你马上要在上海举办独奏音乐会了，在这当中你会演奏谭盾早期的一个作品《八幅水彩画的记忆·家》，我想知道你记忆中的家，那个沈阳的家是什么颜色呢？

郎朗：稍微暗了一点。因为是二楼，阳光不太足。所以每次我都说："我们家怎么总是打开灯呢，怎么不太亮呢？"挺小的。

杨澜：几室几厅？

郎朗：当时是一室一厅，很小。

杨澜：哦，你们三口人住在里边。

杨澜：你9岁的时候就离开沈阳？

郎朗：对。

2003年，我采访了21岁的郎朗，那时的他已经成为具有世界知名度的华人钢琴演奏家，被美国《青年人》杂志评选为未来改变世界的20位青少年之一。与眼前志得意满的情状不同，关于"家"的提问带领郎朗和观众重返一个特定的场景，仿若有些年代感的默片，就像那个二楼房间内昏暗的底色，透露着平凡生活中迷雾一般的重重压力。这是一个9岁离家的孩子对家的特殊记忆，也是一个典型中国式琴童的奋斗起点。

“生活即是记忆，除了这飞逝即去的你难以把握的当下，所有皆是记忆……除了每一个正在逝去的现在。”正如剧作家田纳西·威廉斯（Tennessee Williams）在《富贵浮云》中所言，“生活即是记忆”正是认知心理学研究探讨“记忆”的主题所在。当我们的提问触及受访嘉宾的记忆地带时，必须遵循关于记忆和认知的科学规律，而场景化提问则将这种规律科学地融进了具体的提问实践中。

## 调度：两种记忆

匹兹堡大学心理学教授戈尔茨坦（E. Bruce Goldstein）让“认知心理学”回归日常生活。关于“记忆”，他在著作《认知心理学：心智、研究与你的生活》（Cognitive Psychology）中指出：记忆具有“心理时间旅行”的功能，可以让你回到过去的某个情景中，使你感觉又经历了一次，甚至还能再次体验到当时的感受。

按照认知心理学对于“记忆”的分类，“情景记忆”与“语义记忆”属于长时记忆类型，情景记忆是对事件的记忆，语义记忆是对事实的记忆。

你还记得高中毕业典礼上的情景吗？

你是哪一年高中毕业的，毕业自哪所学校？

通过提问帮助受访者重新建立与过往的联系时，以上则是分别对应“情景记忆”与“语义记忆”两种提问。两种记忆虽然存在差异，前者是“自知的”或“可回忆的”，具有“心理时间旅行”的特质，后者是“知悉的”，并不涉及心理时间旅行；但是，两者之间又可以在互相结合中得到彼此的强化。如果我们的提问同时顾及了“事件”和“事实”，就会使得受访嘉宾的回答兼具了框架与细节、故事与知识等全方位的信息。

在相当长的一段时间内，泰格·伍兹（Eldrick Tiger Woods）就是高尔夫的代名词。他也曾经是这个世界上，身价最为昂贵的体育明星，可以说是集万千宠爱于一身。但是，2009年婚外情丑闻使他曾经面临着失去一切的危险。六年之后，我对伍兹的访谈不是直接从丑闻，而是从他的父亲谈起的。从少年时代起，父亲就一路带着伍兹在各地征战。在伍兹的心目中，父亲早已不仅仅是父亲，更是他的朋友、教练、拉拉队长和知己。

杨澜：2009年在你身上发生了一系列的事件，你是否希望自己的父亲当时是和你在一起的？

这个问题是针对伍兹的“情景记忆”提出的，涉及了与嘉宾相关的两个重要事件：个人丑闻事件与父亲去世事件。为了让观众从一个更广泛的背景认知老虎伍兹，我将他生命中的关键人物父亲特别提取，作为背景事件放置在了提问中。两个事件的交相映衬，引发了受访嘉宾更复杂也更真切的“情景记忆”。

伍兹：我希望父亲一直都在我身边。我时常会想念他，每天都会想念他。自从他去世以后，我没有一天不想他。我爸爸给了我人生很大的帮助，是我成长过程中重要的一部分，今天仍然是。我非常想念他。

杨澜：你还记得自己第一次打败他的情形吗？

接下来的这个提问是同时针对两种记忆的提问，有关于情景记忆即事件信息的提问，也有关于语义记忆即事实信息的提问。问题中的两个关键词——“第一次”“打败”，分别偏重情景记忆和语义记忆。伍兹回答中“长距离推球”“17杆”“18洞”“小鸟球”“71杆比72杆”等与高尔夫球运动相关的事实信息向我们展示了一对同行父子之间非同寻常的爱之“较量”。两种方式的提问，调度起受访嘉宾的情景记忆与语义记忆，两者互相助力，从而生成了真实而生动的记忆画面。

伍兹：记得，记得非常清楚。我当时11岁了，那次是在长滩的海军高尔夫球场打球。在第17杆的时候，我处于领先。当时我在打一个长距离推球，我父亲确实不知道情势如何。他待在球车里，沿着球场往前走，我确切地知道自己和他之间的位置。我们在第18洞之前打了一个平手，而他获得了一个距离为24英尺的小鸟球（的机会）。他打丢了，而我的距离是15英尺，我成功了。当我激动不已的时候，周围的人都看出来我成功了。那是我第一次打败他，我不知道自己为什么做到了，但是我做到了。我激动得跳了起来，我跑到了洞口，拿出了我击中的球。我爸爸看着我说：“你在干什么？”然后他将比分加起来，才看出我以71杆比72杆赢了他。

杨澜：所以那些画面到今天都印在你的脑海里。

伍兹：绝对是的。

提问者的“场景化提问”所指向的是受访者的“场景化回答”。场景的功能是强大的，它是一切的起点，又承载着所有。美国著名电影理论家麦米特（David Mamet）指出：没有纠葛的场地不能成为电影场景，因为人物角色、台词对白、动作变化都在场景内展现，由此才能构成一个个精彩的电影情节。在人物访谈节目中，通过提问来架构嘉宾的“自传体记忆”，需要做的是将两类记忆的片段精心调度，成就“一场戏”的精彩分量。

1962年至1966年，法国著名导演弗朗索瓦·特吕弗（François Truaut）历时四年时间，对悬念大师阿尔弗雷德·希区柯克（Alfred Hitchcock）进行了深度访谈。通晓电影语言的两位大师以500个经典的问与答为后来者提供了教科书一般的示范。特吕弗从“童年故事”开启对希区柯克的提问，开场就是一个标准的电影场景：童年希区柯克与神经质父亲的纠葛。

特吕弗：希区柯克先生，1899年8月13日，您在伦敦出生。关于您的童年，我只知道一个故事，就是关于警察分局的故事。这是一个真实的故事吗？

希区柯克：是的。那时我也许只有四五岁……我的父亲派我带上一封信去警察分局。警长看了信，把我关在单人囚室里待了五至十分钟，然后对我说：“这就是对付顽皮小男孩的办法。”

特吕弗：您做了什么事，招致这种对待？

希区柯克：我想象不出——我的父亲总是叫我“无瑕的小羔羊”。我确实想象不出我可能做过什么事。

特吕弗：看来，您的父亲非常严厉。

希区柯克：他非常神经质。我的家庭酷爱戏剧，我们组织了一个相当古怪的小剧团，我是所谓的乖孩子。在家庭聚会中，我坐在我的角落里，一声不吭，我在观看，观察得很多。我总是保持原样，持之以恒。我与感情外露者正相反。我十分孤独。我回忆不起有过游戏伙伴。我常常独自玩耍，想出自己的游戏。[6]

悬念大师的童年一幕在特吕弗的提问下拉开了帷幕：

地点：警察局；

角色：警察、童年希区柯克、希区柯克之父；

台词：警察告诉童年希区柯克："这就是对付顽皮小男孩的办法。"

情节：童年希区柯克被父亲委托警察"禁闭"。

接续这个场景，随着提问的推进，又转入了家庭小剧团场景，以及场景中那个同样被"禁闭"在角落里的"乖孩子"。在希区柯克的生动讲述中，情景记忆占据了大半，更久远的童年事件没有因为年代而消逝，而是通过事件+事实、过程+细节的场景化回忆变得更为触目惊心。而正是这些记忆信息，向我们展示了父亲和家庭对于希区柯克电影创作风格的潜在影响，也向我们展示了一个优秀的提问者和回答者怎样以视觉的方式表达自己。

若要使场景化提问更具视觉感，就要发现一个典型场景去承载你的问题。2015年，在访谈杨振宁和翁帆夫妇时，我选择的一个典型场景就是"清华园"。

杨澜：我知道在清华校园你们经常牵着手一起散步，而杨先生从小就在清华园长大，散步的时候会给翁帆讲一点自己小时候的故事吗？

杨振宁：会，因为我在清华园里头生活了八年，从7岁到15岁。

清华园是杨振宁从童年到少年成长的地点，以它作为提问的场景，可以勾起杨先生更久远的情景记忆；如今，清华园又是杨振宁与翁帆的家，从它开始提问，又可以引发杨振宁和翁帆夫妇两人的共鸣。

杨澜：翁帆是否知道杨先生小时候的外号叫什么？

杨振宁：杨大头嘛。

杨澜：是不是那时候就显示出比较聪明，因为头比较大？

杨振宁：我想是有这样一

点，还有一点就是我比较喜欢讲话。所以我父亲母亲常常说，他们坐在家里头，听见有几个小孩在那大声讲话，就知道我来了。

翁帆：你不是说还有你喜欢大声唱歌？

杨澜：那时候唱什么歌呢？

翁帆：一边走路一边唱歌，唱得最大声的是他。（两人对视大笑）

我们将自传体记忆定义为有关生活事件的情景记忆和对个人生活事实的语义记忆。自传体记忆包含空间的、情绪的和感知的成分，因此是多维度的。什么决定了多年后我们仍能记起某些特殊事件？生活中的转折点尤其令人难忘。[7]

提问者就是要利用这些转折点，发掘出带有受访者高体验感的生动答案。

## 驱动：两种时刻

**提问** 跨界艺术家 王小慧（曾在德国遭遇车祸，在车祸中失去自己的爱人）

杨澜：作为一位职业的艺术家，你的第一个作品，或者说第一个有意识的创作可能是在你车祸清醒以后，拿起照相机给自己拍了张自拍照。我相信一定是一个非常理性的人，才会在生活中充满了创伤和冲击的时候，还能够拿起照相机说，给自己拍一张照。

王小慧：车祸以后我这一组自拍照让摄影界、摄影史那些评论家认为特别重要，摄影史里最真实的自拍像是我那一组，因为很多自拍像都是那种美化的，而不是遍体鳞伤……

提问 新东方教育集团董事长兼总裁 俞敏洪（金榜高中，拿到北京大学录取通知书）

杨澜：你还记得当时家里的人，包括村里的人是怎么送你去上学的吗？

俞敏洪：我拿到北大的录取通知书以后，按照农村规矩，有喜事就要办酒席请客。我妈就说北京离咱们家那么远，都不知道你去了以后还能不能回来，说干脆连你结婚的酒席也一起办了。我说我连女朋友都没有，怎么一起办啊？我老妈说，不管，就是请大家大吃大喝三天。所以把家里的猪啊、羊啊全给宰了，真的吃了三天，全村老百姓吃了三天。后来老百姓敲锣打鼓，完了从城里借了一辆五吨的大卡车，一大群人将我一直送到火车站。很有意思，这个镜头要放在电影里的话。

无论悲伤还是欢乐，人生的非常时刻总是记忆的高光区域。将提问的关键设置在这里，所收获的信息也将充满情绪的高饱和度。采访人生的十字路口发生的事件，人们总要根据生活中的具体情况做出一些或大或小的决策，而其中的某项决策可能会带来戏剧性的转折。臭名昭著的罪犯下决心抢劫第一家银行时是不是也犹豫了一下？公司经理在决定采取有可能危及公司前程的冒险行动时是否也曾考虑再三——应采取什么样的步骤？会出现什么样的反对意见？是否经过了无数个不眠之夜才下定了决心？对这些细节问题进行具体的描述能够帮助产生悬念，从而更好地刻画人物性格。即使是很简单的决定——比如午饭吃什么——也可以表现出名人的性格特点，至少可以看出他是否优柔寡断。[8]

目睹战争的残酷场景，给20世纪70年代的文艺兵严歌苓带来了震撼级的打击，我的提问聚焦于这个非常的转折点，她的回答向我们呈现了内心的“一夜转变”。

杨澜：你能跟我说一下，当时你看到了什么？

严歌苓：当时我看到由于有一千多个伤员，很多人没有地方，根本就不能进病房，就躺在走廊里面。我就记得那种气味，就是血在空气里形成的一种独特的气味，然后我就从一个英雄主义者变成了一个对个体生命非常——

杨澜：悲悯的。

严歌苓：对，对个体生命产生了自己的悲悯情怀，一种人性的关照，还有人道的关照。所以大概是19岁到20岁的阶段，我就从一个舞蹈演员变成了一个作家，几乎是一夜之间的事情。

严歌苓的遽然之变并非不可思议，她记忆中“空气中的血腥味道”在《认知心理学：心智、研究与你的生活》中被界定为“闪光灯记忆”。这种记忆生动而精细，就好像永不褪色的照片一样，所以也被称为“定格拍照”。

如同定格拍照一样的记忆，经由提问者的提问，受访者经受的都是闪光灯一样的记忆刺激。

2000年7月，时任俄罗斯总统普京（Vladimir Vladimirovich Putin）首次访华的记者招待会，下午5时全体采访人员就开始等待。前两个问题都是规定问题，普京一点也不兴奋。水均益回忆道：“我意识到如果照此下去，普京最多再回答两三个问题就会抬屁股走人了。”而按照事先规定，第三个问题应该问他有关俄中经贸合作的前景。但此时他通过普京的表情和神态清楚地意识到，必须立刻改变谈话的方式，问点特别的问题“刺激”一下普京，否则这个采访很可能前景不妙。“听说您的办公室里挂着一幅彼得大帝的画像，在俄罗斯历史上有不少时代令人印象深刻，比如彼得大帝时代、叶卡捷琳娜时代、亚历山大时代，当然还有苏联时代，您个人更倾向于喜欢哪个时代？”翻译在一边翻译水均益的问题，这时普京一脸灿烂，普京最崇拜的就是彼得大帝，据说也最喜欢人们把他看成拯救俄罗斯的彼得大帝。采访的局面被彻底打开了。中国的电视观众才得以从电视上看到普京难得的笑容。[9]

利用闪光灯记忆原则，有效调度大人物政治场景中的“定格拍照”，不仅可以激发谈兴，提高互动质量，还可以将他与一个更大的场景进行连接，实现“一个人和他的时代”的访谈目标。

杨澜：当你看到自己的肖像挂在白宫，成为历史的一部分的时候，你在想什么？

克林顿：让我自豪的是，我和希拉里的肖像是第一次由一个美籍非洲艺术家帮我们画的。他就是西蒙·诺克斯，画的两幅画像都非常好。但其实我心里也有点矛盾。一方面，这太好了，成为了历史的一部分；但是我不想感觉好像我已经死了——你知道，你经常看到到处挂着那些人的照片。

聚焦受访嘉宾的非常时刻，引领他们重返特定场景，对于提问者的挑战不仅来自对人类记忆与认知心理的洞察，还有对于场景调度与视觉语言的把握，这正是成功完成场景化提问的关键原则。

# PART IV
# 共情式提问

共情式提问是利用问题建立共情关系，通过提问引起受访者积极的心理与情感回应。

共情不是同情。同情是站在对面，共情是站在同一角度，用提问彰显双方的对等关系，并表达理解。

给予原则与互惠原则在共情式提问中往往同时施行，其终极目的是双方通过积极的对话，在存异求同的过程中达成有效共识。

CHAPTER 9

# 共情于“共同”

你为什么叫贤二啊?

大家都太精明了，总要有个二的，对不对?

那你听过“小和尚念经——有口无心”这句话吗?

有的，有的。

机器僧与人有什么区别呢?

机器也好，人也好，到头来，都是空。

2016年，在北京龙泉寺，我与人气颇高的机器僧贤二进行了对话。

在人工智能的支持下，贤二变得越来越“聪明”，它的聪明表现在对人类自然语言的“理解”。推动机器与人“交流”的背后，是科学家们将人脑的认知技术运用于机器的研发过程。

作为人类特有的心理现象，“情绪”在婴儿刚出生时就已经具备，一种是恬静，一种是激动（兴奋），然后随着年龄的增加逐渐分化出愤怒、愉快、惧怕、厌恶、嫉妒等复杂的感情。“有位科学家说，我们无法预测机器了解情绪甚至是价值判断的可能性，你怎么想？”我曾经向研发Watson（与人类对话的机器人）的IBM科学家提出关于“情绪”的问题。“电脑可以通过观察人类所运用的语言、面部表情、手势等，部分地理解人类的情绪，但是很难说机器可以体会到同样的情绪。这很难，理解情绪与体会情绪是完全不同的。”

是的，如同科学家的观点，机器能够轻易地说出“我爱你”，却不能体验恋爱中“怦然心动”的美妙感受；能注视一个婴儿，但代替不了妈妈看孩子的眼神。人类与人类之间的情绪互动，正是双方达成彼此体会的共情能力。在实现共情的道路上，共情式的提问则为人际交流推开了一扇更为通透的窗。

## 作为“人”的真实：互惠

罗杰斯：你在笑什么？

吉尔：你的眼睛在发亮。（两个人的笑声）

罗杰斯：你的眼睛也很亮。（笑声）

格洛利亚：我想我爸爸不会像你这样跟我谈话。我的意思是，我想说：“上帝啊，你要是我父亲就好了。”

罗杰斯：对我来说，你就像是一个可爱的女儿。[1]

以上是来自《罗杰斯心理治疗》（*The Psychotherapy of Carl Rogers*）一书中的两个案例，呈现了人本主义心理学家卡尔·罗杰斯（Carl Rogers）“来访者中心治疗”的典型场景，体现了罗杰斯本人与来访者交流过程中的核心理念“同理心”。而“同理心”正是“共情”在心理学领域的另一个名字。

同理心（empathy）最早是起源于希腊文“empatheia”，其中“em”就是进入（in or into）的意思，有进入别人的世界之意。“patheia”是借自拉丁文，和现在英文字“pathy”意思差不多，指情感和知觉，即进入别人的情感和知觉世界。同理心的真正意义是既同情又理解。相对于前人对“同理心”的总结，罗杰斯的“同理心”更趋于理性和建设性。设身处地地体验他人的处境，对他人的情绪和心境保持敏感和理解当然重要，但也要通过这个过程，将你所感受、了解的内容传达给对方知道，并能对对方的感情做出恰当的反应，通过彼此间的交流互应，使双方的心理感受进入和谐的共振。

建立“助益性的人际关系”是罗杰斯的交流之道，也是人本主义心理学体现“以人（来访者）为中心”的治疗观。在人际交流过程中，“试图以一种戴着面具的方式行事，维持一种与内心体验不同的表面的东西，毫无帮助，毫无效果”。[2]罗杰斯将“坦率地、真诚地和诚实地交流沟通”视为“最为重要”，[3]因为它是形成双方共情的超凡力量。这种强大而微妙的力量在采访中的体现，肯·梅茨勒教授通过一个经典案例给予了生动的证明。

在我所教的俄勒冈大学采访课上，多年来一直在讨论“泼咖啡”的故事。这个故事涉及另外一位名叫安·科里（Ann Curry）的年轻女士，她后来成为全国广播公司（NBC）驻纽约分部新闻部主播兼记者。为了完成一次课堂作业，科里采访了一位当时声名显赫的女商人。在开始时谈话没有产生她所期望的坦诚。于是科里建议去附近的一个咖啡店坐坐。当她们肩并肩地坐在吧台前的时候，感觉到能够比较平和而自然地谈话了。接下来科里在用手势强调一个要点的时候把咖啡给打翻了。她正在为大煞风景而感到懊恼的时候，却吃惊地发现那位女士开始比较真诚地谈话了。科里的失态反倒使这位女士放下了她尊贵的架子。一瞬间两位女人开始侃侃而谈起来。[4]

“泼咖啡”的故事刻画了人性中某些不可预测的、出乎意料的成分。肯·梅茨勒教授特别指出：我们至少可以分辨出两个事实。一个是，如果你需要的是坦诚——是人性化的反应，而不是有防御倾向的夸大和虚假的外在敷衍——那么就尝试在对话中暴露一下自己。另一个是，为了追求采访技巧的完美而做的努力，往往容易破坏采访的坦诚性。[5]

将欲取之，必先予之。给予，而不是单向地索取，是提问者在沟通中必须知晓的分享原则。所谓交谈，不只是一问一答。如果你自己的事什么都不说，却一个劲儿地对对方的事刨根问底，到最后对方不是烦了就是怕了。这在小女生的聊天中体现得最明显。一个小女孩常会对另一个说："我都跟你说了，你还不告诉我啊？！"对她们而言，分享秘密是友谊和信任的黏合剂。而在成人世界里，如果刚认识就分享秘密，大概会被看成有病，但适当透露自己的感受和观点，通常被视作是深入谈话的邀请。当我采访"虎妈"蔡美儿时，一进入正题，我就以一个妈妈的身份"抗议"，因为她的《虎妈战歌》（*Battle Hymn of the Tiger Mother*）一书给读者造成了一种刻板印象，好像华人母亲都是虎妈似的！蔡美儿睁大眼睛，忙不迭地摇着手，说自己的书显然被过度解读了。于是这次采访就在观点的碰撞中进行下去。

杨澜：与女儿因为弹钢琴的事吵完之后你做了什么？

蔡美儿：太糟糕了，我哭着跑出饭店，一直跑到莫斯科红场。那个广场巨大，也许像天安门一样。我跑啊跑，疯了似的，哭着想："我该怎么办？"当我跑到头的时候，我又掉头跑回去了，我没地方可去。

杨澜：无可逃避，是吗？一旦做了妈妈，就无可逃避，你就总是不得不回头。

蔡美儿：没错，同时我又想，也许我犯了错，这不管用了。这种方式对大女儿有效，对小女儿不起作用了，所以我的确觉得应该放弃某些东西。我意识到，如果自己不改变方式，我也许会失去女儿。所以，对我最重要的事是和女儿保持亲情，和她们亲近。就在那个时刻，我下定决心改变自己。倒不是彻底改变，我还是很严格。

虽然采访的主题是把不同文化和教育背景下的家庭教育、亲子关系，以及社会对母亲的评价标准进行对比，但我的定位是与蔡美儿一样的“妈妈”角色，所以我在提问中“一旦做了妈妈，就无可逃避，你就总是不得不回头”的情绪分享，时常与蔡美儿发生着共情，也促使她的回答更具一位妈妈的真实感受。

提问者的共情式分享，表达的是一种真诚的态度，是对深入谈话的邀请，受益的是交流中的双方，正所谓采访中的互惠原则。

1985年12月5日，星期四。奥普拉的《芝加哥早晨》在上午九时准时开播，在这期节目中，她向观众介绍了一位化名为劳里的白人女性。

“在这个国家每三名女性中就有一位受到过性骚扰或者正在被性骚扰。”在开始同嘉宾谈话前，奥普拉这样告诉她的观众。

“你是不是感到很痛苦？”

“是家庭成员对你实施的性骚扰吗？”

“这种事情也发生在我身上过，”奥普拉说，“事实上我一生中也经历过所有的这些不幸。”

接下来短短几分钟内，奥普拉似乎第一次意识到，她9岁时所经历的那些事情事实上就是强奸。这种侮辱实在难以启齿，因此，直到那个时候她才说出口来。观众亲耳听她承认了自己这一丢脸的秘密，犹如目睹某个灵魂被撕裂一般。

“我从9岁开始就受到别人的性骚扰，一直持续到14岁。”

奥普拉这段令人惊愕的个人告白顿时轰动了全国，许多人都为她的诚恳和直率叫好。[6]

美国传记作家姬蒂·凯莉（Kitty Kelley）在《奥普拉传》（*Oprah*：*A Biography*）中特别指出了这次非同寻常的“分享”所带来的巨大价值：那期节目成为了奥普拉最具代表性的一期节目——战胜困难的受害者——也标志着奥普拉·温弗瑞现象初见端倪。当时并没有人意识到这一点，但那期节目将奥普拉推到了全美人民关注的中心位置。在那期节目中，奥普拉开创了一个全新的电视节目。在后来的20年当中，她的观众既感受到了像尘埃一样的生活卑微的一面，又领略到了人生如同繁星般闪耀的光鲜亮丽。而就在这20年中，奥普拉成了世界上第一个黑人女性百万富翁，甚至成为近乎圣贤般的全美文化偶像。[7]

正如罗杰斯所言：良好的交流，自如的交流，内心的交流，人与人之间的交流，始终具有治疗的价值。在人性的坦诚面前，人与人之间交换的往往是超预期的真诚，这是人类彼此取暖所需要的共同“燃料”。共情式的提问不需要复杂的技巧，需要的只是给予对方积极而真诚的关注，而对方所回报的往往是最大限度的真诚。

什么是真的东西?

那是前国家主席夫人王光美在“文革”中的挺身而出：“我横出去了，反正不能让少奇横出去呀。我对他们（少奇及子女）说：‘走！不是王光美的都走！’”还有她在监狱里得知丈夫的死讯后很悲痛，但她说：“我没哭，心想他们这么整我，整他一定更厉害，他活着也是活受罪。所以我对看守说：‘你们是便宜了他。’我心里难受却故意说这样的反话。”

那是铁女人美国前国务卿奥尔布莱特的困惑和软弱：“我丈夫要求与我离婚时，我伤心极了，甚至怨天尤人。想想看，我大学毕业三天就结婚了，从来不知该如何独立生活。但我挺过来了，甚至做了从没想过可能做的事。”

那还是维珍集团创始人理查德·布兰森的往事：“有一次，我偷运唱片出境，以为神不知鬼不觉，岂料发票上明明显示我没有交关税。我被抓起来关了一夜，直到母亲把我保释出来。在那之前，我是典型的叛逆青年，没有什么事我不敢做。那一夜，我想了很久，明白了自己的底线。我保证，每个人如果在监狱里待上一天，会有好处。”

如果有人问我：你怎么知道这些话是真的？

我只能说，这一定是交流双方产生共情后的直觉，一种来自人类的共同抵抗无常命运的真实感觉。作为访谈节目的提问者，我更希望将这种你我之间的共情最大化，与其他遭难的、孤独的、失意的或者狂傲的人产生更广泛、更深度的共鸣。这也正是共情式提问带给专业访谈者的满足感。

## 作为“人”的差异：求同

“容许自己去理解他人，具有极大的价值。每一种理解都以某种方式丰富了我自己。我对这些当事人的理解使得他们也发生变化。这种理解使他们接纳自己的恐惧和稀奇古怪的想法，接纳不幸和沮丧的感受，接纳他们充满勇气、善良、爱和敏锐感受的那些重要时刻。”[8]如何理解“理解”？罗杰斯结合自己与各式各样来访者的交流体验，给予了精辟的阐述。

2017年5月，40岁的埃马纽埃尔·马克龙（Emmanuel Macron）赢得法国大选，成为法国历史上最年轻的总统，他的婚姻也同时受到了极大的关注，因为作为妻子的布丽吉特年长其24岁，曾经是马克龙的高中老师。

2018年11月11日，美国有线电视新闻网（简称CNN）《环球时代广场》直播了主持人法里德·扎卡里亚（Fareed Zakaria）在巴黎对埃马纽埃尔·马克龙的采访。

法里德·扎卡里亚：除了决定竞选法国总统，这个你16岁的时候做出的决定可能是你一生中做出的最重要的决定了。你爱上了一个比你大24岁的老师。我想你一定经历了很多阻挠，你的家人，她的家人，社会上的大多数人，这能成为一个了解你的有力的视角吗？

马克龙：可能，很可能。也许她比我要勇敢得多得多。因为她40岁，她有自己的生活，与我的完全不同。所以我认为主要是我妻子的功劳。

作为美国著名印度裔记者和时事评论家，法里德·扎卡里亚所具备的东西方文明的跨界研究背景，使其成为沟通不同群落的优秀访谈主持人。提问马克龙的婚姻，扎卡里亚没有依从个人的主观想法去“评论”，而是从客观遭遇的“阻挠”去“理解”，显示了专业媒体人的同理心；而回答扎卡里亚的问题，马克龙也体现出了可圈可点的同理心，那就是他从妻子的视角，给予妻子充分的赞美，“也许她比我要勇敢得多得多”“我认为主要是我妻子的功劳”。从提问到回答，这段对话无疑是两个具备“同理心”男士的暖心对话。

站在对方的角度理解对方，而不是以主观的立场评判对方。接受对方与自己的差异，并理解和尊重这种差异，对于人本主义心理学家来说，是以“一种双重的方式丰富自己”[9]；对于专业的采访者而言，是创造性地去除与受访者的差异，积极寻找与对方的关联区域，在求同中实现共情式的积极互动。

1980年8月21日，意大利记者法拉奇采访邓小平。这位以强硬风格著称的女记者，面对邓小平，却以更私人化的亲和风格开始了访谈：

法拉奇：明天是你的生日，祝你生日快乐！

邓小平：我的生日？明天是我的生日吗？

法拉奇：是的，邓先生，我看了你的传记。

邓小平：我从来不知道自己的生日，就算明天是我的生日，你也别祝贺我。我已经76岁了，到了衰退的年龄了。

法拉奇：邓先生，我父亲也76岁了，如果我对我父亲说76岁是一个衰退的年龄的话，他会打我耳光的。

邓小平：那他可做对了，你可不能对他那样说。

一个是西方媒体的记者和作家，一个是社会主义国家的领导人，从地位、身份到意识形态，双方显然有巨大的差异，而为了迅速地缩小差异，法拉奇找到了自己与邓小平的关联区域，将邓小平的年龄和她的父亲相比，用邓小平的生日来作为开场白，使得双方产生了“父亲”和“女儿”的共情氛围。也许是法拉奇的共情式开场为她带来了直接的福利，以至于邓小平主动答应再给法拉奇一次采访的机会，使法拉奇成为第一个两次采访邓小平的西方记者。

为了实现共情，求同的区域也可以扩散至双方职业特性的相似或接近。

普拉西多·多明戈（José Plácido Domingo Embil）是世界三大男高音之一，他更是集各种纪录于一身的歌者，超过3000场的演出，126个不同的角色。前无古人的纪录使得他成为歌剧舞台上永远的传奇。这些奇迹一般的数字，激发起了我的好奇心。由于经常连续采访和主持，我的嗓音经常处于沙哑的状态。而像多明戈这样，日程如此频密，一会儿从南半球飞到北半球，一会儿从东半球飞到西半球，在不同的气候环境、剧院条件下都要演唱，他是怎么样保证嗓音品质的呢？

杨澜：人人都为您的成就而惊讶，超过3000场的演出，126个不同的角色，数不胜数的唱片，各种其他的音乐会，等等，但是我们都知道，人的声带是脆弱的，它有没有让你失望过？

多明戈：我们的声带是种很精致的乐器，你身上有两个声道，它和钢琴、小提琴，或者其他任何乐器都不一样，因为你和它是一体的，这个乐器会受到众多因素的影响，比如有人告诉你一则坏消息——

杨澜：如果你哭泣。

多明戈：是的，如果你遇到了麻烦。

杨澜：如果你没睡好。

多明戈：如果你没有好的睡眠，你的嗓子就会出问题，所以各种因素都会影响到它，它太娇弱了。

杨澜：这方面您有没有什么糟糕的经历？

多明戈：在我的职业生涯里，我的嗓子还算忠诚，让我能一直为喜爱我的观众演唱这么多年。

关于声带的脆弱以及如何护嗓的话题，让我和多明戈产生了共鸣。多明戈告诉我，多年来他恪守许多规矩，比如在演出的前一天，不沾一滴酒，也不会接受任何采访，以免因酒精刺激和说话过多影响嗓音。最大的自由来自最严的自律，这恰恰体现了一位真正的艺术家对观众的尊重和对音乐的尊重。

对一个人最好的理解，就是感同身受。面对同样具有纽约奋斗经历的大都会歌剧院签约歌唱家田浩江，我在问题中也结合了自己的“纽漂”（纽约漂泊者）经历。访谈中，田浩江提及刚到纽约时花了8美元买站票去看歌剧演出，我也想起自己在纽约读书时同样也买过站票，这个看似微小的细节使得双方很快达成理解，并确信“坐在对面的这个人，是能够体会当时我站在最后一排看歌剧时的体验的”，所以也才会有之后更加真诚的对话。

杨澜：你刚刚到美国的时候，身边只有几十块美金，是吧？但是还花了8块美金去看帕瓦罗蒂的演出？

田浩江：当时我从北京到纽约去，身上只有35块钱，35块钱花8块钱买了张站票去看歌剧。当时是帕瓦罗蒂演出威尔第的歌剧《爱尔南妮》，我走进那个歌剧院，已经完全被镇住了……

杨澜：对对对，我就是有这个印象，因为我也买过。我当时到美国去读书的时候，也去看过一场，因为正好路过（林肯中心），一看，哎呀，今天晚上就要演出了，也没有时间买票了，只有站票。那时候是帕瓦罗蒂演《托斯卡》，在94年的时候，站票已经变成20美元一张。

田浩江：下次你去看我演出，我绝对不会让你再买门票了。

杨澜：但是你想一想，一个站在后排看帕瓦罗蒂演出的年轻人，后来也有和他同台演出的机会。你跟他合作过几次了？

田浩江：跟帕瓦罗蒂合作过三次，我记得整整十年以后，就在那一天，当时我在大都会舞台上跟帕瓦罗蒂同台演出《伦巴底人》。

杨澜：正好是十年的那一天。

田浩江：正好是十年的那一天。

把对方的话引入到自己的世界并且结合为一，或是将自己的经验融合到对方的语境来进行谈话，像这样融合话题是对谈的基本技巧之一。[10]作为提问者，要擅长利用自己的身份和经历等背景信息，与对方的处境和感受等进行有机关联，这是实现共情式提问的有效方法。如同CBS《60分钟》杰出的访谈记者布莱德利（Ed Bradley），他最成功的访谈对象几乎都是非裔美国人，其中的原因之一就是他本身就是非裔美国人。文化、种族、信仰都可以帮助提问者找到与对方的相同区域，甚至是出生地。如同拉里·金所言：任何人只要和我谈过几分钟，就都会知道至少两点情况：第一，我来自布鲁克林；第二，我是个犹太人。他们是怎么知道这些的？因为我会告诉每个接触我的人自己的背景。这一切是我不可分割的一部分，已深深融入我的灵魂。我以出生在布鲁克林为傲，我也以身为犹太人为荣。所以我在谈话的时候常常会讲到这些。我很高兴能和大家分享这一切。[11]

同样，在实现共情的道路上，女性提问者也具有性别优势，如同我们都喜欢和能懂得我们的人说话一样，关注对方，不只关注他们所说的话，也关注他们内心的感受。

出生在加拿大魁北克省一个平凡家庭，依靠电影《泰坦尼克号》一曲《我心依旧》征服了全世界乐迷，曾五次获得美国格莱美音乐大奖，当代流行音乐天后席琳·迪翁（Céline Dion）的成长道路与一位男士密切相关，他就是自她12岁起一步步引领她走向成功的音乐制作人雷尼（René Angélil）。当他们冲破年龄和婚史的束缚结合在一起，又经过六年人工受孕的过程，终于有了自己的第一个孩子时，雷尼却身患癌症。

杨澜：你还能回忆起孩子出生时候的情景吗？雷尼第一次见到他，是什么反应？把他的儿子抱在怀里？那一刻，这对你和他意味着什么？

席琳：首先，在我怀孕三个半月的时候，我们想知道是男孩还是女孩，因为我丈夫非常害怕自己会死去。我想一直保留这个惊喜，但他却想知道，因为他说他可能等不到孩子出世的那一天。他说："就算我死了，至少我可以知道是男是女。"所以，我们决定去检查。医生告诉我们是个男孩，雷尼当时流泪了。我问：你为什么哭啊？他说，是个男孩，他太高兴了。"如果我不在了，他将来可以照顾你。"从那一刻起，这个男孩谱写我人生的历史，他是我一生中最大的梦想。

共情于"悲情"。首先切入关于孩子出生情景的提问，这是每位妈妈最鲜活的记忆，但我并没有先和席琳展开这个话题，而是在这个提问片段中及时连接进了爸爸雷尼，从"把他的儿子抱在怀里的那一刻"开始，"那一刻，这对你和他意味着什么？"这个同时与席琳、雷尼、孩子三个人相关的提问，所打开的是席琳一段非常特别的回忆，回忆中满是生命的五味杂陈：既有准妈妈的紧张与忐忑，又有对丈夫身体的焦虑，更有对丈夫关爱的感激。温暖的火花与无奈的悲情共同交织于我与她的一问一答中。

杨澜：我想，他一天天地长大，每天都会给你带来惊喜。

席琳：我想说，每天都在变好，这一切从来没有停止过。一个小生命在你身体内长大，直到最后出生。你不知道是否能够得到他。他长得像什么样？我生的孩子是个正常的孩子吗？就是在临产时，这一切都还不确定。怀孕的过程有点复杂，但和其他怀孕过程是一样的，这是生命的奇迹。当孩子一生下来的时候，首先——

杨澜：数数他的指头。

席琳：对，就像每个妈妈一样，你会去数指头。但有些事情，我很确信，他的头发将是深色的，眼睛也是深色的。

共期于“温情”。孩子降生前后的那一刻，是每位母亲记忆最为深刻的一幕。我与席琳的交流并没有采取问句，而是采取肯定句的方式进行附和，与她一起沉浸于孩子降生的幸福时刻，并适时以细节的提问帮助她复原那无与伦比的美妙瞬间。

杨澜：为什么？

席琳：因为我们两个人的头发和眼睛都是深色的。我儿子的眼睛是蓝色的，头发是金黄色的。这难道不是一件很奇妙的事情吗？此后每天的生活，都非常奇妙。能像正常人一样成为一位母亲，我觉得自己是得到了特别的恩惠。

此时，我看见席琳眼中噙满泪水。这是欣喜的泪水，希望的泪水。一个婴儿，见证生命的奇迹，也延续着“我心依旧”的永恒。孩子的降生是一种重生，是爱的生生不息。

由此看来，同理心并非简单地理解他人的感受，它体现的是人的一种从感知到交流的综合能力，是一种理解与响应他人独特经验的能力，是提问者与受访者协同完成与外界进行理智和情感互动的能力。

美国心理学家，实验社会心理学的创始人之一奥尔波特（Gordon W. Allport）提出：“人有三种知识：我了解事，我了解自己，我了解别人。”第三种“了解别人”的知识即为同理心。要进入别人的情感和知觉世界，首先要保持一种自觉的敏感度，一个人具备愈发达的感知力，他就愈能准确体味和阅读别人的感受。从“人心难测”到“身同此心”，再到“心同此意”，“同理心”的建立过程就是一个人主动感知他人与外界的过程，在这个过程中拥有了“同理心”，才意味着一个人拥有了进入别人世界，与他人实现共情的可能。

CHAPTER 10

# 共情于“共识”

“你要是总哭个没完，圣诞精灵可就不到咱们这儿来啦！”

母亲在圣诞节带着5岁的孩子去买礼物。大街上回响着圣诞赞歌，橱窗里装饰着彩灯，可爱的小精灵载歌载舞，商店里五光十色的玩具应有尽有。

“宝贝，你为什么还哭啊？”

就在母亲陶醉于圣诞夜的美景时，身边的儿子却紧拽着她的大衣衣角，呜呜地哭出声来，她很不理解，为什么孩子对这个多姿多彩的夜景不感兴趣，而要不停地哭泣。

“我……我的鞋带开了……”母亲不得不在人行道上蹲下身来，为儿子系好鞋带。母亲无意中抬起头来，啊，怎么什么都没有？——没有绚丽的彩灯，没有迷人的橱窗，也没有圣诞礼物……原来那些东西太高了，孩子什么也看不见。落在他眼里的只是一双双粗大的脚和低低的裙摆，在那里摩擦、碰撞，过来又往去。

第一次从5岁儿子的高度看世界，她感到非常震惊，立即起身把儿子抱了起来。

“哦哦，我以为儿子是故意哭闹呢。”看到儿子的泪珠，母亲心里起了内疚。

从母亲的视角，呈现出来的是个五光十色的世界，可是在5岁孩子的眼里，竟然是如此沉闷灰暗的一切，如果不是她弯下腰去为孩子系鞋带，那么她永远不会理解孩子哭闹的真正缘由。

在双方交流认知（孩子以哭的方式表达自己）的过程中，母亲的这个“我以为”是多么自以为是。母亲虽然是在提问，但是她的提问分明不是与身边的儿子交流，而是在“向空中说话”。

*Speaking into the Air*是美国传播学者约翰·达勒姆·彼得斯（John Durham Peters）的一本著作的名字，中文直译就是“向空中说话”，取自《圣经·哥林多前书》。虽然是一本探讨交流思想史的书，但彼得斯的关注点在于“交流的失败”。“交流是没有保证的冒险。凭借符号去建立联系的任何尝试，都是一场赌博，无论其发生的规模是大还是小。我们怎么判断我们已经做到了真正的交流呢？这个问题没有终极的答案。”[12]对于交流的悲观，从中文版的意译名《交流的无奈》可以得到更充分的展示。

但是，彼得斯也以两个提问指出了交流的方向和可能性——

我们的问题不应该是：我们能够交流吗？而是应该问：我们能够相互爱护，能够公正而宽厚地彼此相待吗？[13]

无论从他人的角度换位思考，还是更敏锐地体察对方，同理心显然是一座可以帮助我们走向对方的桥梁，对于访谈者而言，在实现共情、取得共识的艰难道路上，所需要的是带着彼得斯的第二个提问去穿越这座桥梁。

## 提问者之“识”

翻阅芭芭拉·沃尔特斯的《怎样与任何人谈好任何事》（*How to Talk with Practically Anybody about Practically Anything*），堪称一本采访方法论集萃。在这些方法的背后，是芭芭拉与不同的人群实现共情，乃至达成共识的尝试和探索。

如何与悲伤的人交流？“要仁慈，宽厚，让他们告诉你他们是多么悲催，这个世界是多么的糟糕，不要去说服和指出他们没有什么问题，并引导谈话，去谈那些快乐时光。”[14]在本书中，她用了不短的篇幅谈及如何与残疾人以及残疾人亲属进行交流，“记住最重要的一点是，他们仅仅是身体上有些缺陷而已。不要主动去帮助他，除非他要求。不要心里不安，谈话不要带着严肃、凄惨的语调。”[15]字里行间有关爱，更有爱的分寸。

外界评论芭芭拉具备“能使最内向的名人开口”的能力。也许，这种能力来自芭芭拉与智障的姐姐那种长期的、又苦又甜的关系。后来她曾充满苦涩地回忆道：“现在我们都知道她那是‘智力障碍’。可是我们小时候，人们都拿她取笑。对我来说，那是一个各方面都非常孤独的童年。另一方面，我清楚地看到，一个智障的孩子对一个家庭来说意味着什么，那是一种复杂的感情，掺杂着负疚、爱怜和尴尬。多年来，我过着这么好的生活，可她没有，我的感觉很不好受。我曾说过，我和没有过痛苦的人做不成朋友。生活不总是公正的。也许，我的这种经历使我在采访中、在与人交谈的时候，有一种与众不同的方式。”[16]

命运的硬币两面总是有着截然不同的符号，不安的童年带来的是对痛苦的领悟，内向的性格造就的是对人性的体察。优秀的提问者为什么具有强大的移情能力？当我的搜寻目光进入文献中的他们，从心理学家卡尔·罗杰斯到记者芭芭拉·沃尔特斯，他们拥有极其相似的成长背景：同样来自相对封闭的家庭环境，童年都是害羞腼腆的孤独小孩。但是，这一切特质在后天转化，孤独与内向蝶变为敏锐与自省，成为他们与外界交流的“天赋”，也成就了他们所独有的与众不同的交流方式。

不是所有的交谈都可以在任何时间任何地点进行，共情的发生需要双方之“识”的完美碰撞。

在自传《试镜人生：芭芭拉》中，芭芭拉·沃尔特斯与读者分享了她接受奥普拉访问中的"一个最感动的问题"：

这次采访中，我们谈了好多好多。但让我最感动的是最后一个问题。

奥普拉：成为"芭芭拉·沃尔特斯"意味着什么？

我：我不确定。我觉得自己太幸福了，可有时又觉得好像缺点什么。我不会煮饭，我不会开车。每当我回首过去，我经常想：那件事儿我干过吗？为什么没享受一下那种乐趣呢？我是不是干得太拼命了，没注意到那些事儿？

说到这里，我抬眼看了看奥普拉。我看见她的眼中闪着泪光。我触动了她的心弦。用不着多说什么，我们都知道自己得到了多少，又曾放弃了多少。绝大多数勤勉工作的女性都能理解我们的感受。[17]

即使是访谈风格的不同，也无法阻挡两位女性传媒人的惺惺相惜。由美妙的共情，继而达成强烈的共识，也发生在我对时任国际货币基金组织总裁克里斯蒂娜·拉加德（Christine Lagarde）的访谈中。

2011年9月，我应邀来到美国旧金山，担任APEC女性与经济峰会开幕式论坛的主持。在这里，我采访了参加论坛的拉加德。

杨澜：我们很高兴您能来参加这次峰会，我知道您手头很忙。

拉加德：我很乐意。但是我想说，我很高兴能在900多位女性观众面前，接受您的采访。您自己就是一个杰出的女性，您成功的经历的确值得尊重。

访谈开始，我向拉加德致以同理心式的问候，她的回馈也体现了高情商。

杨澜：女人正在为经济变化做出大量的贡献，不只是对经济增长和恢复，还有对思考和行为方式变化的贡献。谈到我们刚刚经历的金融危机，如果有更多女性参与投资和金融领域的领导，局面会有所不同吗？

拉加德：你说得对，女性比以往扮演了更大的角色。有些领域在我看来，需要我们共同找到如何鼓励更多女性参与的途径。现在，你特别向我提出了金融领域。是的，我相信一个在性别上更多样化、更平衡的环境会更加有助于促生一个低成本低风险的环境。

女性领导力是我始终关注，也在深入研究的论题。呼应论坛的主题“性别差距越小，国家或经济体就越繁荣越具竞争力”，调度我对女性领导力的认知，为了与对方更快地进入共情阶段，我特别聚焦拉加德所在的金融领域，向拉加德发起提问。

杨澜：你肯定厌倦了被要求对比男女不同的领导风格吧？但是在做出决策的时候，女人会带来一些新的视角和内涵，比如说她们更加包容和富有团队意识。

拉加德：不，我并不厌倦这个问题。但是它是个难以回答的问题，因为当大部分组织里男人如此之多，而女人又如此之少的时候，你很难对比男和女。就我和男女共事的经验来看，女人会更加包容，或者你会说更加兼顾对问题的相互敌对的观点。我自己的经历表明，我们女人不只是看到事情职业的一面，还会顾及人性的一面。

谈到全球性的经济危机，拉加德还有一个独特的观点：2008年金融危机的部分原因是全球银行业被“激进而贪婪”的男性主导，缺乏女性思想与之均衡。在是否存在男女领导风格差异这个问题上，我又留出了足够的空间，引发了拉加德结合自身经历给予的个性化回答。随着我们的合作互动，访谈也实现了从“女性”到“人性”层面的共鸣。

杨澜：如果要让女孩子在成长中意识到自己的潜能，你想给她们一条什么样的讯息？

拉加德：姑娘，你能做到。

从著名国际律师事务所的首位女主席到法国首位女财政部部长，到成为国际货币基金组织60多年历史上首位女总裁，之后又成为欧洲中央银行的行长，拉加德以精明的政治观点、协调各方利益的能力、果断干练的个人风格著称。最后的提问既建立在我与拉加德前两轮的互动之上，又是以拉加德女性榜样的力量而重新发起的提问。这是我与她之间的共情扩散，以实现拉加德与电视机前更广大的女性观众的共情。

当受访者进入事件和情景的回忆当中，若提问者同为“亲历者”，可以为双方的共情带来更有利的条件，即提问者之“识”的优势所在。

何振梁是首位进入国际奥委会领导机构的中国人，曾经担任中国奥委会名誉主席、国际奥委会执委，经历了中国体育对外交往的历次重大事件，是资深的体育外交家。在中国申奥的历程上，我有幸成为唯一两次代表北京申奥的陈述人，还作为记者、主持人参加过1993年北京第一次申奥，与何先生一起亲历和见证了中国申奥历史上的重大时刻。

1993年9月23日，蒙特卡罗，北京第一次申奥，以两票之差与2000年夏季奥运会失之交臂。

杨澜：在您的日历上，1993年9月23日是一个什么样的日子呢？

何振梁：93年9月23日应该讲是跟那一天的摩纳哥天气一样，下着大雨，成功离开你真的是只有一步之遥，没有成功，擦肩而过，但是你还得要

强装笑容啊，很坚强地大度地去向战胜者祝贺，所以这个心情是非常复杂的。

杨澜：当这个结果公布的时候，因为您在台上，所以您不能够表现出自己的真实想法，那时候要控制表情是不是很困难的事情？

何振梁：非常困难。

杨澜：但是最后回到旅馆里，您还是哭了，是吧？

何振梁：刚回到酒店，家里的孩子就来电话了：虽然结果无法接受，爸爸，我爱你们！我的感情再也控制不住，我作为一个男子汉很少这样，我真的是号啕大哭……

何先生的泪水也几乎再次让我泪目，这又让我的记忆返回到1993年。北京以两票之差落败于悉尼的时候，很多人都感到难以接受，在代表团回国的飞机上，机舱里弥漫的是一种悲伤和挫败的气氛。这时候我看到几乎一夜没睡、面色憔悴的何先生从前排一直走过来，和代表团的每一位工作人员握手，向大家诚挚地道歉。他走到我面前，满眼都是泪水。对我说：杨澜，本来希望你来主持我们的庆功派对的，没想到让你白跑了一趟，我感到非常抱歉。这个时候，我再也忍不住眼中的泪水。我对他说：何老，我们一定还会有机会的。终于，这个机会在2001年的7月13日让我们抓住了，2008年第二十九届奥运会的主办权授予——北京。

2001年，在莫斯科，我再次见到何振梁先生落泪，不过这一次的泪水，是兴奋和喜悦的泪水。

杨澜：在这次从陈述到最后结果宣布整个过程当中，你觉得你最激动的时候是什么时候呢？

何振梁：坦率地说，我这次心情比较平静，因为我心里比较有底，不能说百分之百的把握嘛！至少我觉得这次成的可能性比较大，因为我觉得我们应该获得这个胜利。但是当委员们一个一个上来跟我握手拥抱表示祝贺，有的人是含着眼泪，有的人是眼泪完全往下流着跟我拥抱的。我自己也控制不住自己，眼泪就流下来了。

何振梁先生的两次泪水，交融着我的泪水，全体国人的泪水和喜悦。作为曾经与他一起为中国申奥呐喊的同事，我们的这份共情蕴含着共同的光荣与梦想。正如何振梁先生所言：我一直梦想着将奥运会带回中国，让我的同胞们在我的祖国，体验奥林匹克梦想永恒的魅力。

## 受访者之“识”

在建立双方共识的交流进程中，与提问者之“识”形成对应的是受访者之“识”。在前面的章节中，我们已经从“研究受访者”的角度观察了提问者与受访者的互动。而在这里，我们偏重从促进双方实现共情，乃至达成共识的视角进行阐述。

弗兰克·赛斯诺，主持人背景出身，拥有40多年的全球访谈经验，目前在华盛顿大学教授“采访的艺术”这门课，在其著作《提问的力量》中，他特别总结了用提问建立共情关系的“另一个视角”：

试新鞋。同理心包括从他人的视角看问题。他在想什么？他感觉如何？如果你转换视角，站在他的角度，你会看到什么？

留下回旋余地。首先提大的宽泛性问题，让人们开口讲话。邀请他们进入他们感到最舒适、最熟悉的领域。

聆听言外之意。你的问题越深入，你就越需要注意聆听线索、语气和心情。停顿和犹豫也有隐含意味。同样的还有肢体语言、面部表情和眼神交流。

建立亲密的距离。表达同情和兴趣。不过保持足够的距离与客观，这样，你就不会做出评判，能提出客观的问题或建议。[18]

从大而宽泛的问题入手，无疑是展开访谈的正确姿势，但是在专业的电视访谈节目中并不常见，因为它不具备一个刺激性问题的“张力”。作为专业的媒体人，一个“精彩”问题的标准中一定或多或少含有“表演”的成分。当提问者将注意力只聚焦于问题是否“漂亮”，形式上的偏颇就非常容易将“大而宽泛”的提问提前淘汰。

倒是在传记作家的访谈文本中，我们可以发现从容而优雅的提问，并得以在聆听中慢慢领悟受访者之“识”的高妙。

埃里克·拉克斯：你经常读诗歌吗？

伍迪·艾伦：我一直喜欢诗歌，但我对它了解得越多，就越发觉叶芝的伟大，就越能欣赏他。我觉得如果我受到过更好的教育就是写诗，因为一个喜剧作家会有些诗歌的底子。你也要考虑语言的微妙性，它的乐感和韵律。俏皮话少了一个音节就能毁了整个笑点。这些全靠感觉。笑话也好，俏皮话也好，有些很精微的东西，和你在诗歌中做的一样。依仗着词语的和谐，用非常简练的方式去表达思想和感情，这些都是不自觉做到的。比如你说，“我不怕死，只要到时候我不在场就行”。这种简练语言的方式表达出的东西是多一个词不行，少一个词也不行的。也许试一试，我也能找到更好的说法去表达我的想法。[19]

如同伍迪·艾伦（Woody Allen）对于诗歌创作与电影写作关系的漫长阐述，为了写作《伍迪·艾伦传》，自1971年至2009年，传记作家埃里克·拉克斯（Eric Lax）同样对伍迪·艾伦进行了漫长的采访：

38年过去了，我们俩的访谈大概成了全纽约最古老、持续时间最长、最具流动性的访谈。我们在电影布景里聊过，在他的放映和剪辑室里聊过，还有用作更衣室的拖车和汽车，麦迪逊广场花园和曼哈顿的人行道，巴黎、新奥尔良和伦敦，以及他前后好几个家都曾是我们聊天的场所。对于我提出的问题，他的回答段落清晰，有条有理——富有思想，坦率，自谦，常常充满智慧，有时让人捧腹，虽然我一次也没见过他刻意搞笑。[20]

与其说是访谈，不如说是伍迪·艾伦对一位老友的诉说，长达38年的共情，让读者在伍迪·艾伦的口述中见证了一位艺术家的进化过程。

“很多年之后，我忘记了答案，却记住了你的问题。”无法记起这是来自哪部电影的一句台词。从事人物访谈的时间跨度，让我有机会以采访者、提问者的视角见证一些人的成长与蜕变。

从漂洋过海的小巨人，到购买大鲨鱼的姚老板，再到中国篮协的姚主席。14年间，我曾经四次访谈姚明。

在2002年NBA选秀大会上，姚明当选状元秀，他也是第一个没有在美国上过学而获得状元秀的外籍球员，当他签约休斯顿火箭队，即将进入篮球界最为激烈的角斗场前夕，我采访了他。

杨澜：跟休斯顿签约，3年是多少酬劳？

姚明：还没正式签，但是合同已经过来了。好像是1200多万，1300万吧。

杨澜：这笔钱对于你意味着什么？

姚明：成为一种商品的话，对我个人感受来说，不是太好接受的一种感觉吧。

面对我“经济基础”方式的提问，24岁的姚明有些不适应。他并不讳言自己是去美国“出卖球技”，谈及超级巨星乔丹，他直言并非自己的职业目标。

杨澜：那更切实的一个目标是谁呢？

姚明：就是国家队，你要知道对一个中国篮球运动员来说，进国家队真的是一种无上的荣耀。

这个回答让我在2008年北京奥运会赛场看到了一个为国家荣耀拼出血性的大哥姚明。

杨澜：主场的那种气氛对于你们的情绪有一种什么样的影响？

姚明：对，这是我们的地盘。你可以感觉到那些观众的跺脚、鼓掌和叫喊的声音通过空气、通过地板直接传到你的身体里面，你感觉这些能量直接转化为你的力量。

六年NBA生涯历练，球场内外的姚明最大的变化之一在于自己表达力的提升，告别中国式的内敛，释放出自己的话语权和自信心，小巨人呈现出巨星风范。2009年，他还做了一件轰动中国篮球界的事：收购上海篮球队，做起了老板。

2010年，再见到姚明，他的行头从轻松的运动装换成了西装革履。比起做运动员，做老板的他必须面对更为复杂的人事关系。他换教练，进外援，改合同，没想到带来了各种各样的麻烦。

杨澜：中国人一直说，一日为师终生为父，在跟李秋平教练续约的问题上，是不是觉得更加为难？

姚明：我说不出哪个更难，但是都非常难。

杨澜：难到什么程度呢？

姚明：难到难以启齿。

2015年，再见到姚明，是在吉隆坡，他作为北京申冬奥陈述人之一接受了我的采访，此时的他已经是集父亲和企业家角色为一体的公众人物姚明。

杨澜：我上一次给你做专访是在五年前，回顾一下这五年，你觉得你个人最大的变化是什么？

姚明：体重。

我们继而哈哈大笑。

玩笑归玩笑，但比体重更重的使命继续在考验着他。就在这次采访间隙，他向我透露了更高的职业愿景：参与中国篮球职业联赛改革，从体制上推动这一运动及相关产业的健康发展。至于他成为中国篮协主席，那就是后话了。

和共同经历38年访谈的埃里克·拉克斯和伍迪·艾伦一样，14年间，是我对姚明的持续访谈。在我的职业生涯中，还有与其他嘉宾的多次相遇：三次采访拉加德，三次采访李敖，三次采访巩俐，三次采访张艺谋、陈凯歌、陆川，两次采访基辛格，两次采访郎平，两次采访金庸……

每次的“再见”，真的是再一次相见。我有幸见证和记录他们的成长与变化，有机会从不同的视角为观众呈现更为真实立体的个人，也与受访者之间建立起一种信任关系。“由于我们只能够和一些人而不是所有人度过共同的时光，只能够接触一些人，因此，亲临现场恐怕是最接近跨越人与人鸿沟的保证。在这一点上，我们直接面对的是，我们有限的生命既神圣又悲哀。”每次访谈，每次相遇，都会让我与彼得斯在《交流的无奈》中的此段真挚心语产生深深的共鸣。

2015年9月24日下午，我在美国国务院采访国务卿克里（John Kerry）。

采访地点是美国国务院的接待厅，前后四间房间是相通的，灰蓝色的墙上最醒目的，是历任国务卿的油画画像，其中，首任国务卿托马斯·杰弗逊（Thomas Jefferson）的画像被放在最中心的位置。我曾先后采访过的四位国务卿亨利·基辛格、马德琳·奥尔布莱特、康多莉扎·赖斯（Condoleezza Rice）、希拉里·克林顿（Hillary Clinton）的画像也分列其间，加上约翰·克里，共五位美国国务卿接受过《杨澜访谈录》的专访。

在这些画像前踱步，我看到的不仅是一部美国的外交史，也是一部中美关系的发展史。

从20世纪70年代中美建交，到2015年的中美高层互动，访谈四任美国国务卿，让我在提问中得以窥见中美两国关系的发展脉络，也让我找到了此次采访克里的历史坐标，那就是中国的发展已经让两国实力对比接近一个临界点，而此时的美国对华战略和心态都产生了重要变化。两国间有关网络安全、南海局势、贸易与投资协议的暗中较量，无不体现两国之间，乃至国际治理体制上的力量变化和犬牙交错的利益关系。

在采访约翰·克里开场，我迅速问了有关习主席访美、两国在网络安全和相互投资协议上可能产生的突破的问题，之后我切入真正的主题：“2015

年4月，美国外交委员会年度报告中指出，鉴于中国实力日益强大，美国需要调整其对华的大战略，即从过去的支持中国发展，转而在各个领域‘平衡’中国的影响力。请问国务卿阁下是否认同这样的调整？”提问的时候，我一直在关注克里的反应，看他的眼神有没有游移，是否表现出犹豫，或斟酌其辞。都没有，他的眼神没有回避，语气中也没有犹豫，几乎立刻回答说：“美国不会调整对华大战略，中美两国卷入一场新的冷战对两国和这个世界都将是错误的。中国以其人口和幅员，经济总量超过美国不是可能的事，而是必然的事。我们不会对此感到担心，只要大家都按照公平合理的游戏规则行事……我们之间有分歧，但是更重要的是，两国领导人不要让自己被推入对抗的状态，而要建立机制携手化解这些分歧。如果我们能够做到，特别是气候问题和伊核协议，整个世界都将是受益者。”

我追问：“那你觉得两国之间的互信程度比起十年前是更强了，还是减弱了？”这样选择性的提问比较有力度，对方一有躲闪，就会显露心机。而克里的回答依然直截了当：“我认为更强了。我们还在相向而行，而且，中美关系不是完全建立在信任基础上，而是建立在双方都认识到通过交流合作可以增进互信……”

随着特朗普的当选，现实中的一切几乎与克里表述的战略思路条条相悖。美国政府退出了伊核协议和巴黎气候协议，跟中国打起了贸易战……新一届美国政府正在破坏它曾经领导建立的国际秩序，在“美国优先”的叫嚣中，各种“退群”和对抗的举动，使单边主义以极端的方式一次又一次将“共识”粉碎。

与特朗普一同到来的是智能互联网和大数据时代，与权力相关的话语权以碎片的方式在新的组织架构内集权。人类从未像今日这样容易在网络社区抱团，但共识也从来不像今天这样难以达成。

研究发现，社交媒体（尤其是脸书）中的人们正在打造虚拟的“门禁社会”，在这里，志趣相投的人们只会分享与自己观点相符的信息。与此同时，传统媒体则越发迎合各种偏激观点，而不是客观报道事实。这不仅是一种不幸，还是一种危险。究其原因，便是社会科学家们称为“群体极化”的现象。无论是在线上还是在线下，当想法相近的人们聚集在一起的时候，往往会巩固彼此的看法。他们不仅加强了彼此的信念，还往往会在有意无意间将彼此引向更为极端的立场。[21]

哈佛大学教授詹姆斯·E. 瑞安在《关键提问》中进一步指出：“我们至少在这一点上达成共识”是一种对抗两极分化和极端化的方式，因为这无异于一种寻求在某些领域达成共识的邀请。如果你能够找到一些和他人相同的立场，尤其是与那些持不同意见的人达成共识，你就更容易将这个世界看作一个存在微妙差异的地方。至少，你不会那么容易将与你意见相左的人看作妖魔鬼怪。[22]

在我采访基辛格博士时，我曾经问他：“您是诺贝尔和平奖获得者，您对和平如何理解，它只是人类不断冲突的间隔吗？”他说：“你这个问题问得很好！我的回答是‘不’。持久的和平有两个组成部分。一是国家之间力量相对均衡。二是国家之间的交往遵循公平或合理的原则，也就是说，主要国家都对现状感到满意，不想通过战争来改变现状。”21世纪既是和平发展的世纪，也是冲突不断的世纪，全球化带来机遇，也颠覆了我们熟悉的环境。如何处理这两种趋势，是人类社会面临的巨大挑战，也是风波中的中美关系，从高层到民间正在寻求的新共识之路。新共识的达成，所需要的正是双方更深层的理解与合作。

# PART V
# 假设式提问

假设式提问是最具创意特质的提问方式，基于事实，但不限于事实。它是将角色、情景、时间，乃至观点进行虚构风格的重新创造，引导受访者的思考，激发受访者的情绪，用想象的张力去组合、构造、生发另外一种可能的观点或答案，以期揭示有关人物或事件的真相。

依据受访者特质，探究假设式提问的应用范围，通过提问完成激发与重构，假设式提问是一次成就新认知的创意头脑风暴。

CHAPTER 11

# 隐形假设提问

### 第1个问题

科技已经成为我们生活中的重要组成部分。如果让你选择，你愿意放弃使用所有机动车辆、通信设备和电脑，还是愿意失去一只手？

### 第291个问题

如果向你保证你问的任意三个问题都会得到诚实的回答，你想问谁，你想问什么？[1]

在《问题之书》（*The Book of Questions*）中，第一个提问和最后一个提问都是假设式提问。这本书的内容从上个世纪80年代开始，伴随时代的更迭，以不断更新的提问关注古老的人类困境。作者乔治·斯托克（Gregory Stock）博士希望读者“尝试抛开你的怀疑，忽略时间旅行的悖论、知识的局限性和魔法的不可能性，接受问题中描绘的条件，假设描述的可能性都是正确的，所有的诺言都会被兑现，而你在做决定时了解所有相关状况”。全书近300个提问中，假设式提问占比90%以上，涉及领域几乎网罗了人类生活的全部。

是什么赋予了“假设式提问”独特的能量？在诸多研究提问的文献中，假设式提问被称为“最具创意”的提问方式。它的创意张力不仅体现在交流双方具象思维的互相激发，还在于批判性思维在双方交流过程中的彼此推导。而后者与“隐形假设提问”密切相关。

## 提问：价值观假设

布热津斯基：您在和我们实现关系正常化的过程中有没有遇到什么国内的政治问题？

邓小平：当然，当然遇到过，台湾省内就有很多反对意见。

2002年，中美建交30周年之际，我在美国华盛顿采访了政治家布热津斯基，1977年到1981年期间他曾经担任卡特政府的国家安全事务助理，在中美建交的过程当中起到了重要的作用。就在这次采访中，他向我讲述了与邓小平的一次私人对话，从这次对话中他感受到了中国领导人邓小平“很直率、很敏锐、很机智，也很风趣”。

就在这次“敏锐而风趣”的对话中，作为提问者，布热津斯基采取了典型的隐形假设提问。在这个提问中，两人都涉及了中国“国内”这个政治概念，凸显了两国之间最敏感的政治问题——“台湾问题”。

杨澜：一些人也许会争论，当整个流程启动，就像是打开了潘多拉之盒，毫无退路。并且因为体制固化过久，冲突很激烈，以致超过了任何人的控制。您同意这样的说法

吗？如果那不是在您自己的手中，苏联仍然会解体吗？

戈尔巴乔夫：我认为，一切都是有可能的。但是，我现在只能谈谈改革的时间问题，改革是我们党的活动的产物，已经拿定了主意要进行改革。我认为，我们做得很正确，我不知道，换作别人会怎么做。在改革进程中，出现了许多新问题，遇到了许多困难，它导致了骚乱和改变。不管怎样，最终我们迎来了转变。

当我以假设式提问请戈尔巴乔夫回忆苏联解体事件，不同的价值观假设，使得我的提问中的“解体”，在戈尔巴乔夫的回答中成为了另外一个词语“转变”。

那么什么是价值观假设？在阐述这个定义之前，我们首先探究什么是假设。

从科学研究的角度，假设是对客观事物假定的说明，根据事实提出，经过实践证明是正确的，就是理论。“照理说，假设经过某种形式的检验，就会变成定论。然而，要是所有的假设都永远无法得到验证呢？”毕业于东京大学物理系的竹内薰博士用“假设式提问”来挑战“假设的定义”，并形成了自己“假设的世界”。

依据科学研究的视角，结合从牛顿到爱因斯坦，从爱因斯坦到霍金的研究案例，竹内薰指出：假设是科学的根基。世界上并不存在“赤裸裸的事实”这样的东西。也就是说，在你搜集数据的时候，你的心里就已经有了假设，你会在一早搭建的框架之下解释你搜集的数据。[2]而这个早已搭建好的框架就是每个人的价值观假设。支配着人类的假设不仅存在于科学的世界，也存在于我们的日常生活中，每个人都按照自己的“价值观假设”来决定着自己应该怎么做。

美国经济学教授尼尔·布朗和心理学教授斯图尔特·基利对“价值观

假设”进行了更系统的探讨，在两人合著的《学会提问》中给出了它的定义：所谓“价值观假设”，就是在特定情形下没有明说出来的喜欢一种价值观超过另一种价值观的倾向。我们把“价值倾向”和“价值取向”当近义词使用。[3]

生活在世间的每个人都有着自身的“价值观假设”，作为提问者，勇敢突破认知的局限，在与受访者交流的过程中，不断思考结论和理由之间的关系。“隐形假设提问”就是建立在洞察力和思考力基础上的提问方式，即发现受访者潜在的价值倾向，用提问去推理和论证对方的观点，而不是不假思考，无条件地顺从和接受，这正是作为提问者在交流过程中应该具备的批判性思维，也是竹内薰大声呼吁的“健脑假设”。

作为提问者，察觉到对方头脑中的“价值观假设”的过程正是验证自己“价值观假设”的过程。

“隐形假设提问”不只是被运用于有辩论色彩的交流中。发现并激发对方的“价值观假设”，用自己的提问与对方呼应，也非常有利于促成双方高水平的情感互动。

杨澜：当女人拥有你这样大的权力，你觉得是会吸引男人，还是把他们吓跑？

我的提问代表着一种共识性的价值观假设：权力与爱情，女人无法同时驾驭。抛出这个提问，激发出对方的“价值观假设”。

赖斯：哦！我不确信权力和爱是相悖的还是相合的，我认为这取决于个人。我一直说，我未婚并非是因为我从事了这个重要的工作，也不是我没有时间，只是我从没有爱上一个自己确实愿意与之一起生活的人。你知道，在结婚之前，你的确得首先遇到那个人。

杨澜：所以你像很多中国人一样因此埋怨命不好？

对方熟悉中国文化，我的回应融合着中国式的“命运”逻辑，所以也得到了赖斯的积极回馈。

赖斯：是的。我谴责命运。哈哈！

## 提问：描述性假设

如果说“价值观假设”是没有说出来的、应该怎么样的目标想法，“描述性假设”则是没有说出来的、对这个世界过去、现在和未来是怎么样的具体想法。在交流的过程中，提问者可以依据对方的“价值观假设”，发现和调度对方的“描述性假设”，以此来推进双方的交流进入新的层级。

日本NHK电视台有一个转播节目《演员工作室访谈》，由美国作家詹姆斯·里普顿（James Lipton）访问电影导演或明星。作为提问者，里普顿是美国知名作家，代表作是《镜子》。受访嘉宾是优秀的电影人，观众也都是梦想当演员、编剧、导演的学生。这些因素决定了《演员工作室访谈》是一个在较为专业的背景下提出问题的谈话性节目。

举一个例子，像他访问拍过《E. T. 外星人》《大白鲨》等电影的知名导演史蒂文·斯皮尔伯格（Steven Spielberg）。

起初他问的问题是：“父母对你的影响很深吗？”谁都会认为自己受父母的影响深远，通常会回答“是的”。斯皮尔伯格则说：“我有计算机工程师的父亲和钢琴家的母亲。”

实际上这个问题成为之后出现的内容的伏笔。里普顿的提问不是毫无意义，而是基于某种假设和意图所提出来的问题。

对于斯皮尔伯格的回答，他说：“你和美国电影代表人物奥森·威尔斯（Orson Wells）一样。”奥森·威尔斯是拍摄《公民凯恩》的知名导演，也是演员。里普顿会这么说，是因为威尔斯的父亲是一位发明家，母亲也是钢琴家，和斯皮尔伯格有相似的地方。

于是斯皮尔伯格回答：“该不会是同一对父母吧？”表现了他高度的幽默感。

像这样事先充分地调查对方的背景之后再提出问题，对观众来说相当具有建设性。[4]

斋藤孝教授在《如何有效提问》中特别以《演员工作室访谈》举例，并阐明了“隐形假设提问”所具有的价值和功能：与其说是问题，不如说是里普顿用自己的发现、假设来试问对方。不只是因为不知道所以发问，还要在自己熟读了对方资料之后，将发现的事迹作为假设向对方提问，并且请对方确认。也许假设会有扑空的结果，但却是一个崭新的问题。[5]

选择嘉宾，一定会考量他的典型性，因为他的身上附加了太多的“价值观假设”。作为采访者，面对这样的嘉宾，用“隐形假设提问”方式可以将他未言明的观点明晰化，借以形成有价值的舆论引导。

和天下许多望子成龙的家长一样，郎朗在钢琴上的成功，倾注着他父母的全部心血。随着郎朗的成名，他的父亲郎国任极为严苛的钢琴教育方式也为大家所熟知。他为了培养儿子，辞去了自己的工作，拜访名师，漂在北京。郎朗的少年时光，几乎每一分钟都是在钢琴边度过的。

2012年，我采访了而立之年的郎朗，一起回顾了郎朗与父亲共同奋斗的难忘故事。

杨澜：如果把钢琴演奏当成是达到某种目的的手段的时候，它是不是已经失去了意义？

第一个隐形假设提问：观察郎朗的成名之路，我的提问含有自身的价值观假设：对艺术的追求不应被名利所绑架，把艺术作为改变命运的手段，扼杀了孩子对艺术真正的兴趣和热情。这正是不少中国家长的误区。

郎朗：把钢琴当成脱贫的工具当然不可能成功。对，我爸当时确实是希望我成名，但是对这种金钱我们从来没有想过。我们当时的目的是一定要弹好，从小我爸就给我灌输这个。他对我很严格，但是他从来没有说郎朗你以后弹琴你挣钱。

郎朗结合父亲对他的教育，明确提供了自己的价值观假设，呼应我提问中的价值观假设。

杨澜：你回到中国看到中国还有数以千万计的孩子，在家里练钢琴，也许他们的父母也会跟他们说：你也有可能成为未来的郎朗。你会对他们的父母说什么？这中间是不是有些误区呢？

第二个隐形假设提问：通过想象与连接，我的提问又以隐形的方式提出了中国琴童父母们的价值观假设，引发了郎朗如下的描述性假设。

郎朗：是的，有一些误区，最简单的误区就是什么成大名，什么挣大钱。我和你讲，有一次我们做普及艺术教育的选秀比赛，主持人提问：你们为什么学习钢琴啊？请小选手们写在题板上。有个小女孩写道：我妈说让我好好练，一年挣一亿，而且用汉语拼音写的，因为她不会写那个字。我说你妈妈这个想法是不对的。家长的想法给小孩造成了这么一个影响，所以这就是一个误区。

通过两个“隐形假设提问”，通过本片段我与郎朗的交流，观众不仅看到了郎朗成功背后的原因，也能思考到底什么能给孩子带来学习的驱动力，这是本段访谈对于亿万中国琴童家庭可能带来的价值观取向的影响。

杨澜：有一天您先离开这个世界，您希望翁帆再嫁人吗？

杨振宁：作为年老的杨振宁，我会跟翁帆说，等我将来离开这个世界，你可以再结婚。但是那个年轻的杨振宁却不愿意这样。

杨澜：您的理性跟您的感性其实是发出不同的声音。

杨振宁：确实是，这两句话代表了我自己脑子里头非常复杂的一个思想。

我对杨振宁的提问也是隐形假设式的提问，代表着一种共识性的价值观假设：对于年龄差距巨大的伴侣而言，如果一方先行离开，另一方有权利再次选择自己的幸福。面对这个假设式提问，杨振宁发挥出物理学家的非凡思维，赋予回答一种非常的张力，他同样以假设的方式设定了两个“自己”，分别给出了理性版杨振宁的答案与感性版杨振宁的答案。

我顺水推舟，继续将这个由假设式提问发起的“问答”头脑风暴推进到底，于是我将价值观假设提问转换为描述性假设提问，又抛给了杨振宁的夫人翁帆。

杨澜：翁帆呢，每次谈到这个问题会让你觉得不安吗？

翁帆：其实我们很少谈这个问题，但是你要是问我，前几年他讲了这么一句话，当时我的想法跟感觉跟现在确实是完全不一样的。

杨澜：当时是怎么样？

翁帆：当时我会觉得，假如一个男人爱一个女人的话，他当然不会说你可以再结婚，这是用一种爱情的完美主义者的眼光去看，那时候我不喜欢这句话。但今天我们聊到的时候，我是以一种更加成熟理性的眼光去看，虽然我们不知道以后会怎么样，但是我会非常理解他讲出的这句话，这句话背后是两个杨振宁，一个是感性的，一个是理性的。

作为最具创意特质的提问，“隐形假设提问”为交流和对话创造了另外一种思维角度。正如张征在《新闻采访教程》中的观点：创造性提问的目标往往不是事实本身，而是对事实的看法、感想、评价甚至是采访对象的愿望和内心的展示。这种提问在人物报道中有不可替代的作用，常常可以开掘出独家新闻。创造性提问有很多种方式，最能反映出一个记者的想象力和创造力。[6]

唯有假设才可以推翻假设？提问中的批判性思维并非只是观点的冲突与对立，更在于提问者的隐形引导，在观点与理由的推导过程中，使得交流双方完成弥合认知鸿沟的思维体操。

如果你的体重一开始增加，你的汽车就会温柔地告诉你：注意你的体重。那么多长时间以后，你会忍不住卸载掉这个功能？

再次引用一个假设式提问，它来自开头提及的《问题之书》。特意关注作者乔治·斯托克的专业背景：干细胞和克隆技术，更多的专业论文发表在抗衰老和老年痴呆基因研究领域。[7]

于是，烧脑一下，对假设式提问乐此不疲的作者本人，是否也认同“假设式提问”对于延缓人类衰老有着奇特的效果呢？

CHAPTER 12

# 具象假设提问

法拉奇：基辛格博士，如果我把手枪对准您的太阳穴，命令您在阮文绍和黎德寿之间选择一人共进晚餐……那您选择谁？

基辛格：我不能回答这个问题。

法拉奇：如果我替您回答，我想您会更乐意与黎德寿共进晚餐，是吗？

基辛格：不能，我不能……我不愿意回答这个问题。

法拉奇：那么您能不能回答另一个问题：您喜欢黎德寿吗？

基辛格：喜欢。我发现他是一位对他的事业富有献身精神的人。他很严肃，很果敢，总是彬彬有礼，很有教养。他有时也非常强硬，甚至很难对付。但是，这是我一向尊敬他的地方。[8]

1972年，法拉奇采访基辛格，以上是两人关于越战问题的一段对话。如果只是从纯粹的采访角度来看，法拉奇的假设式提问并未撬开基辛格的嘴巴，倒是最后一个“直接提问”更显效能。这一幕对话向我们提示：运用假设式提问技巧，一定要研究和关注受访嘉宾的身份信息。否则，假设式提问有可能沦为无意义的独角戏。

相比“隐形假设提问”背后隐藏的逻辑思维（批判性思维），一般意义上的假设式提问更多被“具象思维”所驱动。在心理学意义上，具象思维是人类，尤其是作家和艺术家利用自身的感受、感知、记忆，对现实中的物料进行再创作再加工的思维方式。假设式提问近似具象运动的过程，它通过提问激发想象，重构信息，强化情感，打破既定规则，超越可能的边界，挑战着受访者的认知。

如同开头法拉奇的目标设定，一个假设式提问的功能就好像一把手枪，当提问者发出大戏即将开场的信号弹，这场戏是好戏还是闹剧，前提是作为受访者的主角是否愿意配合演出。而基辛格聪明地选择“不回答假设性问题”。

## 适用

如果让男主角爱上女主角的妈妈会怎样?

如果在这段乐章中加入一些山间的自然风声和流水声呢?

如果让建筑的线条流动起来呢?

作为创新思维异常发达的一群人，艺术家们的日常创作就建立在用假设构想出的虚拟现实之上。用情景假设式提问与他们互动，无疑是双方发散思维的共振与头脑风暴。

杨澜：如果你梦想过回到伊拉克，那是一个什么样的梦?

扎哈：我觉得只有你遇到别的伊拉克人的时候，说伊拉克话，听伊拉克音乐，彼此一

笑的时候，你才会意识到：我去过东方，也去过伊斯坦布尔，去过贝鲁特和约旦，去过海湾地区。老实说，我已经很久没有回伊拉克了。这么多年了，我甚至都不知道怎样面对。记忆有时会捉弄人，我多年前去过的某个地方，再回去的时候，发现和自己想象的很不一样了。

杨澜：它一般会比我们想象的要小，因为当年我们还年轻，个子不高。

扎哈：是的。所以一切都不一样了。有些地方我每次回去，都发现它不复当年。那时我会感到震惊，因为它似乎和周围其他地区相距遥远，可实际上它们只是一街之隔，真是很奇怪。

扎哈·哈迪德（Zaha Hadid）对故土的想象充满了虚虚实实的元素和细节，彰显了一位杰出建筑师的“奇思妙想”。也是因为过于发达的“奇思妙想”，以至于在41岁之前没有一个设计得以建成，被人戏称是“纸上谈兵的建筑师”。从出生地伊拉克到欧洲，性别和种族的因素让她的成功之路倍加艰辛。当我以假设式提问跟随她“重返故乡”的时候，曾经游离于东方和西方的“局外人”标签恰恰成就了扎哈·哈迪德建筑设计上的个性化风格。可惜的是，还没有来得及实现这个梦想，她就在2016年因心肌梗塞去世，享年66岁。

2013年，《中国合伙人》上映，电影中的三位主人公，电影外的陈可辛，他们的命运似乎交织在了一起，还原了让人激情飞扬的、关于青春和梦想的故事。然而，电影预告片的最后，却提出一个冷静而发人深省的问题：究竟是我们改变了世界，还是世界改变了我们？

采访陈可辛，我将这个电影中的问题，以假设式提问的方式抛给了他。

杨澜：如果今天让你来回答那个问题，是你改变了世界，还是世界改变了你，你怎么说？

陈可辛：我觉得，我不可能改变世界，但世界也没改变我。在拍戏的时候，一篇微博令我很感动，就是在反越战时候，美国有一个人，每天都去政府门前，拿着一根蜡烛去示威。这个行为坚持了很久之后，有记者就去问他说："你觉得你一个人站在这儿，你能改变这个国家吗？"他说："我知道我不能改变一个国家，我来不是为了改变国家，是为了不让这个国家改变我。"这句话让我非常感慨。每个人年轻的时候都想去改变世界，人生到最后，你终于会明白你不能改变世界。更荒谬的是，当他们成功的时候，大多数都是把自己改变了。

艺术家们的具象思维虽然发达，但假设式提问的设定也要为对方量身定制，并不是任凭提问者随意而为。我以受访者熟悉的电影场景和台词设置假设式提问，陈可辛以电影场景化的故事给予了形象而深刻的回应。

对于艺术家群体，"触发"是假设式提问的设定方向。特别设计的情景假设提问有时触发的是对方的情景想象，有时触动的是对方的现实感悟。

是的，艺术家们是做白日梦的好手，提问者们可以在他们的梦境中遨游，假设式提问更是挑逗艺术家们最敏感的神经，接近他们最微妙的禁忌之地的方法和技巧。正如弗兰克·赛斯诺在《提问的力量》中所言：这些问题让我们与想象中的现实相连接，在那里，眼界更开阔，限制被解除。这些问题暗示一切皆有可能。[9]他挖掘身边每个人的天赋，试着将他们推出他们的舒适区，然后推进他们的故事和人物中。他通过提问的方式，将作家、演员和其他人置于根据故事想象出来的现实之中。[10]

芭芭拉·沃尔特斯：如果当年你继续当演员，并嫁给电影圈里的某个人，那你的生活会不会很不一样？

格蕾丝：肯定会吧，我觉得。因为当演员的时候，我的私生活更个人化，但是现在，我的私生活是相当公开的。

芭芭拉·沃尔特斯：还有像我这种人过来向你提问题。

格蕾丝：是啊，都是些很难回答的问题。

芭芭拉·沃尔特斯：如果你的女儿想当电影明星，你会不会反对？

格蕾丝：会，我会反对。

芭芭拉·沃尔特斯：为什么？

格蕾丝：我想，没有哪个父母希望女儿去当明星吧。

芭芭拉·沃尔特斯：但是你自己却选择了这条路。所以，如果你的孩子对你说："妈妈，你自己也当过明星啊，为什么不让我去？"那你怎么办？

格蕾丝：真有这一天的话再说吧。

我问，有没有哪个角色能诱惑她重归银幕。她说，或许是易卜生（Henrik Johan Ibsen，挪威戏剧家，诗人。——译者注）的《海达·高布乐》吧（顺便提一句，这个角色在第四幕末尾时自杀了）。[11]

如果当年你继续做演员，生活会不会不一样？如果你女儿想当电影明星，你会不会反对？如果重归银幕，会选择哪个角色？1966年，在蒙特卡罗，芭芭拉·沃尔特斯用连续的假设式提问带领观众走近了神秘的格蕾丝王妃（Grace Kelly），一位嫁入王室的好莱坞电影明星，这也是婚后格蕾丝首次接受电视采访。作为提问者，芭芭拉·沃尔特斯并没有设置太多的直接提问，而是通过迂回的假设式提问完成了本次采访。事实证明，芭芭拉的成功采访正是得益于她的提问技巧，假设式提问既可以比较隐晦地触及王妃身份的禁忌话题，又容易与格蕾丝曾经的电影明星的专业背景发生共鸣，可谓是既安全又出彩的提问。

近半个世纪之后，我同样采访了"格蕾丝王妃"，只不过她是银幕上的《摩纳哥王妃》妮可·基德曼（Nicole Kidman）。

杨澜：电影中有人会为一个吻等待好几年，你相信这种事吗？

妮可：是的，我相信自己是一个非常浪漫的人，相信等待、耐心，美好的事物是值得等待的。当有些东西存在于你的头脑中时，你的生活就会完全不一样，不管它是现实的还是虚幻的，这确实是值得人们等待的东西。

杨澜：你是否也曾经觉得自己陷入困境，像格蕾丝·凯利在这部电影中那样感到迷茫？

妮可：我曾经感到害怕和紧张，觉得自己就像置身于一个气泡之中。但是现在通过经验以及自己所做出的选择，我已经不觉得紧张和害怕了。非常有幸的是，我发现自己热爱自己的生活。

杨澜：如果你再一次进入一段新的感情，你还会毫无顾忌地全身心投入吗？或者你会更小心？

妮可：可能会更加投入。

为了更深入地触及妮可的真实情感世界，在第一个提问中我设置了她主演的另一部电影《冷山》中的经典爱情故事，接着我又结合电影中王妃的真实生活，提出了第二个关于现实困境的问题。这两个问题的先行提出，都是为第三个假设式提问进行铺垫，而她对第三个问题的回答让我们看到了一个直面困境的妮可，一个充满勇气的妮可，一个摆脱了离婚阴影的妮可，一个全身心投入新的爱情和家庭生活的妮可。

童话、现实，美好、危机，脆弱、勇气，行走于现实与虚构两个地带的假设式提问向我们展示了它强悍而神奇的魔力，它将我们带往一个不同的时间、空间，让双方经由一个奇妙的视角，体验着交流所带来的高峰体验。

## 通用

在人物访谈领域，作为受访者的艺术家以天马行空的想象力为假设式提问创造了许多可能性。但是，并非只有特定的艺术家群体适用这种提问技巧，从事理性而严谨工作的科学家或专业人士同样可以。

科学工作者的专业领域与公众存在一定的距离，他们一般又相对比较低调和寡言，如何通过采访“打开”他们的内心世界，相比正面的开放式和闭合式提问，假设式提问可以发挥显著的观点转化和时间转化两项效能。

1998年，中国经济可以称得上是一波三折，一场亚洲金融危机和一场大洪水可以说都是不速之客，在这一年当中，中国政府承诺人民币不贬值，对稳定区域经济做出了贡献，中国的国际地位也有所提升，但同时付出了巨大的代价。在1998年即将结束的时候，我采访了著名经济学家厉以宁先生。

杨澜：如果要用一句话来形容1998年的中国经济，您会选择怎样的一句话呢？

厉以宁：一句话是吧？首先是今年的惊涛骇浪，但是一叶轻舟下急滩。尽管是惊涛骇浪，我一条小船能够冲下去——一叶轻舟下急滩。

杨澜：这个惊涛骇浪既包括亚洲金融风暴的冲击，也包括长江水灾吧？

厉以宁：对。

杨澜：正好两个都算是惊涛骇浪了。

厉以宁：但是总算渡过来了。

假设式提问打开了厉以宁先生深厚学术修养的另一面，那就是优秀的人文素养，厉先生对于中国经济生活领域的指标升降解读转化为了诗词中的跌宕语境。与研究经济学的厉先生相比，华裔物理学家崔琦教授的专业领域更让人望而却步，作为第六位获得诺贝尔物理学奖的华裔科学家，在采访中解读他的研究领域的专业名词“分数量子霍尔效应”等，对于完全不懂物理的观众来说没有多少意义。于是，我偏离了他的理性国度，从他的成长经历入手，尝试用提问打开崔教授的感性世界。

杨澜：你当时离开家的时候，要从范庄先走，走到一个叫郏县的地方，再从郏县走，到许昌才能坐上到北京的火车，到了北京再坐火车到香港，路上要一个星期到十天。

崔琦：是。当然那个时候还小，不知道一去以后再也不会回到家乡了。

杨澜：你后来有没有想过，如果那个时候你的妈妈没有把你送出去读书，如果你一直留在范庄，今天的崔琦会是什么样子？

崔琦：其实我宁愿是一个不识字的农民。如果我没有离开范庄，留在父母身边，他们年纪大了以后的那一段生活会不同，也许有个儿子在，他们不至于饿死吧。

经过重新设置话题领域，我对崔教授的提问采用了典型的时间假设提问。而崔教授的回答令人震撼，诺贝尔奖也好，科学的成就也好，社会的承认也好，都不足以弥补他的失去和永远的心痛。如果不利用假设式提问，我们也就失去了在采访中了解和体味一位科学家内心更深层人性的机会。时间假设提问仿佛一台时光穿梭机，带领受访者返回过去，也可以到达未来。穿越到过去，可以帮助对方进行情景再现，让对方总结过往的得与失、功与过；穿越到未来，可以让对方想象自己想要什么，并在今天付出努力。[12]对于比较寡言和内向的受访者，时间假设提问是一种有效打开话题，进而展开话题的提问方法。

记者："此时此刻，面对意外的失利，你的感觉可以告诉我们吗？"

记者："如果今天的比赛可以重来，你会做怎样的调整？"

两种提问方式，前一种在体育采访中非常多见，往往导致的后果就是记者喋喋不休之后，运动员只负责点头或摇头的尴尬局面。后一种则利用时间假设的方式为运动员提供反思的空间，非常有利于打破双方交流的冰层，帮助对方打开多个方向的话题，并使话题变得更加深入和广泛。

2009年5月9日，姚明在NBA季后赛第二轮左脚再次受伤，需要休养一年之久。但是，这次姚明受伤后也没闲着，他做了一件轰动中国篮球界的事：收购上海篮球队，做起了老板。

杨澜：如果09年5月份，你这脚不受伤，会有后来这一系列的举动吗？

姚明：虽然说没有如果，但是确实会影响到我的决定。因为我无法两线作战，因为自己要打球，要去参与到球队的建设中。你选好人以后，你要放权力，这样会使你自己轻松一些，也可以去把事情做得更好。但是接手这支球队以后，发现真的打球是一回事，建设和经营一支球队完全是另外一种行业。

时间假设提问打开的是一个多线并行的答案，姚明的回答有对自己身体伤病的说明，有对自己商业动作的解释，有具体运营过程中的细节阐述与直观感受。如果我只是单向提问姚明的伤病情况，或者只是提问他购买球队的行为，都无法与这个时间假设提问所带来的丰富信息比拟。这正是假设式提问在科学领域和体育领域采访中独到而显著的功效。

## 慎用

探究假设式提问所适用和通用的采访人群，无论是对艺术家灵魂世界的触及，还是对科学家和运动员专业界限的突破，假设式提问潜在的能量与它潜在的挑战性甚至是破坏性相伴而行。假设性提问要注意语义清晰。比如，芭芭拉·沃尔特斯在采访演员凯瑟琳·赫本（Katharine Hepburn）时问道："如果你是一棵树，你想成为哪种树？"这个提问曾引起广泛吐槽。不过，回头来看，是赫本先说"有时我真想成为一棵树……"，芭芭拉才这样追问，也无可厚非啊。

所以，在此有必要提示采访者，在采访某些特定的人群时，对于假设式提问的使用需采取谨慎的态度。关涉政治或经济领域敏感话题时，有些采访对象因为不愿"落入陷阱"，落下口实，而会明确拒绝回答假设性的问题。

**提问** 美国前财长 保尔森（Henry Paulson）

杨澜：如果你是中国的财政部部长的话，你还会增持美国国债吗？你会担心这个"量化宽松"政策吗？

保尔森：首先我想说，我不是中国的财政部部长。这一决定应该由各国自己做出。

我的提问所指向的事实是：美国的"量化宽松"政策会造成美元贬值，实际上是利用美元作为结算货币的地位，输出了金融危机。面对与国家利益相关的敏感事实，保尔森当然不能"落入陷阱"。

**提问** 奥委会前主席 萨马兰奇（Juan Antonio Samaranch）

杨澜：我一直在想一个事情，如果当时北京和悉尼打了个平手，而您必须在二者间做出最后的抉择——如果是这种情况，你会怎么投票呢？

萨马兰奇：作为国际奥委会主席，你必须做到公平公正。此前从未出现过票数相等的情况，如果出现了我想会重新投一次。

杨澜：但是如果又平了，那该怎么办？

萨马兰奇：如果出现这种情况，我会召开执委会会议，这是规矩。我必须决定国际奥委会到底投给谁，这是我们的政策。

连续的假设式提问，对于沉浸其中的提问者而言，如同放置眼前的一杯可乐，即刻痛饮即可过瘾。但对于冷静而谨慎的决策人和领导者，他的思维模式往往自动切入特定搜索：这杯可乐来自哪里？是谁想让我喝下这杯可乐？一方是浪漫主义者，一方是现实主义者，当双方的思维游戏不在同一个界面，双方的推进方向存在轨道偏差，提问者和回答者不太可能以假设提问的方式在一起共启议题。

杨澜：如果要是输了呢？

马英九：啊？

杨澜：如果要是输了呢？这一次，你觉得你输得起吗？

马英九：杨小姐，我们竞选的人从来不想会输的。

杨澜：不，我觉得没有人的时候你一定会想，如果输了会怎么样？

马英九：其实我没有人跟有人的时候想的都一样的，因为我想我会赢。

2002年，在台北，我采访了正在谋求连任台北市长的马英九。作为2004年“大选”的一个前哨战，我见到的马英九仿佛一个疲惫的选手，在政治选举的长跑比赛中陷入“我想赢，但又没资源可拼”的尴尬境地。遭遇我的假设式提问，让一向爱惜政治羽毛和公众形象的小马哥明显有些抵触。

如同马英九的一个“啊”字，假设式问题是突破双方讨论极限的革命性办法，你可以用这类问题检验对方的战略、探测对方的底线。面对一个观点与自己相左又比较固执己见的对象，可能正面提问和旁敲侧击都不能起到任何作用，那么试着用假设性的问题，可能会帮你打开缺口，获得意想不到的答案。虽然最终他没有松口，但让观众看到了政治人物无论内心怎么想，嘴巴都会很“硬”的特点。

采访政治或相关领域的决策者或领导人，假设式提问如同双刃剑，对提问者和受访者都存有潜在的风险，如同本章开头提及的法拉奇与基辛格，双方的交流局面在假设式提问的冲击下几乎濒于崩溃。

以假设式提问采访政治人物，虽然存在风险，但是“假设”所具有的特殊张力也会给双方之间的沟通带来“较量”的刺激感。

CNN主持人克里斯蒂安·阿曼普（Christiane Amanpour）以犀利的提问而著称，采访政治人物，假设式提问是她常常用于“提炼”对方观点的提问方法。

阿曼普：所以，如果你还是首相，或者是美国总统，你会怎么解决这个问题？因为这个问题真的很令人身心衰弱，而且很多美国人和欧洲人都在哀叹这个事实。

特朗普政府在推行民粹主义倾向政策的过程中，三分之二的美国人担心他们的民主正在走向衰败，担心他们可能在进入一种强人独裁专制的状态。2018年5月，就这个态势和话题，阿曼普采访了英国前首相托尼·布莱尔（Anthony Blair）。

布莱尔：是的，他们确实这样担心。而且我认为应对这个问题的办法就是，如果我现在在任，正如我所说的，你得试着建立沟通桥梁，非常开放地沟通。如果你是左派，就要理解是什么让人们对左派这么愤怒。如果你是右派，就要意识到是什么让持激进政治态度的人们感到焦虑。

不是所有的政治人物都对假设式提问保持拒绝的姿态，面对阿曼普的提问，布莱尔在回答中同样设置了“假设”，分别从“左派民粹主义”和“右派民粹主义”的视角给予了有机应对，显示了一位资深政治家的智慧。

只有假设才能推翻假设。提问政治人物时，面对深谙此道的受访者，提问者要获得有价值的信息，需要将假设式提问设计得更加精密。2019年4月，法里德·扎卡里亚采访了美国前国务卿希拉里·克林顿，在假设式提问中他不仅引入了现任总统特朗普的观点，也引入了自己的观点。

法里德·扎卡里亚：特朗普总统说，在与沙特阿拉伯打交道时，别人不能在贾迈勒·卡舒吉谋杀案上面做得比他更多，因为沙特阿拉伯到底是世界石油的“中央银行家”。唐纳德·特朗普说，如果你把沙特阿拉伯逼得太紧，油价会升至每桶150美元，我们就会陷入经济衰退。如果你今天要在国务院对卡舒吉谋杀案做出反应，你会怎么做？

希拉里：不幸的是，现在问这个有点晚了，不是吗？如果是在这次残忍的谋杀发生后不久，我认为没有人怀疑谋杀来自沙特政府最高层，美国就应当给予一个更强有力的反应。当然，你知道，我们不能单方面改变沙特政府。那超过了我们的能力范围。

面对法里德·扎卡里亚的假设式提问，希拉里的回答同样精密，她先是以反问“不是吗？”主动出击，之后迅速将“如果”这个假设置入自己的回答中。

虽然我们依据人群的专业特质界定了假设式提问的应用范围，但无论是艺术家、科学家、专业分子、政治家，或者更具跨界色彩的受访嘉宾，提问者更应该从个体的特性考量，并在具体的访谈实践中变通使用，才会达成一段实质性的交流。

杨澜：我想，虽然全世界的媒体给你们夫妻如此多的关注，但是同时它们每时每刻也在侵犯你们的隐私，甚至是打扰了你们孩子的生活。如果你可以对媒体一吐为快的话，你想说些什么？

贝克汉姆：没有什么，因为我从不抱怨自己所处的现状。

2013年，我采访了38岁的贝克汉姆（David Beckham），四个孩子的父亲，体育和时尚领域的超级跨界偶像。面对他英国绅士一般的谨慎和保守，我的提问以假设式提问+质疑式提问（在第八篇会进行详细探讨）的组合方式继续推进。

杨澜：如果你有机会重新书写历史的话，有没有什么让你觉得遗憾的、想重新来过的事？

贝克汉姆：我没有什么遗憾的事。

杨澜：没有吗？

贝克汉姆：我没有遗憾。当然，回顾那段时光，我会觉得如果它没有发生就好了。但是正如我所说的，回首往事，我觉得如果它没有发生，或许我就不会成为那样的球员了，也许就不能去实现自己想要的成功，或是成就自我了。

哈，贝克汉姆的回答不算出彩，但是面对“危险”的假设式提问，贝克汉姆和政治家们一起证明了关于假设世界的精彩观点：只有假设才能推翻假设。假设式提问终于以一种特立独行的方式完成了它的使命。

2016年，为制作《探寻人工智能》第一季，我在美国采访了主演过多部人工智能题材电影的摩根·弗里曼（Morgan Freeman）先生，其中有一个问题是：“如果你有机会问上帝一个问题，你会问什么？”他沉思片刻，狡黠地回答说：“我会问：‘我能不能再多问一个问题？’哈哈。”

我脑补了一下上帝捂脸的表情。

# PART VI
# 转场式提问

转场式提问是将正在进行的谈话推入新阶段，转向新轨道，它是提问者掌控谈话节奏，优化谈话价值的提问方式。

提问者的转场能力，首先在于对现行话题的迅速判断，再通过插话、“连接词”等方式将正在进行的话题有机切换。隐蔽风格的转场提问，在于对谈话场“关键词”的灵活调度。

正如“写作使人精确”，提问亦是。提问与提问之间的串场写作，考验的是提问者对于问题内外复杂信息的精确观察与表达，架构的是复调体例与特稿风格的非虚构叙事。

## CHAPTER 13

# 转场：从连接词到关键词

“花开堪折直须折”尽显莫负青春时光的决然与快意，从提问者的角度斟酌，杜秋娘的诗句倒像是对转场时刻即时而精准的把握。

如果将“谈话场”比喻成一座“花园”，“话题”恰似花园中的“花朵”，当交流双方一起进入“花园”，于“花丛”（多个话题）中穿行和交错，就是不同话题间的起承转合过程。作为提问者，若在话题与话题之间的“转场”中迷失，对话就会陷入“乱花渐欲迷人眼”的语境。

怎么办？“花开堪折直须折”，即刻转场！

### 切换：精确转场

您刚才阐述的观点太精彩了，但是我更想知道……

您谈到的这段工作经历我觉得很有趣，我们可以聊聊您的家庭吗……

说一些轻松的话题吧，今天的改变是否与当了爸爸有关系……

电视记者及其采访对象是时间压缩的牺牲品，这已经被人称作“声音份额新闻业”了。[1]访谈是肩负使命的工作，被主题绑架，被节奏驱动，被时间管辖。当前的话题已经推进到哪里，它应该在哪里转弯，又应该在哪里戛然而止，需要提问者在与对方的互动中时时权衡，即刻决断。

转场需要打断对方吗？当然。面对侃侃而谈的采访对象，有的提问者担心打断谈话会影响后续的交流。而科学家的心理测试否定了这个顾虑。在访谈中，打断谈话并不起绝对的负面作用。加拿大安大略湖大学的一次心理测试表明，在谈话进行过程中，打断话头并不太影响谈话的进展，也无损被打断一方对交谈对手的印象，反而是该回答问题时的缄默和冷场最容易引起谈话对手的不满。实验结果表明，适当地打断谈话，是防止冷场、保持良好谈话气氛的必要方式。[2]

现实情况是，当提问者反复犹疑是否打断对方的时候，转场的最佳时刻可能已经错过，仿佛失控的车辆容易撞墙一样，双方交流的“无语凝噎”局面往往紧随而至，谈话的节奏和氛围被彻底扰乱。所以，提问者要精准把握谈话主题与时机，在谈话中怀揣明确的谈话目的，保持清醒，才能对转场时机做出准确判断。

杨澜：这幅照片我觉得特别温馨，爷爷抱着小孙子，两个人都非常惬意的样子。在读什么书呢，肯定不是童话吧？

邓林：这儿看不清了。那时候小弟比较小，父亲肯定是拿一本书来糊弄小弟。他最喜欢这孩子，每次来了，小弟亲一下他，他再亲一下小弟，这种感觉真是……

采访邓小平的女儿邓林，当我们一起温习邓家的老照片时，我的提问针对邓小平的家庭生活展开，作为爷爷的他和孙辈们亲昵相处，享受着世间珍贵的天伦之乐。

杨澜：别人到了七十多岁、八十多岁都在家里含饴弄孙，但他在七十多岁正好要开始新的一次政治生命。他有没有感慨过？

邓林：没有。虽然孩子们给他带来的乐趣是别人不能替代的，但他为国家富强付出劳动是心甘情愿的……

第二阶段的提问，承接着上个话题中的“天伦之乐情景”，我利用“年龄”转场——“七八十岁”，对于普通人而言是做爷爷的年龄，而对于邓小平而言，他却开始了自己新一次政治生命。伴随着提问的推进，我与邓林的对话也从邓小平的家庭生活自然地切换到政治生活段落。

精确确定转场时刻，除了始终围绕谈话主题，采访者还可以将受访者的回答是否已经得到充分阐述作为判断标准。

余隆：今天我们应该把音乐教育带回到如何培养孩子们的心灵上面，我希望更多的父母也能更多理解到，音乐培育最重要的是对孩子想象力的培育，而不是一个功利的培育，把孩子们带到一个竞争的角色里面去。

采访著名指挥家和音乐教育家余隆时，他针对当前的音乐教育，尤其是青少年音乐教育领域的功利性倾向进行了反思和批评，从音乐教育的普及、音乐对于孩子们的灵魂滋养，再到父母一代的再教育等方面，余隆表达了自己的观点和态度。

杨澜：咱们别说别人，说说你自己吧，你小时候就喜欢音乐吗？当你面对自己女儿的时候，你会把某种期待也压在她的身上吗？

余隆：所以我女儿没有学音乐。很多人觉得我……大家都知道，我是音乐世家，我的外祖父是非常有名的。

我采用“咱们别说别人，说说你自己吧”的话题引导，将抽象话题直接转入余隆自身的具体案例。这个转场提问，不仅使得交流变得具体而生动，而且收获了另外一个有价值的新信息“余隆的女儿竟然没有学习音乐”，这个新收获又为我的后续提问提供了新的话题线索。

转场，需要打断对方，但打断，并非贸然打断，而是寻找契机插话，转换话题并发展问题。在进入新话题之前，采访者最好对受访者的前段发言进行总结式过渡，同时给予赞赏和肯定，这不只是出于礼貌，更是为了保证交流的顺畅。

“如果你可以列举三种在今后十到二十年里改变我们的世界的力量，是哪三种？”2011年，当我采访比尔·盖茨（Bill Gates），向他提出这个问题时，他显然是一位数字时代的乐观主义者，“最大的力量是数字化。货币将随之消失。所有的信息，包括医疗记录和科学信息，都将唾手可得。这相当不凡。我们如今拥有的工程师和科学家比过去任何时候都多。那些曾经难以治愈的疾病（也得到解决）。每个孩子都受到好的教育，而且你可以让孩子受到个性化的教育。我想创新的力量是无法低估的，它将以多种方式让我们感到惊奇。”

但是，观察现实，伴随每一次科技革命而来的是更具杀伤力的武器和社会秩序的颠覆，而贫富分化、失业等现象不仅没有伴随科技的进步得以缓解，反而有可能进一步加剧。于是，裹挟着上述观点，我的提问也在影响着比尔·盖茨思维的转场。

杨澜：对于像你这样聪明的人，一定知道疾病和贫穷这些问题，有着深层的社会根源。所以有人认为，即便你把孩子从疟疾手中解救下来，他也有可能死于战争。你是否想过挖掘这些社会问题的更深层原因，并提供更深层次的帮助？

听到这个转场提问，盖茨显然停顿了一下，然后完成了他的回答。作为采访者，我则引领话题在“授人以鱼不如授人以渔”的方法论和慈善本身的局限性等更深层问题上展开。

转场提问的具体方法多种多样，采访者可以在充分了解受访者信息的基础上，于策划阶段和采访阶段做好既定准备和变通准备。除了采用上述“重启一行”式的直接转场，“连接词转场”是常用又好用的方法。

连接词是一种虚词，用来连接单词、短语、分句、句群乃至段落，只有纯粹的连接功能，没有修饰作用，也不充当句子成分。在它众多的分类中，有多种连接词常常被用于转场提问中。

### 1. 转折关系连接词——但是

杨澜：但是当你今天有了24小时的热水，不必再住在地下室，不必再流浪的时候，你怎么还能保持那样的一份敏感度？

《春天里》是汪峰的代表作之一。在这首歌里，汪峰描述的正是自己最初走上音乐道路时的迷茫、坎坷和苦乐辛酸的生活状态。融合《春天里》的歌词，再用连接词“但是”，通过我的这个转场提问，汪峰给予了“创作远比名利更有价值”的回答：“你只有发自内心地热爱创作，这件事本身跟别的都没关系，我就是喜欢写。”

转折关系连接词不仅可以比照个体的变迁，也可以关照个体与群体的关系。

杨澜：黄霑先生曾经说过香港乐坛已经死了，当然这个词用得很极端。你的25场演出就非常成功。但是，这个演出市场上，与你等量级的演唱会，其实寥寥无几，整个乐坛有一种萧条的感觉，你怎么看这个一热一冷呢？

2013年，香港歌手陈奕迅在红馆连续举行了25场成功的演出。但是，在表面的繁荣之下，是香港乐坛的冷落局面。通过引用黄霑的话语、陈奕迅的演出实况，继而加上“但是”，我的提问将陈奕迅的思考从个体的“无敌”转入了集体的“悲哀”。“我压力山大，因为有一些老前辈都跟我说，香港乐坛靠你了。刚听到这些话的时候没有什么压力。但听久了，你还在讲，过了三年还在讲，我真的把那个压力放在我自己身上，但我不是这样子的一个领导。后来就变成一个比较负面的压力，就觉得根本不是一个人可以做到的。”

### 2. 条件关系连接词——既然

毕业于中央戏剧学院的段奕宏是一位低调而执着的演员。虽然在相当长的时间内公众知名度不高，但他坚持自我，并乐在其中，正如他所言，“我愿意为戏为奴”。

杨澜：既然是为奴嘛，就有一个主子，给我们说说这个戏，这个叫作“戏”的主子是一个什么样的主子？什么时候，这个主子让你着迷了，甘愿投身门下？

段奕宏：我上高中的时候，就无意当中接触了这个所谓的小品，自编自演的小品，戏剧性地被所谓的专业老师看好，说这孩子可以试一试。

先是围绕他的获奖作品和表演风格进行对话，双方的交流告一段落后，借由他的所言“我愿意为戏为奴”加上连接词“既然”，我们的对话就由创作理念的探讨阶段切换到了他个人成长的故事段落。

杨澜：那我要问您一个问题了，既然您如此地热爱画画，要一直地画下去，而且如此地执着，为什么要接四川美院院长这样一个职位呢？

罗中立：当院长应该说是我人生当中的一次误会，一个插曲。其实当院长之前，我是一个普通的老师，那个时候，走向行政的时候，真是有一番很艰难的挣扎，甚至于是痛苦的这样一个挣扎。

采访创作《父亲》的知名画家罗中立时，同样也是通过“既然”转场，自他的老师生涯切入担任院长的行政岁月。没承想，一个转场提问引发了罗中立对这个人生转场的无限感慨。

### 3. 因果关系连接词——所以

作为全球范围内炙手可热的科技领袖，埃隆·马斯克被更多中国人知道，是通过他的创新产品之一——特斯拉电动汽车。2015年，他以特斯拉CEO的身份来中国参加了博鳌亚洲论坛。

“他创立了大名鼎鼎的网络支付平台贝宝，31岁成为亿万富翁，10年时间制造出世界价格最低的运载火箭，开辟私人探索太空时代，同时制造出第一辆在商业上获得成功的电动汽车，新能源太阳城计划正在进展，45分钟横跨美国的超级高铁已在构想中。”专访埃隆·马斯克之前，最吸引我的不是这一份疯狂的创新成绩单，而是他说过的一句话：“失败也是一个选项。如果你没有失败，那意味着你的创新精神不够。”

2002年10月，贝宝被ebay用15亿美元的股票收购。埃隆·马斯克马不停蹄地用这笔钱创立了两家新公司，太阳城以及太空探索技术公司。埃隆在硅谷声名鹊起，各项计划也在野心勃勃地推进。正在此时，命运给了他当头一棒，旗下的猎鹰火箭三次发射均遭遇失败。更糟糕的是，2008年席卷全球的经济危机不期而至，他的公司接连面临倒闭的危险。

与接连失败一同到来的是重重非议，这让埃隆·马斯克“难以入眠”。

杨澜：你知道，聪明绝顶的人有时候颇为傲慢，因为他们相信自己所相信的。所以，他们面对批评，不大可能承认自己会犯错误。你是那样的吗？

“所以”式的转场提问，是我按照常规逻辑去推论埃隆·马斯克的思维逻辑，而埃隆·马斯克的反常规答案恰恰向我们揭示了敢于“试错”才是他内心遵循的创新规则。

埃隆·马斯克：我是在学物理学的时候学会这一点的。在物理学领域，你需要自己解决自身的所有问题。在自学时要一直假设自己是错的，而不是假设自己是正确的。这样，你不得不证明自己没有错。所以我觉得那种物理方法确实好。我们学会了它。它对学习不显著的、反常规的事物非常有效。

后来，埃隆·马斯克的公司死里逃生。这位出生于南非的内向男孩也从中学到了最宝贵的一课，那就是如何面对失败。

杨澜：你说过一句很出名的话："失败也是一个选项。如果你没有失败，那意味着你的创新精神不够。"

埃隆·马斯克：是的。有人认为我喜欢失败。谁会喜欢失败呢？失败是可怕的。但是如果你只做肯定能成功的事情，那你只会做十分稀松平常之事。对不对？

在埃隆·马斯克眼中，失败不仅是一个选项，而且是一个有趣的选项，一个有价值的选项。而正是对这个选项的认知态度，决定了冒险家埃隆·马斯克为什么会成为创新领袖埃隆·马斯克。

任何一种成功都有自己的来龙去脉。2011年6月4日，李娜夺得法网冠军，是网球大满贯134年历史中，首位获得单打冠军的中国选手、亚洲选手，成为全球瞩目的网球明星。

专访李娜的起点，我的关注从法国宫廷运动——网球与一位中国女孩的结缘开始，而在李娜成长故事的背后，还有一位父亲未竟的梦想。

杨澜：其实你从很小就开始打网球，8岁？

李娜：8岁。因为我父亲是羽毛球运动员，文革的原因，他没有当成全国冠军，就让我6岁开始打羽毛球，教练说我打羽毛球的动作特别像打网球，然后我就去练习网球了。当时我就一直觉得是为了完成父亲的心愿，然后去打的球。

1997年，15岁的李娜就拿到了全国大赛的冠军，完成了父亲当年未了的心愿，但是那时，她的父亲已经看不到领奖台上的女儿了。

谈及这段往事，我的采访路径从运动场逐步转向家庭，而“所以”所引发出的转场式提问，也帮助李娜从“运动员”的身份自发地进入到身为“女儿”的角色中。

杨澜：你去比赛之前父亲应该已经病重了，是吧，所以，他有没有最后对你有一种嘱托？

李娜：他当时病重了以后，我妈想给我打电话让我回来，然后我爸说，不要影响她比赛，就没打电话。

杨澜：父亲对你最大的期望是什么？

李娜：拿全国冠军，对。我想这应该是他的目标，他的那个希望一直在我的身上。

此刻的李娜，眼睛中含着泪水，却又努力克制。她的回答里饱含着没有见到父亲最后一面的遗憾，也饱含着十几年来艰苦拼搏在球场上时被压抑的对父亲的思念。李娜的自信和强悍在网球场上有目共睹，通过她的回答也让我们认识了她柔软细腻的情感世界。

### 4. 并行关系连接词——一方面，另一方面

与斯诺克结缘20年，丁俊晖几乎囊括了所有斯诺克大赛的冠军。2005年

和2015年，我曾经两次采访他。十年之间，在一方小小的球台之上，在似乎非常沉稳和内敛的表情的背后，我们看到的是一位少年不寻常的成长经历。这十年对于他来说，又意味着什么呢？

我们的对话首先从十年间丁俊晖个人发生的变化开始。随着这个对话段落的完成，就到了转场的关键时刻。

杨澜：一方面我们回顾十年，看到你自身产生的变化。另一方面其实也可以看到你给斯诺克带来的变化。你觉得现在斯诺克，或者整个台球运动，在中国发生了什么变化？

第一个连接词“一方面”承接的是我与丁俊晖前段的交流主题“个人的自身变化”，第二个连接词“另一方面”开启的正是转场提问“个人给斯诺克运动带来的变化”，并进一步结合了中国实际进行提问，而小丁的细节式回答也很形象地说明了中国台球运动的进步。

丁俊晖：我记得小时候打球的时候，环境非常简陋，包括那些器材，都是当地或者是离当地不远的一些器材厂提供的。然后慢慢地发展，正规俱乐部里面的装潢设施变得非常好。包括打球的一些球迷，都非常专业，他们有自己的整套设备，可能比我的还要好。

## 过渡：模糊转场

与精确转场的“直接打断”和“连接词提问”不同，模糊转场的中介是相对抽象和隐秘的“关键词”。

日本著名小说家、电影导演村上龙的对谈集《村上龙对谈集——生命中难以承受的骚莎舞》里，社会学家小熊英二在提问中有着高明的关键词转换。

小熊英二：我总觉得村上先生就像一个靠着自己的力量刮起风，让自己飞起来的风筝一样，虽然风筝上写着“龙”字（笑）。因为没有人给你刮风，所以你拼命地运转，靠自己扬起风飘浮在空中。只不过还附带着一条掌舵的尾巴，好让自己不要在原地打转。村上先生不断地寻找下一个题材，正是尾巴的责任。或许我的比喻很奇怪，请多包涵。

村上龙：哪里哪里，小熊先生果然擅长比喻，为何在论文里面没有用到这个方法？（笑）

小熊英二：接下来我想再请教一个关于风筝的事。最后风筝着地了吗？对你来说，究竟有没有可以安心居住的共同体呢？[3]

从将村上的行事作风比喻作具体的“风筝”，到抽象问题“村上的理想结局是什么”，此间跨越的巧妙在于访谈者小熊英二对关键词“风筝”出神入化的调度。

转场过程中的中介物——关键词，如果调度得当，可以为前后话题搭建桥梁，模糊话题的间距，避免话题衔接的生硬滞涩。利用关键词在前后语境中的意义转换，来衔接不同层面的话题，使相关话题如配套齿轮般严丝合缝，灵活运转。

杨澜：我们老说地球是人类的母亲，我们就像一个快要长大的孩子，使劲挣扎着从地球的引力里突破，去探索无边的宇宙。激发人类探险的一个重要因素，就是好奇心吧？

杨利伟：我想这也就是人类发展的一个必然，因为探索对人来说，就像你刚才说的那种好奇心，它是许多事情的一个开始。只有这种探索和这种好奇才会创造很多奇迹。

杨澜：不过你小的时候，好奇心曾经让全家人以为你走丢了，是吧？给我们说说这事儿？

采访首位进入太空的中国航天员杨利伟之前，在众多的资料中我发现了他小时候曾经与小伙伴们远足，几乎迷路的故事，结合这个与好奇心有关的故事，以“好奇心”为关键词，我设计了一组提问。也正是通过这个关键词，我与杨利伟的对话从人类、地球的宏观层面的探索未知，过渡到杨利伟个人的童年冒险故事。

仿佛上述对话中神奇的“好奇心”一样，关键词的神奇作用就体现在话题之间起承转合的过程中。所以，谈话场中关键词的选取与调度，需要提问者充分掌握采访内容，提炼出呼应前后的关键词或者关键信息，通过引用或者演绎完成模糊转场。

与上述案例中比较明显的关键词不同，有的关键词在提问中是以相对隐秘的方式担负起转场的功能。

杨澜：你会花更多的时间跟孩子们在一起吗？其实陪伴是一种很重要的

付出。

张艺谋：对，因为《归来》讲的就是这个。

杨澜：陪伴。

张艺谋：陪伴，所以我拍《归来》，我也学《归来》。我自己也尽量花时间陪伴他们，每个星期都会尽量跟他们（一起），礼拜天的时候跟他们一块吃饭，但是我这个人的性格，又是养成这个习惯了，就是一工作就又撂到脑后了。陆焉识在念信的时候说那句话，“我不是一个好父亲”。对，我也是这样的。

电影《归来》上映之际，我对张艺谋进行了第三次专访。“现在说心里话，对我来说，家庭、孩子、亲情是最重要的”，经历人情冷暖，张艺谋细述历经曲折起伏后的心路回归：生活第一，拍电影第二。从工作转场到生活，我选择他的新作《归来》中所凸显的主题“陪伴”为关键词，呈现了张艺谋的“归来”，那就是成为一名“称职的父亲”。

转场中的关键词可以实现从事实到事实、从具体到本质的过渡，也可以实现从具体到本质再到具体的过渡。

2011年，嫣然天使基金成立5周年之际，当时尚在婚姻状态的王菲和李亚鹏作为共同创办人接受了我的采访。

杨澜：其实“爱”这个词，我觉得挺有意思的，因为王菲你在暂别歌坛之前，最后一张专辑，就叫《将爱》，如果变成一个完整的句子，可能也是：将爱怎么样进行到底呢？

提问首先从王菲的一首歌曲《将爱》开始，引出关键词“爱”。

王菲：他们是“将爱情”进行到底，我是“将爱”进行到底，比他们要宏大多了。

杨澜：所以这个爱不仅仅是——

李亚鹏：大爱大爱。

王菲：对对对。

跟随嘉宾从“爱”到“大爱”的回答，对话完成了第一次转场，具体的歌曲名称《将爱》被演绎为“将人间大爱进行到底”。

杨澜：所以今天讲这个爱的主题也是挺合时宜的，我们不妨从“嫣然”开始说起。

我利用从“爱”到“大爱”的变化契机，适时转换话题，过渡到嫣然天使基金的采访主题。抽象的“大爱”又变化为一个“具体”的机构名称——嫣然天使基金。

访谈过程中，如果话题与话题之间只聚焦事实，对话就会陷入过于随意和碎片化的境地；如果只讨论抽象的话题，对话也会走向另一个极端，那就是枯燥和艰涩。具体—抽象—具体，在关键词的调度下，话题就会在事实和本质之间巧妙转场，如此一来就会形成螺旋状的谈话，生动性和深刻性也就会得到兼顾。

CHAPTER 14

# 串场：从特写到特稿

“她的复调式书写（借鉴音乐术语‘复调’的原意‘多声部’，指在同一文本中出现写作者和主人公两个甚至多个声音并行的写作方式，以‘对话体’写作区别于‘独白体’写作），是对我们时代苦难和勇气的纪念。”

2015年，诺贝尔文学奖授予了白俄罗斯非虚构作家、新闻记者斯韦特兰娜·阿列谢耶维奇（Svetlana Alexandravna Alexievich）。作为历史上首位获得文学奖的新闻记者，她以访谈方式采集素材而进行的非虚构写作得到了评委会的高度肯定。

从非虚构写作的角度，电视人物访谈文本同样具有复调式创作的特质，在同一个文本中，不仅有记者（提问者）的视角，还有受访者的视角，如同复调书写中各自表述和分别展开的声音。而穿行于其中的串场又与它们彼此交叉，成为访谈文本的有机组成部分。

在人物访谈节目中，采访者通过提问实现“转场”，而与转场紧密配合的是“串场”，它包括开场、中场与终场。对应着采访者的创造性提问，三种类型的串场也成为与提问协同完成的创造性写作。

## 开场：情绪中的人

开场，是访谈节目的开启板块，它通常由人物导视小片+主持人开场白组成，所担负的功能是介绍受访嘉宾，并为其正式出场做好铺垫。

如同一篇文章的开头，开场的重要性不言而喻。在今天，资本、劳动力、知识、计算资源以及信息都很充裕，而人的“注意力”却成为人们激烈竞争的稀缺资源，《注意力经济》（*The Attention Economy*）一书向内容生产者，尤其是言语文化的生产者，提示着创作风格和表达方式转变的必要性，因为传播者需要面对的是网络一代的新受众。英国资深创意指导多米尼克·盖廷斯（Dominic Gettins）打了一个生动的比方，将现代读者比作高速公路上行驶的汽车：他们行驶在各自所处时代的高速公路上，只有诱惑力十足的开场白，才有可能将他们吸引到你的羊肠小道上来。如果不在整个文案中贯穿阅读的回报或对回报的承诺，他们会头都不回地回到原来的高速公路上。[4]

是平庸，还是惊艳？人物小片就如同开场白，如何展现受访嘉宾的特质，选择何种表现形式进行推介，影响并决定着节目开篇的吸引力。当今微视频创意的风潮涌动，再次证明了视觉语言的威力。作为电视访谈节目，将“视觉化”优势发扬光大，探索出独特的视觉化写作风格，无疑是开场小片的创意之道。

### 1. 创意写作：“提问体”

视觉化写作，让文字与视觉图像激荡出完美的协同效应。“提问”可以实现转场，“提问体”也可以成为一种独特的写作风格。

清幽朴雅的《卧虎藏龙》，诡魅凝沉的《夜宴》，华丽绚烂的《无极》，婉约唯美的《橘子红了》，他的世界究竟蕴藏着多少色彩的秘密？他的视线如何在东西方之间找到落脚点，他的内心经历过怎样的挣扎和困惑？

他不仅凭借着一座奥斯卡奖杯给华人世界带来了荣耀，也因为和几乎所有的华人顶级电影导演的合作而名扬天下，而更让人好奇的是，来自一个贫苦家庭的他，没有上过大学，没有受过任何正规的训练，生长在被称为缺少文化根基的香港，这就像在沙漠上突然见到一棵丰硕的果树，人们当然要问他究竟是从哪儿来的。

《杨澜访谈录》专访奥斯卡最佳美术指导叶锦添，为您讲述他的繁花世界。

连续推进的提问，步步为营的悬念，“提问体”写作带领观众一步步走近美术大师叶锦添神秘的“繁花世界”。善于提问的作者，能够让读者的注意力高度集中，并通过提问来巩固作者与读者的联系。[5]“提问体”写作，无疑是非常吸引注意力的创意写作方式。

当然，与文字相得益彰的是影像，两者的无间配合才能架构一个成功的人物小片。撷取访谈中的精彩对话剪辑嵌入，会使得片子的表达效果更加出色。

他是日本第81任首相

20年前他发表“村山谈话”

表达战后反省立场

杨澜：一个民族真正的荣誉感来自什么地方？

村山富市：巩固日本永不再战的决心。

近70年政治生涯

他始终坚守“杖莫如信”

对于日本战后反思以及“安倍谈话”

他又会如何解读?

村山富市：就算安倍是一国首相，也绝不允许他无视人民的意愿，不允许他独裁专政！

我不知道自己还能再活多少年，我会拼上性命保护和平宪法，我们大家一起努力！

《杨澜访谈录》专访日本前首相村山富市

比较两个人物导视，叶锦添与村山富市的小片各具风格：前者语言精美婉转，后者语言平实有力；前者句子偏长，后者短小精悍。人物小片写作中，到底什么才是最好的风格？除了与人物个性有关，也应该关注当下受众的视听与阅读习惯。

## 2. 语言：微风格

微风格并不新，正如科幻作家威廉·吉布森（William Gibson）曾说的：“未来已经降临，只是不均匀地分布在此时此刻。”我们的未来——微讯息时代——也已存在几十年了，集中于需要利用言语交流来攫取注意力的生活领域。一些最典型的美国流行艺术形式，比方说流行歌曲歌词、一句话幽默，都是微风格的专业体现。微风格技巧真正得到磨砺的一个领域就是广告行业。[6]推广与宣传是人物小片的重要功能，汲取广告文案语言的优势，对风格语言的形成具有非常大的启迪。

为吸引消费者注意，达到商业营销的目的，更有力的词语、更精短的句子、更绝妙的双关、更具杀伤力的语言是广告文案的特质。经济表达，言简意丰，微风格的“文案金句”不断被写作者运用，成为作品的亮点所在。

“我们都会死，因此都是幸运儿。绝大多数人永不会死，因为他们从未出生。”对理查德·道金斯（Richard Dawkins）《解析彩虹》（*Unweaving the Rainbow*）一书的开篇，语言学家、哈佛大学心理学教授史蒂芬·平克（Steven Pinker）点评道：我们都会死，因此都是幸运儿。（We are going to die，and that makes us the lucky ones.）好文章开头有万钧之力。道金斯不用陈词滥调开头，如“自历史的曙光洒向人间以来”，而是用能激发强烈好奇心的有内容的观察来开头。读者一打开《解析彩虹》，就被最可怕的事实当头一击，接踵而来一个自相矛盾的阐释：我们会死，所以是幸运儿？[7]

或对仗，或排比，短句的精彩之处就在于“微力无穷”。结合访谈节目人物小片的创作，相较于华丽辞藻的堆砌，我更欣赏简洁明了的文字之美。

切丽·布莱尔

第一个有自己职业的英国首相夫人

自1908年以来第一位需要养家的首相夫人

150年来第一位给唐宁街10号带来新生儿的首相夫人

但是在唐宁街生活十年后

她为什么对媒体说

“Bye，I won't miss you.”

《杨澜访谈录》独家专访切丽

为您讲述英前首相夫人的快乐与无奈

“首相夫人”是切丽（Cherie Blair）的身份标识，她到底是怎样的一位首相夫人？我们用了三个“第一”构成的定语去对“首相夫人”进行精确的诠释，“职业”“养家”“新生儿”三个关键词被分别放置于三个定语从句中，并行结构的句式在重复中既精确表明了人物的身份地位，又形象生动地凸显了人物的个性特质。当前一段落刚进入尾声，转折连接词“但是”和“为什么”陡然又将观众的注意力引向人物的言论“Bye，I won't miss you.”精短的句子，强势的表达，“首相夫人段落”与“言论段落”之间的戏剧性反转，吊起了观众的好奇心。承接着导视小片的节奏，我辅以一段主持人开场白，继续调高小片所传达出的情绪强度。

大家好，欢迎收看《杨澜访谈录》。国家元首的夫人风光无限，她们站在世界上最有权力的男人身边，本身也是公众高度关注的对象。随着越来越多的像米歇尔·奥巴马这样的职业女性成为第一夫人，人们对她们的处境改变也产生了很浓的好奇心：她们会面临什么样的困境和矛盾呢？我在伦敦采访了英国前首相托尼·布莱尔的夫人切丽·布莱尔，她对米歇尔的忠告就是，脸皮要厚一点。

如上这段开场白，书面语言“困境”和口语化的“脸皮要厚一点”被我混合使用，这样的混搭同样呼应了语言生动和精确化的双重要求，有情绪也形成了有趣的交流互动，这正是我想营造的“交谈感”。正如美国“文学性新闻”代表人物盖伊·塔利斯（Gay Talese）所言：这就是我所沉溺的非虚构：跟人待在一起。在这里，采访并不是必不可少的。但你得成为整个氛围的一部分。[8]

建立交谈感，并非按照口语的方式去写作，而是将口语的亲和与书面语的精确结合起来，形成塑造和描摹人物的生动段落。

这种病令人非常烦恼。很多老年痴呆症患者都会无缘无故地发怒，乱扔东西。但是里根没有这样。即使是在他生命最后的日子里，如果有女士走进他的病房，他也会从椅子上站起来致意。[9]

就好像拉里·金对老年里根（Ronald Reagan）的观察与描写，访谈记者的笔力与他的观察力总是互相支撑。优秀记者是能够将口语与书面语巧妙融合在一起的人，超凡的表达常常来自阅人无数的经年累积和以敏感和敏锐谋生的职业习惯，语言组织和表达能力只是他们创造力的一部分而已。

“情绪中的人”，是记者的创造起点，通过“提问体”写作实现与观众的交流感，通过“微风格”遣词造句实现人物情绪的精确表达，无疑是营造漂亮开场的要义。在有限的时间内，有效地向大众传达提问者与被采访者之间的信息流动，有赖于提问者对自身提问、解说、写作角色的准确融合定位，以及基于精确观察的创造性表达。正如记者兼作家比尔·莫耶斯（Bill Moyers）所言：创造力就是刺破凡俗寻找惊奇。开场环节的惊奇表现，秘密就在于此。

## 中场：事件中的人

受访人物在“开场”亮相之后，串场写作就进入了“中场”环节。如果说开场环节的创作风格仿佛电影的强势特写，中场阶段的人物就进入了场景化的事件当中。

给我讲一个故事，看在老天爷的分上，让它有趣一点！

看在老天爷的分上，故事不要太狗血，让它稍微克制一点！

在崇尚故事化写作的今天，访谈中的人物何去何从？

寻找好故事，是非虚构创作的难点，因为人物是现实中人，没有可以虚构的空间，但这又是创作的优势，因为已经有那么多现成的事实摆放在我们面前。非虚构作家托马斯·亚历克斯·蒂松在文章《所有的特写都是史诗》中说道：你的对象都有着史诗般的故事，我坚信，无论和谁谈上两个小时，我都能从那个人身上找到一个史诗般的故事。每个人都有无数的故事，但是没有一个作者能够写完全部的故事，我们只能尽力而为，用尽所有——我们的感官、智慧和直觉——去挑选合适的故事罢了。[10]

杨澜：在你的电影里，主角通常都是小偷、矿工、文工团团员、保安，他们是没有财富和权力而且往往被人们忽视的人群。为什么你的摄影机总是舍不得从他们身上移开？

串场：他是一个在县城里长大的孩子，也是曾经在街上游荡打架的边缘少年。他不曾因为学习优异而显得出类拔萃，甚至因为升学问题使父母操心担忧。当初，他从未想过自己会和电影有缘，直到有一天，一次看电影的经历改变了他的命运。

贾樟柯：想考美术学校，然后去看《黄土地》。那个电影为什么我会特别喜欢？因为我们老家有一半在晋中平原，一半就是黄土地，吕梁山区，从县城骑自行车骑20分钟就进到那个黄土地里面。所以我一看那个电影，看那个漫天的黄土，还有那些人的面孔，我就开始流眼泪。一个女孩在黄河里面打水，打一桶黄水，挑着走的时候，那个真是控制不住，它有一种直接的感受，第一次在电影里看到自己的生活。

在“当代中国最富洞察力的记述者”“第六代导演中的特立独行者”种种名号的背后，贾樟柯高举着独立电影的旗帜，但他的电影，长期无法走出小众，被边缘化的现实一直困扰着他。面对关于他的影像和文字等丰富素材，我的访谈选择从他电影角色的身份共性开始，呼应着我的提问，串场部分也将他拉入了与他的角色相同的时代背景与生活场景中，而贾樟柯的回答，又与串场形成呼应，向我们讲述了一个改变他一生的“看电影”事件。提问+串场+回答，彼此关联，有机呼应，组成了人物访谈的完整段落。

在微缩型的特写中，选择写作对象的依据在于典型性，这种典型性也是它与其他事物所共有的一种类似性。我们选择这样的对象作为表达故事的载体，也就是让其充当其他同类事物的代表。[11]《华尔街日报》的资深头版撰稿人威廉·E. 布隆代尔（William E. Blundell）总结的微缩式特写之道，也是我提问的方向和中场写作的方向。“一个从小镇走出来的青年，一位业余出身的电影导演”，贾樟柯这个名字所具有的影响力，正是来自他的典型性，他的电影代表的是中国三四线城市乃至村镇青年的偌大人群，揭示小人物在巨变洪流中的挣扎与无奈，尊严与坚持。

### 1. 放大瞬间的戏剧性

在中场描摹“事件中的人”，叙事方式不同，会收到截然不同的表达效果。

曾两次获普利策奖的写作指导杰克·哈特（Jack Hart）总结“概述性叙事”和“戏剧性叙事”的差异：标准的新闻故事是用概述性叙事来写的。但是真正的讲故事却需要掌握戏剧性叙事。[12]“重视具体的细节；使用对话，人物互相交谈”是戏剧性叙事的主要特点。

串场：睡衣照片事件过后，托尼和切丽立刻搬进了唐宁街的首相官邸，至少这样不会有那么多记者一大早来按门铃。但是，当唐宁街10号的大门第一次在切丽的身后关上时，她感到了莫名的不安，她在自传中写道，这感觉让她想起了希区柯克执导的电影《蝴蝶梦》里阴暗压抑的曼德利庄园。

《蝴蝶梦》影片片段，唐宁街10号的恐怖

杨澜：您真的有这种感受吗？

切丽：是的，非常恐怖，非常令人不安。

切丽：《蝴蝶梦》是部伟大的作品，当我进入公寓时就有进入曼德利庄园的感觉。大选一旦结束了，唐宁街10号的前主人就必须马上搬出去，差不多他们后门刚出，我们前门就进来了。我们跟美国的体制有所不同，他们带着自己的管理人员入住，我们的服务人员是不变的，他们一直都在那里，于是一分钟前，他们还在为梅杰首相服务，一分钟后就要服务于工党的首相托尼·布莱尔。

杨澜：还要忍不住把两人拿来比较。

切丽：想起你要住到一个地方，那里的人都知道唐宁街10号是如何运作的，知道前政府是怎么使用这个地方的，知道自己期待什么，这时你就会觉得有点古怪。

串场写作将切丽一下子“推进”了唐宁街10号，而我的提问也将切丽回忆中的这一瞬间进行放大，人物、对话、场景、氛围、心理活动一起联动，构成了一个悬念十足的叙事段落。

富丽堂皇的首相官邸，对于刚刚荣升首相夫人的切丽而言，竟然使她联想起了希区柯克镜头下的曼德利庄园，灰暗压抑的场景氛围投射出的是切丽进入新环境的深度心理焦虑，这是一个多么具有张力的瞬间。每个人都有史诗一般的故事，如果只概述宏大和抽象，故事也无法称其为故事，最多只是事件。访谈记者所做的选择正是从史诗般的资料中选择几个瞬间，并采用戏剧式叙事的方式去放大这些瞬间，就能够借此展示受访者的一生。

贾樟柯的困顿，切丽的焦虑，串场环节聚焦“事件中的人”，放大他们的两难与挣扎，其实遵从的正是故事创作的终极原则。人物真相只能通过两难选择来表现。这个人在压力之下选择的行动，会表明他到底是一个什么样的人——压力愈大，选择愈能深刻而真实地揭示其性格真相。[13]

串场环节的聚焦与放大，是人的真实与故事的张力实质意义的合体。所有被称为伟大的故事，都来自伟大的创意，几乎在所有伟大的故事创意中，都有一种人性的展现。[14]

## 2. 设置背景的必要性

人物特写，视觉化写作，正像“新闻不是突然发生的一样”，出现在我对面的受访者总是带着各自关联的背景信息而来。

在竞争激烈的电视行业，一个节目成功播出35年，并且获得几代人的喜爱，真是一件匪夷所思的事情。但是有一个人做到了，他就是美国电视新闻杂志《60分钟》的创始人兼制片人唐·休伊特（Don Hewitt）。我向这位新闻奇才的每一个提问，都无法离开串场环节的信息支持。因为无论从美国电视业的发展史，还是电视与政治的互动史的视角观察，唐·休伊特都是重要的见证者，他所经历的每一个故事背后都有着丰富的背景信息。

串场：20世纪50年代的电视新闻刚刚兴起，影响力还不能同广播、报纸等传统媒体相提并论。1960年美国大选，电视第一次转播了总统候选人的辩论，电视作为新兴媒体的威力开始显现出来。肯尼迪和尼克松在镜头前迥异的表现最终决定了大选的结果。负责转播工作的休伊特也因此受到偏袒肯尼迪的指责。

杨澜：当时看电视的人认为肯尼迪赢了，但很多听收音机的人认为尼克松赢了。你是不是有意支持肯尼迪？

唐·休伊特：绝对不是，不是。尼克松拒绝任何化妆，他看上去很糟糕。三四年之后，在肯尼迪遇刺之后，我们制作了一个特别节目，尼克松也参加节目。我在化妆室同他说话，当年总统辩论时被他回绝的同一个化妆师正在为他化妆，我对他说：您知道吗，尼克松先生，如果4年前您让这里的凯希为您化妆的话，您本应成为总统。你知道他说什么？没错，那我现在也死了。我当真被吓了一跳。

上述段落中的串场为我与休伊特的对话提供了必要的背景，通过回忆总统们与电视之间的爱恨情仇，才有唐·休伊特的感慨莫名。在访谈节目中，将事件与背景连接起来至关重要。这样不仅能让观众在更大的坐标系中看到“事件中的人”，也可以通过串场了解故事背后的故事、人物后面的人物，更深入了解受访人物的特殊价值和重要性。

串场：1946年，王世襄被任命为故宫博物院古物馆科长，父辈的文物渊源、追寻国宝的辉煌经历以及文化人的追求，使他对这里有着特殊的情感。在当时百废待兴的情况下，他不惜从登记卡片、分类、造册、清理院子做起。不过，美丽的故宫之梦，却很快成了一场不堪回首的噩梦。

杨澜：您当时没有想到，后来就是这段经历给您带来了很大的政治麻烦。

王世襄：你有理说不清。那时候阶级斗争，讲成分，那你说我这个又是美国学校上学，又是官宦之家，其间又是一年接到洛克菲勒基金会的奖学金，到美国去参观博物馆一年，家庭——父亲是外交官，他们跟我说的，说国民党没有不贪污的，你是接收大员，其实我是一个助理代表，我是一个小蹦豆子，我也不是国民党员。

杨澜：也就是说在一个人壮年的时候，让您打道回府，回家了，有十年的时间跟文物没关系。

王世襄：而且手铐脚镣十个月，在里头得了肺病。

访谈著名文物收藏家、鉴赏家王世襄老人，串场中所呈现的信息与王老口述的信息互为补充，前者是与时代相关的信息，后者是与家族相关的信息，两方面的信息紧密配合我的提问，生动而完整地勾勒出名门“世家子”的不幸遭遇，以及岁月磨砺出的人文光华。

## 终场：我眼中的人

走过开场与中场，就进入了访谈的结语部分，也就是终场。

如果将人物访谈的开场比喻为电影特写，中场就好像纪录片的纪实演绎，终场则更像文学创作中观点式的尾声。作者的介入使得这一串场环节体现出了更强的主观性。

“在访谈节目中，作为采访者，你是谁的代言人？”

2015年，《三联生活周刊》记者向我提问了一个关于话语权的问题，我的答案很简单：我只代表我自己。

是的，我自己。

很难忘记一篇刊登于《纽约时报杂志》，名为《格雷迪的礼物》（*Grady's Gift*）的文章，1992年它被授予普利策特稿奖。“《格雷迪的礼物》远不只是一篇人物传略，豪威尔·瑞恩斯（Howell Raines）极富文采的报道，披露了一个富足的南部白人家庭和一位拼命想改变命运的黑人女佣之间的密切关系。”作者瑞恩斯以第一人称写作，但丝毫不影响他在行文中间与撰写对象女佣格雷迪保持着密切的关系，保持的方法就是“我”在每个关节点上的介入。当“我”与格雷迪初相见，“我最先记起来格雷迪告诉我的一件事是，一旦她有足够的钱，她就会去在她的牙豁里装一颗钻石，定会让男人们发狂”。在这样一个生动的细节描写之后，“我”以“评说”的方式出现在了文中：

描写种族隔离政策下不平等世界中的一位黑人和一位白人之间的感情，对一个来自美国南方的作家来说，没有比这更富有挑战性的主题了。在欺诈基础上建立起来的这样的一个社会，让每一种激情都令人置疑，使人们无法知道在两个人之间流淌的，是否是诚挚的感情，抑或仅仅是怜悯，抑或是实用主义的。确实，对这个黑人少女来说，逢场作戏是生存的当然创造。

在豪威尔·瑞恩斯的笔下，“我”是随时可以介入的，以评说者的角色，以资料分析者的角色，而他用观点与主人公格雷迪进行互动却是那么水乳交融，毫无违和之感。阅读瑞恩斯的文字，吸引我的不只是那些动人心魄的细节，更大的吸引力在于他令人目眩的评说段落。

正是从这篇文章，我体验到了一种特别的文体带给我的独特体验，它就是特稿（Feature Stories），而《格雷迪的礼物》正是以特稿的形式获得了1992年普利策奖。哥伦比亚大学是普利策奖评奖委员会所在地，在这里求学期间，通过作业和阅读的学习方式，我得以了解杰出特稿的写作规则，那就是“高度的文学性和创造性”与新闻记录的结合，而两者的结合完全可以通过“我”的主观视角获得实现。

冲击力十足的开端，充满故事张力的主体，乃至意味深长的尾声，这是《杨澜访谈录》的开场、中场与终场。如果将《杨澜访谈录》比喻成笼统的“作品”，它分明就是我的人物特稿。

作为采访记者，肩负着提问者和观察者的多重角色，对于我而言，非常认同《纽约客》作者阿尔玛·吉列尔莫普列托（Alma Guillermoprieto）的观点：故事中的“我”如同读者的代理人。我的梦想是带读者走出他们的舒适区，将他们推向不舒适的位置。我希望他们看到、闻到、尝到、摸到、听到我身为记者代替他们接触到的东西。[15]但是，我认为又不能被“观众”或“读者”绑架，因为他们也希望看到你的独特观察和评论，而不是人云亦云。

### 1. 从“选择”中观察人

**访谈** 历史学家 梁从诫

结语：1900年，梁启超在他那篇著名的《少年中国说》中曾经说过这样的话：“故今日之责任，不在他人，而全在我少年。”他大概没有想到一百多年以后，他那已经不再是少年的孙子既没有直接从政，也没有像父母所期望的那样成为建筑大师，而是把环保作为自己最心爱

的事业。梁从诫自嘲说他们一家三代都是失败的英雄；是屡战屡败还是屡败屡战，各人自有不同的理解罢了。感谢收看这一次的《杨澜访谈录》，我们下次再见。

无论大人物还是小人物，“选择”都与人生的非常时刻关联，而正是一次次选择勾连起了一个人的人生。作为中国第一个民间环保组织“自然之友”的会长，历史学家梁从诫的名字，一般的中国人也许不太熟悉，然而他的祖父和父亲的名字可以说是如雷贯耳，祖父梁启超是维新思想家，父亲梁思成、母亲林徽因则开创了中国建筑史的研究。梁从诫开玩笑说自己一生都生活在祖辈和父辈的阴影之下。我的结语从引用梁启超文章观点开始，在这个观点下，考量祖孙三代人各自的选择，从而使观众从家族传统的视角理解了梁从诫“忠实于自我的选择”。

**访谈** 美国前国务卿 赖斯

结语：诚然，就如赖斯所说的那样，一位领导者常常要在巨大的压力、短促的时间，在不完整的甚至是错误的信息基础上，做出影响历史进程的重要决定，然而决定一旦做出，就必须要有人承担相应的责任。虽然我可以看出赖斯并不情愿被我一再地追问有关伊拉克战争合法性的问题，然而对于这样一个影响着美国命运和世界历史进程的重要的决定，我相信这不会是她最后一次接受提问。好，感谢您收看本期的《杨澜访谈录》，我们下周见！

很多选择并不是在有条不紊的状况下做出的。我的追问让赖斯被迫再次面对选择时的仓促与艰难。我的结语作为追问的信息延续，将隐蔽的真相抛向时间的远方。圆满的结局往往流于肤浅，我选择让结束语常常在最艰难的那一刻戛然而止。

## 2. 从“危机”中观察人

### 访谈 新加坡开国之父 李光耀

结语：李光耀先生曾经说过这样一句话，他说：如果你想要让别人重视和认同你的言论，那你就必须在危机面前，在水深火热的时候挺身而出。虽然人们对李光耀的政治成就、执政理念可能还存在着不同的评论，但他对于国家、对于人民的这一份承诺和担当却是用一生去完成的。他的思想已经超越了新加坡，而对亚洲乃至世界的政治、经济与文化的格局产生深远的影响。感谢您收看本期的《杨澜访谈录》，我们下周见！

我有幸在2009年和2010年两次专访被誉为新加坡“国父”的李光耀先生。作为新加坡前总理、内阁资政，他91年不平凡的一生，分明是带领新加坡克服“我们很小很脆弱”的弱势，一次次突破生存危机，实现成功崛起的一生。在他的领导下，新加坡从满目疮痍的旧港口蜕变成“第三世界里的第一世界城市”，继而凭借着在全球经济中的竞争力，成为贸易和金融中心，“新加坡模式”在全球得到广泛的关注和研究甚至是借鉴。他跟中国的几代领导人都有着深入的交往，也对中国的改革开放和发展提出很多中肯的建议。即便是退休之后，他也依然活跃在国际政治舞台上，被称作“政坛常青树”。而依据我的采访和观察，他常青的秘诀就在于根植于内心的忧患意识。这种意识伴随了李光耀一生，也成为他带领一个小国在危机中实现大发展的内在动力。

访谈 格力集团董事长 董明珠

结语：也许有人会说，为了事业的成功就付出如此巨大的个人代价，是否值得？我想每个人有不同的选择标准，而我更想说的是，当一个市场，一个社会，还没有做好充分的准备来迎接一位女性领导者的时候，她就不得不付出百分之二百，甚至百分之三百的努力和牺牲。而这样一份努力和牺牲，或许能够让更加年轻的一代女性领导者，不必面临同样残酷的选择。对于今天的董明珠而言，虽然高处不胜寒，但是毕竟在山顶上能够看到的，是无边的风景。好，感谢您收看本期的《杨澜访谈录》，下周见！

访谈董明珠，我将其定位为“危机中的女人”。从一名普通的销售人员做起，2012年，董明珠成为格力集团的董事长，达到了事业的顶峰，但对于此时的董明珠而言，又可谓是危机四伏。成本的压力，同业竞争的压力，电子商务爆发式生长的压力，重重压力把董明珠推上了风口浪尖。我的提问并没有单纯围绕这几种有形的压力，而是以另外一种无形的压力——性别压力作为基点进行发散提问，一位在重重危机中突围、牺牲、忍耐，乃至享受压力，进而焕发出领导力的女性企业家形象得以透视化呈现。

访谈 好莱坞演员 基努·里维斯（Keanu Reeves）

结语：走过动荡的童年，经历过失去爱人的痛苦，走出为死亡而焦虑的中年危机，如今的基努·里维斯最爱说的一句话，就是自己变老了，但却变智慧了。你可能会说，他早已过了演艺的巅峰期，《太极侠》或许并不如想象的精彩。然而电影对他而言，早已超越了所谓的名与利，拍电影，可能是为了一个故事，也可能是为了一个承诺。只是不知道下一刻，这个剃去了胡碴的男人，会骑着自己的机车，去往哪个地方？

“好像在青春期。我们进入青春期时，我们的身体在变化，荷尔蒙也在变，还包括你的生理，情感生活和心理生活。我的中年危机也有这种生理的感觉。”访谈好莱坞演员基努·里维斯，他谈论更多的不是即将播出的电影，而是他刚刚过去的中年危机。“你到40岁了，你就开始想到了死。过去和未来交织在一起，你变得有些抑郁，有些疯狂，你会哭一哭，然后危机就消失了。”他的迷失与他的明星身份关联，也与更多普通人的际遇相似，危机是阶段性，甚至是片刻的，每个人都必须找到走出来的方式。在结语中，我运用“走过，经历过，走出”等动态的词语，乃至到最后“去往哪个地方”，都是来自我对跨越危机阶段的观察和认知，那就是积极面对，像曾经迷失的基努·里维斯一样冲过人生的重重关卡。

威廉·津瑟（William Zinsser）把一个好的结尾比作舞台喜剧落幕前的最后一句台词：我们正在一场剧的中间，突然一位演员说了些滑稽、夸张或者警句之类的话，舞台灯光随之熄灭。我们惊讶地发现这场戏结束了，随后为其奇妙的结束方式感到愉悦。完美的结尾应该稍微给读者一点儿惊奇，而且要恰到好处。[16]

关于经典的结尾式写作有多种模型：前后呼应型、展望未来型和展开拓展型，等等。建立在访谈基础上的对“人”的观察，在结语部分我更愿意摆脱类型和模式的桎梏，将我的观点与受访者观点进行认知层面的互动。“惊奇”和“意外”是我希望留给观众和读者的礼物。

**访谈** 戏剧导演 林兆华

结语：英雄暮年，壮心不已。直到如今呢，林兆华脑子里想的还是戏剧那点事儿。也许正像他说的那样，除了排戏，他不知道还有什么其他的活法。几十年来他把人生搬上戏剧，又让戏剧融入到自己的生命当中。究竟是戏剧人生，还是人生戏剧？这种区别对于他来说并不重要。望着他远去的背影，我突然觉得，老爷子挺幸福的。感谢您收看本期《杨澜访谈录》，我们下周见。

“80年代的戏剧红火过一阵子，90年代相对比较低潮，到了21世纪相对比较多元了，那您觉得中国的戏剧未来是一种什么样的前景？”面对我最后的提问，林兆华的回复有些出乎意料的冷静：“我对这个问题从来不回答，因为我老了。”在这个回答里，我读出了自省，也读出了不甘。所以化用曹操的《龟虽寿》作为结语。

**访谈** 美国篮球运动员 迈克尔·乔丹

结语：在谈到自己成功的时候，乔丹有这样一段名言：在我的职业生涯中，我曾经起码9000个球没有投中，我输过300场比赛，起码有26次人们都相信我会投入制胜的一球而我却失之交臂。在我的一生中，我一次又一次地失败，这恐怕就是我能够取得成功的原因。好，感谢您收看本期的《杨澜访谈录》，我们下周见。

迈克尔·乔丹被称为披着23号球衣的“神”。乔丹的NBA生涯始于1984年，整整15个赛季不知疲倦的征战，一系列让人望尘莫及的个人纪录，为NBA和整个篮球运动都书写了新的注解。他在球场上每一次的飞腾，他的意志，他的精神，都成为后来人膜拜的对象，直到今天，很多从未看过乔丹打球的年轻一代，仍然把乔丹视为榜样。2015年，当我完成对飞人乔丹的专访，没有罗列那些辉煌光鲜的纪录，却将最想说的话定格于结语中那一连串与“失败”有关的数字。让我们转到“神”的背后去看一看，也许会对何谓成功有切实的体味，才会知悉“神话”到底如何练就。

访谈 知名导演 田壮壮

结语：我一直记得十几年前田壮壮曾经口出狂言，说他的电影是“拍给下个世纪的观众看的”。虽然今天的田壮壮一再声称这只是一种误传，我却宁愿相信他曾经说过这样的话。身在红尘之中，谁又能真的无欲无求呢？田壮壮的“野心”，大概已经超越了红地毯和奖杯。如果我没有猜错的话，他要拍的，是一部不朽的电影；他要做的，是一个超越时空的导演。好，感谢您收看这一次的节目，下次见。

从当年的“艺术反叛者”到中年之后的“君子适中”，作为“第五代导演旗帜性人物”的田壮壮似乎从未随波逐流。当从不接受电视采访的他坐到我的面前，我看到的是一个具有“孩子气”的大人，像守护白日梦一样去守护一份艺术的纯粹。我在结语中宁愿相信他的狂野不仅仅是出于任性。

与观众共鸣并非刻意去迎合，而是让自己的观点蕴含其中。就好像我非常欣赏的这句话：收尾读起来应该像从屋檐上滴下的水滴，轻松而一往无前地滑进最后的思想。

**访谈** 作家 毕飞宇

结语：做过推拿的人都知道，一旦身体出现了伤痛，仅仅靠一两次推拿是不能解决问题的。毕飞宇也深深地了解，仅仅凭他的几部小说，并不能够达到治疗社会的目的。但是他用他的文字告诉我们，在这个脚步匆匆又显得比较粗糙的时代，有一些疼痛是不应该被忘记的，就像有一些人，不应该被忽略。好，感谢您收看本期的《杨澜访谈录》，我们下周见。

访谈作家毕飞宇，谈及他对于文学价值的认知，印象深刻的是他以自己的作品《推拿》进行的阐发：相比主流渠道思想的传播，文学虽然处于边缘，但是它的重要补充作用恰恰体现在“神经末梢”，“推拿”通过脚趾神经末梢触及的正是人的心和其他内脏。我的结语围绕毕飞宇这种微妙的比喻，也进行了自己关于“一些疼痛”和“一些人”的思维阐发。

**访谈** 日本导演 岩井俊二

结语：拍给一个人看的电影，可以感动整整一代人。那些关于青春的故事，可以是人类社会成长的缩影。岩井俊二的电影带给我们关于人性的细微的关照。在一个不断地提高速度，追求发生些什么，来证明自己存在的社会当中，岩井俊二的电影恰恰为我们描述了那些什么都没有发生的日子，那些日子是重要的。因为在那些日子里，我们期待着即将发生的事。感谢您收看本期的《杨澜访谈录》，我们下周见。

好像什么都没发生，但真的什么都没发生吗？因为不符合自己的价值观，所以可能会觉得什么都没发生，其实很小的事情人都是能够感受到的。我将自己对于生命的体验借由岩井俊二的台词在结语中释放，关于青春的一切，也关于你我的一切：那些什么都没有发生的日子，那些日子是重要的。因为在那些日子里，我们期待着即将发生的事。

在《哈佛非虚构写作课》（*Telling True Stories*：*A Nonfiction Writers' Guide from the Nieman Foundation at Harvard University*）一书中，美联社国际写作指导布鲁斯·德席尔瓦（Bruce Desilva）认为写好结尾有很多方式，一个好的结尾可以是：

（1）一个生动的场景。

（2）阐明文章主要观点的、令人难忘的奇闻逸事。

（3）一个生动的细节，它象征着比它自身更大的东西，或者暗示故事可能的发展方向。

（4）一个用心安排的令人信服的结论，在这个结论中，作者亲自向读者讲话，说："这就是我的观点。"[17]

结合人物访谈节目的独特性，在我看来，好结尾的标准大致有3条：1. 能够与问答段落无缝连接；2. 既让观众听懂，又能够与他们共鸣；还有第3点，一定是我自己特别想表达的话，也就是上述的第4条：这就是我的观点。

与问答段落互为映照的开场、中场与终场组成了人物访谈节目的文本，“复调式”是访谈节目文本的形式，“特写”和“特稿”呈现着创造性写作的本质，它们共同架构的是更为宏大的“非虚构叙事”。我们称为“非虚构叙事”（或“叙事”）的体裁，对读者和作者都是挑战。它混合了人的事情、学术理论和观察到的事实，指向对日常事件的某种专门理解，整理归类来自一个复杂世界的信息。它始于作者走进真实世界去了解某种新的东西。[18]

幸运的是，《杨澜访谈录》“一个人和他的时代”的定位为我的串场写作提供了创造无限可能的非凡舞台。

# PART VII
# 阐述式提问

阐述式提问分为引文式阐述和类比式阐述。

运用引文、数据、例证等完成话题引申和观点论证，是引文式阐述的主要功能；类比式阐述则是通过相似（相反）组合和“最”式组合的提问方式促成双方更具价值的研究和讨论。

无论是直接引用还是间接引用，提问中的引经据典都需谨慎。互联网时代信息的泥沙俱下，使得提问者对引文中言论和观点的源头要始终保持警觉。

整合和解读受访者的信息与观点，提问者的复述与诠释是提升沟通质量，弥合认知鸿沟的提问技巧。

## CHAPTER 15

# 引文式阐述

新闻发布会上，引经据典的记者大段阐述，常常招致主持人直问：你的问题是什么？

好的提问，是思考的撩拨器。[1]但不知所云的平行线式提问却会使提问者和被访者的思路渐行渐远，甚至背道而驰。为了获取对方的观点，提问者有时需要将自己的观点阐述清楚，并与对方的观点产生交集与碰撞。

阐述式提问探究的正是观点式提问的理念和方法。而引文式阐述通过引经据典，与文献结合生成观点的提问方式，是阐述式提问的重要方式。

### 对方和第三方

从网页到纸媒，今天仍是一个“据说”遍布的时代。

据说，转发这条锦鲤的人都脱单了！

据说Ta是××地最美……

看了这篇文章，据说99%的人都会……

打开新闻门户网站，在搜索栏键入“据说”，跳出来的新闻多得仿佛“下一页”永远没有尽头。信息驳杂、引用嵌套、转载洗稿，大数据时代的我们深陷信息旋涡。在这个“评论者太多，核实者太少”的时代，当提问者也在引用来源不明的“据说”，真不知道我们在根据什么来说？

聊天中的“据说”可以姑且听之，在专业采访中，笼统的“据说”式表述很有可能将提问者置于尴尬的境况。

解构主义、女权主义等诸多学派的新时代领军人物——印度裔学者斯皮瓦克（Gayatri C. Spivak）来到中国访问，其间接受了《南方周末》的一位记者的采访。

“一位印度女学者在中山大学演讲的时候，介绍了印度社会至今存在的对妇女的种种不公待遇，像你这样以学术为职业，并且以贱民研究为主要方向的女学者，在印度遭到的不理解和不公待遇是不是更多？”这位记者借用“一位印度女学者”的演讲内容向斯皮瓦克提问。

但她没有预料到，斯皮瓦克的第一反应是：“你说的这位学者叫什么名字？她的研究领域是什么？”

研究者拗口的名字和相关研究信息在采访前只留下了匆匆的印象，面对女学者严谨有加的提问，这位记者显然被采访对象的问题杀了个措手不及，只在心中连呼“汗”字。

斯皮瓦克随即直言：“类似这样的问题，用我老师的话说，叫道听途说（hearsay）的知识，你没有读过解构主义的著作，就拿别人的观点来问我。”

“道听途说”这一评价对这位记者来说也许过分了些。除非只负责专门领域，每一位记者都会涉足多个领域的采访，不可能确保自己成为每个领域的专家。但是，对于一位职业记者来说，在采访准备阶段，一定要做好引用资料的溯源与考证工作，这当然是艰辛的。不过，在你放弃溯源与考证之前，不妨试想一下，如果你在采访作家莫言时，一本正经地引用他已经在社交平台上自行打假过的假名言，场面将会是何等的尴尬！

在采访建筑大师贝聿铭之前，我读过一本在中国市场上流传比较广的中译本《贝聿铭传》。但是，贝老告诉我，这位作者并没有采访过他本人，所写的内容大多从报刊中摘编而成。他摇摇头说："这些记者，他们采访不到你也能写那么厚一本，绘声绘色的，真让人没办法。"我本还打算请他在这本书上签字，留作纪念。这样一听，只好作罢。

做人物访谈，传记类文献是最常查阅的资料，即便是同一个人撰写的传记，他传仍然存在着授权和未授权的区别。如何做出最优选择呢？我的首选是自传。如果有多本他传，一定要查阅他传作者的相关学术研究背景；如果是传主亲自授权过的最好。未经授权、作者的身份信息又语焉不详的传记，最好不要作为参考文献使用。

"事实核查员"（Fact Checker）是中国杂志通常没有的职位，《时代周刊》杂志时任总编辑詹姆斯·凯利（James Kelly）曾结合具体的例子阐述了"事实核查"的重要性："我们杂志的报道都要经过'事实核查'，我们有27个人负责这项工作，他们不仅仅要核实某个报道是否客观真实，譬如，一篇报道讲到'华盛顿特区是美国的首都'，那么这一点在上下文都得有证明。在更高的层次，你得证明一个报道在大层面上符合真理。让我想一个'符合真理'的例子——如果你说'华盛顿特区是美国的首都，美国是世界上最伟大的国家'，那么我们就得去掉'美国是世界上最伟大的国家'这部分，这就是所谓'你得证明一个报道在大层面上符合真理'。这项工作既是编辑，也是核查。"[2]

这样严格的核实程序在业界并非罕事，诸如《60分钟》这样的节目有能力聘用专职人员专门检查并确保访问中的引语都是准确公正的。[3]

2003年，我在瑞典首都斯德哥尔摩采访了时任瑞典外交部部长安娜·林德（Anna Lindh）。在世界上女性参政比例最高的北欧地区，瑞典的女性议员占比40%。当时在任的22位瑞典内阁部长中，有10位是女性，而安娜·林德是其中引人注目的一位。

杨澜：您是否熟悉弗兰西斯·福山这个名字？他是美国的一位公共政策方面的教授，他在一篇题为《女性和世界政治的发展》的著述中指出：因为女性与生俱来不那么好斗，所以如果更多的女性参与到世界政治中来，特别是能成为领导人的话，这个世界将更加和平。您同意他的观点吗？

安娜·林德：我并不确定女性是否更爱好和平，或者世界会因此而更加和平，但我认为，说女性生来比男性更和平是非常危险的。

在提问中向受访者精确提供引文信息，不仅可以促使提问者认真地做好案头查阅工作，提前理清问题与观点之间的逻辑，而且还可以通过这个行为，给予受访者心理上的提示，促使对方在态度上更加重视这个问题。

正是借福山“女性参政促进世界和平”的观点，获取了安娜与之形成有趣反差的观点“说女性生来比男性更和平是非常危险的”，观众也从问答中进一步明晰了这位北欧女性领导人的政治主张。

在提问中引用文献，从源头上控制好信息来源尤为关键。我的具体引用方法是：

1. 引用第一手信息，而不是二手信息。

提问者应该对掌握第一手资料的专家（他涉足相关事件并拥有第一手资料）比持有第二手资料的专家更有信心。比如，《新闻周刊》和《时代周刊》，都是第二手的资料来源；而研究型期刊，如《美国医学协会杂志》（*The Journal of the American Medical Association*，*JAMA*），则是第一手资料来源。[4] 通过这一轮筛选，提问者应当确定自己将要引用的是某一领域可信度较高的专业信息。

2. 引用被访人物的相关专业论文。

被访者的相关专业论文分两类，一类是被访者本人发表的论文，一类是研究被访者的相关论文。

只要对方有正式的学位，即使是阅览关键词和重要片段，也一定要去查阅他的硕士和博士论文。2004年，当经济学家张维迎谈起“好多人不理解我，有一点，就是我写的文章证明为什么资本雇佣劳动”，因为在采访前认真搜寻和阅读了被访者的专业论文，我当即反应过来这个观点正是来自他的博士论文《企业的企业家——契约理论》。

要保证引用的精确，引用第三方并不是唯一的方式。被访者，特别是专业人士，往往是一个领域的翘楚，他们以往的言论、著作等十分丰富，是引文的重要来源，而引用对方的言论和观点更容易引发双方的认知互动。在采访前做好精确充实的准备，提问者就能够在提问时信手拈来。

法里德·扎卡里亚：由你发起的巴黎和平论坛是出于对稳定世界的支柱不再稳定的担忧。你也说过你不想成为这一代忘记过去的梦游者的一员。我想知道，这是否意味着美国忘记了过去，忘记了对欧洲的承诺？

马克龙：听着，我是不会那样说的。我认为和平总是非常脆弱的，这毋庸置疑。这也正是为什么我觉得发起这个和平论坛是很重要的，特别是最近，11月11日，一战结束的纪念日，我尤其迫切地想做成这事。因为也许我们是赢得了一战，但同时我们却失去了和平。

像历史学家克里斯托弗·克拉克（Christopher Clark）在著作《梦游者：1914年，欧洲如何走向“一战”》（*The Sleepwalkers: How Europe Went to War in 1914*）中写到的那样，“1914年的政治家们正跌跌撞撞地闯进一场可怕的世界大战，却从未意识到他们孤立的、渐进的决策和不决策所造成的危险之大”。在早些时候对欧洲议会的演说中，埃马纽埃尔·马克龙说，“我不想成为一代已经忘记自己过去的梦游者中的一员”。2018年11月11日，法里德·扎卡里亚对马克龙的采访中，直接将马克龙关于“梦游者”的说辞引用于提问中，由此引发了马克龙以“巴黎和平论坛”倡导者的身份对于“和平”观的全新阐述。

1999年，旅居德国的作家龙应台接受台北市长马英九的邀请，出任台北市的首任文化局局长。在2001年，我在提问时引述了龙应台自己的文章，想要了解这位权力的批判者在当上掌权者之后，又有着怎样的新规划：

“你的文章里曾经说过，你40岁以后发现了历史，兴趣不再是直接的或者是简单的批判，而是把事情放在一个更大的坐标系里面，那么如果从这个角度来说，你觉得现在在任上所做的工作，还有台北市它这个文化特质，在一个大的坐标系里是什么呢？”

“这问题实在很好。”龙应台显然被激起了更强烈的谈话兴趣，“我看有两个坐标，一个是纵的，一个是横的。纵的坐标我会想到你刚刚提到的像康有为，一拨一拨的中国的知识分子，他们其实是投入公共事务的争取，然后看到的是一拨一拨的失败。那么我自己在做的事情会让我想到，这其实就是胡适在二〇、三〇年代所说的‘好人要进入政府’那个概念的延续，所以它不是一个孤立的现象。”

“学而优则仕”是中国文人的传统，而保持学术的独立性和批评的资格，不要直接介入政治，又是现代知识分子的一种观点——这是纵向坐标勾勒出的龙应台的入世情怀。而横向坐标则更显示了她的视野："那么横的坐标呢，在我现在所有施政的蓝图里，我看到的是一个将来十年、二十年的华文发展版图，包括台北、香港、广州、深圳、上海、北京、西安的这样一个版图。我在思考的是，在这样一个华文的文化发展版图里头，台北市希望发挥什么作用。"

恰当的引用，加以延伸，提出更深层的问题，往往能够调动谈话的兴致，并挖掘出有价值的信息。

1996年，游泳运动员蒋丞稷在亚特兰大奥运会上不断突破亚洲男子泳坛纪录，却只获得了50米自由泳和100米蝶泳的两个第四名，令无数人扼腕叹息。白岩松为中央电视台《东方之子》节目采访这位惜败的战将时，连续两次引用了蒋丞稷的亮眼言论，引领观众走近了这位运动员顽强拼搏背后的精神世界。

白岩松：在你取得两个第四名的时候，你说过一句让人印象非常深刻的话，你说，可能两个第四这种缺憾也是一种美，你是怎么理解这种美的？

蒋丞稷：其实我觉得这是无可奈何的，因为，已经成为事实，我只能说通过下一次的努力，我做得更完美一点。我感觉是，上天留了一点点缺陷给你，让你有这个机会再去创造，再去努力，所以说，我认为这也是一种美。因为你有了一个目标了。

白岩松：但是面对这14年的游泳生涯，你也说，你恨了14年游泳？

蒋丞稷：确实，这个项目我怨了14年，我从跳入游泳池开始，我没有喜欢过。是我的父亲，我的父亲告诉我一句话，"不管你做任何事情，尽你的能力做好它，就算做不好，但你尽过力了，这是一个人应有的做人品德"，我记住了这句话。所以说，我做了14年，我也争取把它做好。

利用被访者的观点提问，既是求证，又是激发。在这个过程中，提问者和被访者将会实现有效的观点互动。

## 复述和诠释

你，凭什么坐到他的对面？

访问专业领域的专业人士之前，我常常会问自己这个问题。

这个问题并非用来恐吓自己，也并非因为不自信，而是我在用这种方式提示自己，要拥有值得对方尊重的提问能力。提问能力的体现，就在于能够提出和对方交流的观点。

而观点，生成于提问者对受访者从生活到作品的观察与解读。

身为原国民党高级将领白崇禧之子，白先勇既亲历了白家的显赫与辉煌、旧上海的繁华，又遭逢了战乱的颠沛、家庭荣光的暗淡。经历过数次与至亲知交的沉痛离别之后，这位旅居海外的华人作家将骨子里浸透的中国传统文化灌注进自己的作品，在晚年四处奔波，竭力让昆曲艺术获得新生。在2004年，在把握他作品和命运起伏轨迹的基础之上，我才能“妄加揣测”，以作品解读人生，并得到亲口印证。

杨澜：白先生，我妄加揣测，因为我看到您写的很多小说和诗、散文，里边总有一种哀愁。过去很精致的生活被打破了，或者青春不再，但是那一切你都不能去改变，所以您写的东西有很多无奈和感伤在里边。我觉得这一次您凭自己的力量，让好像属于过去时代的昆曲《牡丹亭》又恢复了青春，这是不是也让您产生一种很有满足感的补偿？

白先勇：你说得没错，我跟《牡丹亭》好像冥冥中有种缘分。我第一次接触昆曲是我很小的时候，在上海美琪大戏院。那次抗日战争胜利以后，梅兰芳先生跟俞振飞先生在北戏大剧院演昆曲，我跟着家里人去看，刚好看的那一折是《游园惊梦》，是《牡丹亭》的一段，从此就跟《牡丹亭》结缘。

提问者在引用时不应沦为机械麻木的搬运工。在提问中“复述”对方的观点，并非刻板背诵，而是整合多方观点，融入自己的观点，形成一个复合的想法再抛给对方。

从在故乡泉州玩鞭炮到在纽约玩火药，首位获得威尼斯国际双年展金狮奖的华人——当代视觉艺术家蔡国强的艺术足迹几乎遍布了所有的当代艺术国际大展。1996年，蔡国强面向世贸中心双塔楼点火炸出了一条小蘑菇云，以此警醒现代战争的到来，5年后，他的预言不幸成真。蔡国强这个名字，以其背后所蕴含的独特的东方智慧，在现代艺术界受到越来越多的关注。

访谈蔡国强，解析他的视觉创作艺术，一定要与中国当代艺术发展史连接起来，它是一个政治、市场和艺术家个人表达的博弈过程。1979年的“星星美展”被认为是中国当代艺术的发端，经过几十年的发展，过强的政治标签对于艺术家的表达成了“双刃剑”，市场对某类作品的追捧让一些艺术家成了自己的复印机，失去了突破的勇气和能力，甚至失去了自己的独一性。不少中国艺术家成功融入了西方策展人和收藏家的叙事逻辑中，问题是，然后呢？移居纽约的蔡国强虽然感受到了这一点，但依然对政治和文化之间的冲突有着强烈的兴趣。我的提问整合进上述背景信息，切入了他在这种风潮中的创作与探索。

杨澜：当这个环境真正开放的时候，其实艺术家本人已经没有了这么大的创造力，对吗？是这个意思吗？

蔡国强：对，你说得很对。

杨澜：就是人家把你的绳子解开了，但是你已经不会跑了。

蔡国强：对。你跟其他国家的艺术家现在都基本上平等了，人们更要求艺术家在这个创造力、作品创作本身的水平一定要有新的开拓，在创作中形成更具个性化和竞争力的东西。

提问中的整合与诠释，呼应着蔡国强的思考与反馈，双方的观点融合贯通，形成思想的交锋，访谈主题凝结为一句向中国当代艺术家群体的提问：当你想要的自由到来的时候，你能拿得出手的创作是什么？蔡国强直言：其实现在是中国当代艺术真正不容易的时代。

从传播学角度，有一种能力使得人们能够在人际传播之中不断以凝练的信息建构新的语言世界——对事物“命名”的能力。这是一种对互动中的信息进行及时处理的能力。[5]

让观众“听”得更明白，也替对方总结，“所以，你的意思是说……”，然后延伸出新问题。提问者以自己的方式命名，并非刻意制造新词，拿艰深的术语增加理解的难度；而是以自己的观点诠释对方的观点，通过聚拢折射，将被访者投下的光束更加清晰地呈现在观众面前。

纵观美国通用电气公司（GE）的发展之路，优秀的掌舵者杰克·韦尔奇（Jack Welch）功不可没，自他接任的1981年到我与他对话的2001年，这家公司走出官僚主义和冗员的桎梏，在时代的挑战中站稳了脚跟。

杨澜：我们目睹了从大机器时代到芯片时代的重大变化，是吗？大机器时代的一切都是大型化的，而芯片时代要求一切都更有活力，更加灵活，优势更加突出。我们都看到你在这种变化中，成功地驾驭了这个巨大的企业。在你做的决定中，什么对这个企业是最重要的？是不是从生产到服务的重点转移？

韦尔奇：完全正确，全球化进程使企业经营的重点从生产向文化转变。从文化角度讲，创造出了一种学习的氛围。说实话，你简直不能相信，我在这个位置上有多么幸运。我不比任何人聪明，但我比很多人都懂得多，因为我善于吸收知识。

我从这位商业领袖的回答中，不仅看到了应对时代变化的积极学习的能力，还敏锐地捕捉到了隐藏其中的预知能力。紧接着针对“预见”的提问，让我们得以一窥这家企业傲立时代潮头的秘密。

杨澜：所以你预见到了世界的变化，就事先为你的企业做好了准备，你真的那么有远见吗？

韦尔奇：我喜欢思考，是的，我对世界的变化有一些感觉，但我进行改革的真正原因是出于时代的需要。

提问者的观点式提问有时是直接提供一个想法供被采访者评论，有时又可以将观点转化成问题。当对方回答时，我心中已准备好了进一步深入的角度。2012年，提问民营企业家冯仑，观点的抛出与转化让简单的现象在阐述中不断深化。

改革开放初期，在体制转型、法制不健全的商业环境中，许多民营企业经历过“野蛮生长”的非常阶段。在市场规则还相当混乱，民营企业常常遭遇灰色地带的时候，如何做到自律就变成民营企业家必须面对的一种考验。

放弃体制内的学者身份，下海经商的冯仑见证了许多人在面前倒下。

在没有问号的观点提问中，我回顾了中国民营企业三十年的发展，将冯仑昔日的言论提出来供他评论，原有的想法得到了更详尽的阐释。

杨澜：中国民营企业三十年的发展，实际上也是一个体制不断改变的过程。有时候并不同步，所以难免产生很多的摩擦和矛盾。其实你也是一个亲历者，你甚至说到，很多民企的死亡是跟体制摩擦有关的。

冯仑：我觉得在中国的民营企业最困难的是，它有两个死亡逻辑。第一个是市场淘汰、竞争的死亡逻辑。另外中国民营企业有一个最大的体制的摩擦、选择、淘汰带来的死亡逻辑。

当民营企业的市场死亡逻辑和体制死亡逻辑被并列提出，我按照心中既定的方向来深入追问应对体制摩擦的有效方法。

杨澜：那你怎么样去防止被体制的摩擦所淘汰呢？

冯仑：很笨的办法，不动。很多事叫不动即动，不争即争，夫唯不争，是以天下不能与之争，不做那些铤而走险的事情。另外，我不争因为我有长期预期，短期的很多事情我都不争。

如何应对体制摩擦的话题告一段落，对一代民营企业家在挫折中不断求得生存发展的过程，我有了更深层的了解，并将其形成观点反馈给被访者。

一旦转化为共鸣，就会进一步激发对方进一步阐述的欲望。

杨澜：所以你这一代的民营企业家其实注定要经历这种巨大的摩擦所带来的痛感。

冯仑：这个痛感就相当于民营企业、市场经济、民主政治的青春期，所以彼此都不舒服。相对于体制变迁来说，可能一百年才变成成人，那三十年就是青春期。其实青春期不是小孩不舒服，周围人都不舒服。我老说脸上的青春痘不是病，千万别做手术，熬过去就没有了。你现在把它当病看，带到医院做了手术，留下的全是坑和心理阴影。所以我觉得最重要的一个是耐心，一个是机会均等，把这套民主法治的制度建立好。

## 数据和例证

杨澜：民间的调查显示，对于私有财产有可能被侵害的原因，30%的人认为因为没有宪法的保护，有30%的人认为价值可能被低估，还有27%的人认为在市场准入、经营环境等方面有不公平的待遇。另外还有10%的人认为如果没有宪法保护，存在着再次被国有化的可能。这成为一个这几年颇让人忧虑的问题。虽然在2002年中国引进外资达到了一个历史新高，差不多500亿，这在全世界范围——

萧灼基：527亿。

这是我在2003年采访经济学家萧灼基的一段对话。这一年，3月初的北京乍暖还寒，人大和政协两会的会议气氛相当热烈。连任两届政协委员的北京大学经济学教授旧事重提，又拿出了他1998年就曾提出过的“尽快将保护私有财产写入宪法”提案。这样一位在改革开放以来就参加了理论界多次重大问题的讨论，对经济发展战略、体制改革、产权制度、金融证券、涉外经济等研究领域都发表过系列创新观点的学者，显然对重要数字十分敏感，甚至容不得“差不多”。

杨澜：在全世界范围来讲都是一个非常高的数字。

萧灼基：全世界第一。

杨澜：但是也有人说：“同期的资金外逃数目与此不相上下。”这是不是间接地也说明了这种忧虑？

萧灼基：保护私有财产不仅能够稳定境内投资者的信心，同时也可以稳定境外投资者的（信心），使境外投资者的信心增强。境外投资者里头最主要是港台，尤其是台湾。我跟台湾的学者和企业家接触比较多，他们在潜意识里就有一种顾虑。如果我们在宪法上面规定“私有财产不可侵犯”，这样就向全世界宣示：我们要保护私有财产了。那么对境外投资者，尤其对港台投资者，会让他们更加增强对我们的法律、对在境内投资的信心。

527亿、世界第一——静态数据在萧教授的回答中变得非常有说服力，成为经济走势最鲜活的素材，为他保护私有财产的提案提供了具体而坚实的支撑。

提问中的数据若是运用恰当，会让提问更有力，也帮助我们使问题之间更有条理和逻辑性。所以，数据的引用需要严谨。

高阶数据是严谨运用数据的必选项，《提问的逻辑》一书对高阶数据进行了更完备的定义：“高阶数据”就是为了避免这类误差和错误而出现的，它反映了更加全面、深入的考量。首先，高阶数据的来源完全透明，且经过了科学专业的收集和量化分析，最大化地抛弃了不客观的或偏执的视角；其次，高阶数据往往反映了一个事物的关键属性，有更强的说服力。[6]

注重科学性，讲求严谨，是我对团队的要求。在节目中所需要引用的数据，一定要来自官方网站或者权威研究报告，这样才会具有数据的效力。

从最初的Legend一路变成Lenovo，联想公司打造出了新的国际化的中国企业传奇。如果想要知道时任联想集团董事长柳传志在改革初期如何带领"联想"逐渐远超外国品牌，来自可信资料的具体时间和数据是关键线索。

杨澜：我后来看一些统计资料，说在1996年三季度的时候，"联想"和一些外国的品牌，什么IBM、Compaq，还有HP，在中国市场的销售量——个人电脑销售量几乎是相同的，市场份额也非常接近，但是在1997年第一季度、第二季度，"联想"就远远超过了它们，市场份额能够占到百分之十几，销售额也比它们高出三分之一左右，这一转变就非常有戏剧性了。刚才谈到，在1993年、1994年大家还处于心里非常慌、非常忐忑，甚至不知道是否能够生存的情况下，为什么在短短的一两年时间，能够发生这么大的变化？

柳传志：我们决心要参与竞争的时候，首先要把自己的毛病找着，对我们整个公司的组织架构及时调整，于是，很快适应了跟国外企业的竞争。

数据并非只能起到说明作用，还在特定的语境下具备了极佳的戏剧性，让我们在数据的增减变化中识别事态的跌宕起伏。

2009年，我在日本东京采访了日本前首相中曾根康弘。在他担任首相的

5年当中，中日关系有了长足的发展；在他从政的50年当中，他与中国的历代领导人都有过相当密切的交往。

杨澜：1973年你担任田中内阁的通产大臣，那时候去中国曾经与周恩来总理有3次会谈，长达7个小时的时间，他给您留下最深印象的是？您觉得他是什么样的政治家？

中曾根康弘：一天内会谈3次是很不容易的事。周恩来的热情让我深受感动。我们谈到凌晨1点左右才结束。走出人民大会堂时，他一直把我送到外边的台阶下面，还给我披上了大衣。我的心被打动了。一国总理为他国领导人披大衣，这是极少有的事，我从来没有见过。后来周恩来逝世后，我去过北京，我要求去他家吊唁和献花，可是中方说：不用了，你太客气了。后来他的夫人请我吃饭，所以我和周恩来夫人一起吃了饭。

1973年、3次会谈、7个小时，每一个数字都能唤起被访者记忆深处的动人往事，也在表明着提问者对受访对象的重视与尊重。

1998年春天，我采访了水稻专家袁隆平。在采访他之前，我注意到他两次被提名中科院院士均遭否决，原来是因为他总结的水稻杂交的经验，违反了“自花授粉自交不衰退，因而杂交无优势”的传统理论，又出口顶撞了前辈。直到杂交水稻已被大面积推广，权威才不得不承认袁隆平的学术地位。

杨澜：报纸上说您的这个品牌值一千亿的时候，有没有回家跟太太谈论这件事，她有什么看法？

袁隆平：从来没有，我对这个看得非常单纯，人家都问我，一千亿怎么看，我都一笑了之。

杨澜：我想另外一个数据对您更有一些实际意义，就是朱镕基总理给您批了一千万元人民币的研究经费，要尽快研究出超级水稻，现在进度怎么样了？

袁隆平：对，这个一千万对我是个很大的鼓舞。

提问中的“一千亿”和“一千万”，展现了科学家袁隆平的巨大价值；回答中的“一千亿”和“一千万”，则显示了研究人员对名利的淡泊和对研究的热忱。

不满足于表面的数据，而是继续挖掘数据背后的事实信息，科学中的非科学因素，成为我提问的深入点。我继续列举了“大跃进”中虚报粮食产量导致三年困难时期的例子，说明政策与科技之间的关系。

杨澜：三年困难时期，你作为科学家也感到无能为力，一个很重要的原因就是“大跃进”造成了土地荒芜，粮食短缺，是不是？

袁隆平：我们科技人员是做实际工作的，有一个非常深刻的体会，如果国家政策不好，我们就没有用武之地。没有包产到户，没有农村的改革，再有十个袁隆平也没有用啊。

数字：三年困难时期，十个袁隆平；案例：“大跃进”。无论数字，还是案例，都是提问者引导被访者进一步细化补充相关细节的重要途径。问答中有数据，有故事，有反思。正是由于数据和案例的支撑，才使得访谈的深度不断得到拓展。

# CHAPTER 16
# 类比式阐述

“类比”是指运用熟悉的事物来阐释不熟悉的事物，寻找双方之间的相似之处。若两件事物在其中一个方面有相似性，那么在其他方面通常也有相似的可能。运用类比的方法，我们推己及人，举一反三，能很好地证明自己的观点。[7]

类比式或推演式阐述，不是简单的对比，关键在于观点在对比中的共鸣或争鸣。

对提问者而言，类比式阐述是将对方观点“拉进”或“推向”其他观点体系，使观点在不同维度间碰撞交错的过程。不管是相似或相反组合，还是“最”式组合，都适合运用于类比式阐述的提问中。

## 相似（相反）组合

杜维明，新儒家的代表人物之一。2002年我在哈佛大学采访他时，他正担任哈佛燕京学社的主任。

杨澜：您说过，儒家学说里边讲“己所不欲，勿施于人”。反过来——“吾所欲”就要“施于人”——便不一定正确，而且会经常造成一些麻烦。

杜维明：这是个非常有趣的问题。因为那句话反过来——“Do to others what you want others do to you.”（己所欲，施于人）——正是基督教的金科玉律。一个人会想：“假如我信教，便得到上帝的恩宠，便有责任把这个信息传出去。”

杨澜：但他有时候会遭遇一种困境：适合自己的并不一定适合另外一个人……

杜维明：对。神学家孔汉思就提出过这样的观点，认为儒家的两个原则应该成为将来人类文明对话的最基本的价值认同前提。一个原则是恕道原则，“己所不欲，勿施于人”，我的价值观再好，我不一定要强加于人，这样对话才有可能。另外一个原则就是仁道原则，“己欲立而立人，己欲达而达人”，我能够站起来，我要帮其他人，我要能够成功，其他人也能成功。

“己所不欲，勿施于人”与“己所欲，施于人”，提问中两种相似观点的类比，使得儒家跟基督教的教义内核在双方的碰撞中展开，更凸显了交流中的思辨色彩。

如果说我与杜维明的对话呈现了两种文明的碰撞，那么武侠小说家金庸与历史学家黄仁宇则在我的访谈中展开了一场没有会面的思想交锋。

杨澜：我最近读到黄仁宇先生写的《中国大历史》这本书，其中提到一个观点就是：中国几千年的封建社会都是靠表面的忠孝仁义这些道德规范来约束人们，要求人们利他、克己，但是却没有一个数字化的管理，没有一个明确的法律制度。您是不是跟他有相同的看法？

金庸：他这本书写得好，但基本精神我不同意，他是从资本主义观点来下结论的。他说的数字化就是一切都要用钱来计算，我的观点则应该是以法律来计算，而不是资本主义的量化，什么都用钱。

1990年，吴作栋从李光耀手中接棒，成为新加坡第二任总理，在他13年多的执政生涯中，曾经两次连任。

杨澜：简而言之，你觉得你的领导方式与李光耀有什么不同？我们知道，李先生以前和现在都是一个非常重要和有权威的政治人物，你则是更平易近人，是一种折中的探索式的领导方式。所以，当你最初成为新加坡总理的时候，有没有感到不自在呢？

吴作栋：我做总理已经有13年了，如果我对自己的方式感到不自在的话，我现在会显得十分沮丧，而且很早就会辞职的。我在就职宣誓中就说过，李光耀先生有一双很大的鞋子，13码，而我鞋子的尺寸只有9码，所以我更适合穿自己的鞋子走路。

当吴作栋第一次就任总理时，一些分析家评论他只是个过渡总理，甚至是一个“暖席人”。我的提问将他与资深领导者李光耀进行类比，吴作栋的回答让我们看到了他作为领导者的睿智，既有对自身领导风格的认知，又有对领导者共同宿命的认知。

吴作栋：我自认为是一个过渡者，一个“暖席人”，因为我知道，领导人总有一天会把他的位置让出来，他自动退位，不会一直等到死的，所以如果你不是待在位子上一直到死，那么你就是个“暖席人”。

杨澜：所以，每个人都是“暖席人”。

与不同体系的观点类比，为认识对方的观点设置了更好的参照系。与执笔从政的龙应台对话，我在提问中纵向地将“文化局局长龙应台”与“作家龙应台”对比，也横向地拿她与搅局式参政的顽童作家李敖比照。在横纵对比中，问答间呈现了一个立体可感的文人政客。

散落的棋子进入身不由己的权力磁场，龙应台不仅要适应角色的转换、抵御权力的腐蚀，还要从个人主义式的写作中脱离出来，适应庞大组织中的合作。

杨澜：那么，你有没有发现，自己在性格上有缺陷或者遗憾，就是说你过去在文化上是单打独斗的“一个人吃饱全家不愁”，但现在要深入到一个机构当中，跟很多人一起工作，而且你是个组织者的时候，情况是否不一样？

龙应台：我觉得对于我自己的缺点，你可能是一语中的。作为一个作家，他是一个百分之百的个人主义者，像卡夫卡说的，他所需要的只是一个巨大的黑洞，里头有一盏小小的灯，然后有一沓纸和一支笔就够了，他是完全的个人主义者。那么现在要在庞大的组织中做事，那真的是，你可以用卡通片来表达这个令人错愕的状态。

“一语中的”并非无迹可寻，从外部引导进来的材料，如果是对方经历里既有的东西，对方就会产生“你是了解我的”的感觉。[8]察觉到被充分理解，被访者将会悦纳提问，更加投入访谈，在回答中提供更多诸如“卡夫卡的黑洞”和“卡通片”等生动而具体的有效信息。

类比，不仅是自己与自己的对比，还有自己与他人的类比。担任台北文化局局长，龙应台带着沉重的责任感，把“政务官”与“事务官”的活儿都扛在肩上。对自己的忙碌，她笑骂：“一天工作15个小时，你活该！”与玩世不恭的李敖类比，更显龙应台的辛苦。

杨澜：中国的文人一直都有从政的传统，但是不同的人性格不同，所以方式也会不同。在竞选期间，李敖也作为新党的代表参加了，他好像完全是一种搅局的顽童式的心态，而你就是做得很认真很苦的那种。你有没有意识到这个差别？

龙应台：有的，他比我快乐多了。人的性格不同，就会有不同的呈现吧。我想李敖绝对不可能像我这么认真地做事，那我又不能像李敖那么玩世不恭地快乐。

杨澜：你是不是偷偷地也有点羡慕？

龙应台：这无法羡慕。青蛙与蜻蜓彼此也无从羡慕。

是啊，“青蛙与蜻蜓彼此也无从羡慕”，但是他们却可以在对比中找到自己明确的定位。

正是在这样的相似与相反类比中，经由提问者特意设置的问题，受访者个人经历和思想发展的脉络得到重新梳理和定位。

## “最”式组合

“最”式提问不仅是一种提问方式，更是一种思维方式。

史蒂夫·乔布斯被誉为美国最伟大的创新领袖之一，不论是在苹果公司，还是在皮克斯动画公司，美学至上、锐意创新的追求与实践使他成为了一个时代的风向标。“做得更好一点，更好一点。”乔布斯总是这样鼓励产品开发人员。他总是要求苹果公司的每一样产品都要值得期待。他对生产“几近完美”的产品非常执着，这已然成了他在苹果公司担任CEO期间不屈不挠的强大支柱。[9]

“这是你能做到的最好了吗？”

他也常常抛出这一“最”式问题，正是乔布斯这种永不停止的创新精神和驱动力，使苹果公司成了世界上最有价值的技术公司。“这是你能做到的最好了吗”，这个问题也喻示了苹果公司的企业文化。[10]

学者张征在《新闻采访教程》中剖析了“最”式提问的探知作用：“最”字型提问是为了了解对方印象最深的故事和深层次的想法。这类事实往往很显耀，所以作为新闻素材是非常合适的。“最”字提问法可以询问对方最痛苦、最高兴、最忧虑、最痛恨、最苦的一次经历，最大的心愿，最震撼人心的事，等等。[11]

这种不断寻求极致的“最”式提问，无论是对商业管理者，还是对职业提问者，都是与提问接收者即兴展开小型头脑风暴的高效沟通方式。

与正常的提问相比，“最”式提问的魔力在于以下两个方面：

1. 以开放式提问得到闭合式提问才能获得的答案。

我曾经接受美国老牌主持人查理·罗斯（Charlie Rose）的专访。他问我：“中国人怎么看待美国？美国人对中国最大的误解又是什么？”因为我自己做采访最怕对方的回答云里雾里，不切要点，所以回答问题时就不愿意拐弯抹角。我的回答是：“普通中国人对美国的法治和民主，以及经济、科技和文化方面的发达是有好感的，不然就不会有这么多中国人把孩子送到美国来读书。然而对美国的外交政策就不一定赞成，比如大多数中国人认为美国发动伊拉克战争就缺乏足够的理由。而美国人对中国的理解，常常以偏概全。中国的国土面积几乎像欧洲一样大，而能够被美国媒体报道的事件太少了，使得普通美国人心目中对中国的印象总是刻板而片面。在当今世界，你可以不喜欢中国的一些方面，但不能不了解它的发展和转变。”

2. 以闭合式提问得到开放式提问才能获得的答案。

卡尔·拉格斐（Karl Lagerfeld）被誉为时装界的恺撒大帝，其泰斗地位四十余年无人可及，他同时担任三个世界顶级品牌的设计师，其设计引领全球女性时尚风潮，被称为“最了解女性的人”。2007年10月，他在北京长城举办了一次声势浩大的服装发布会，并将亚太地区媒体的唯一一个专访机会给了《杨澜访谈录》。

真实的拉格斐到底是什么样子？其经典形象中那副“永远不肯摘下的墨镜”挑逗着全球媒体的好奇心。我的关注点当然不止于此，更有这样一个疑问萦绕心底：为什么拉格斐会成为最了解女性的人？我的访谈就从他的原生家庭开始。

“我听说你最早的灵感来自你的母亲，关于时尚，关于做一个漂亮女人，她跟你说过的最重要的是什么？”听到我的这个提问，拉格斐惯常的自负语气柔软了许多，但他并没有沉入对往事的追忆，而是将母亲对他的影响上升为自己尊崇一生的时尚哲学：“时尚对我来说非常平常，从孩提时代起就已经成为日常生活的一部分；女士在服装上投资，绝对不是件无聊的事情，因为昂贵，肯定会让人更加兴奋。”

隐含于我的“最”式提问中的玄机，成为拉格斐回溯自身时尚人生的契机。作为提问者和受访者，我们各得其所。

研究交流论的知名学者斋藤孝教授在《如何有效提问》一书中以坐标轴划分出了四个问题领域：具体且本质；具体非本质；抽象非本质；抽象且本质。“最”式提问就属于其中“具体且本质”的提问。“最”式提问之所以有这样的魔力，是因为闭合式提问指向的是“具体”，开放式提问指向的是“本质”，“最”式提问融合双方，是指向“具体且本质”的提问方式。

依斋藤孝所言，优秀问题的关键恰恰就是“具体且本质”，这样的问题也非常符合他提出的“发个好球”的观点。那么什么样的问题才是“好球”呢？自己想问但对方不想答的？不是。自己不想问但对方想答的？也不是。提出自己想问对方也想回答的好问题，才是真正发了一个“好球”。

依据这个“发个好球”的坐标，提出问题要先揣测对方的状况、兴趣、关心程度，然后配合自己的兴趣或关心程度才行。只是出于自己单方面的兴趣而向对方提出问题，只会让对方感到困扰。[12]

成功的“最”式提问如同发了个好球，提问者愿意提问，受访者也愿意回答。“最”式提问很常用，但也容易被滥用。找准关键区域再发球才是正确姿势。

“在您的从政经历中，为了治贪，您做过的最痛苦的决定是什么？”

与铁腕治贪的新加坡开国国父李光耀谈起如何建立廉洁高效的政府，我避开了歌功颂德的平庸问题，转而向这位政治家提问“最痛苦”的决策。

“我过去有一个很好的部长。”李光耀的语气中不无惋惜。

这位李光耀亲手提拔的国家发展部部长，在担任部长七八年之后，因为批准两块地转作他用而被反贪局调查。这位个人价值远超两百万美金的优秀人才最后承认收受了每块地一百万美金的贿赂。

“不，如果你见了我，我就成为证人。”调查开始之后，李光耀拒绝了他的求见。

之后，这位部长自杀，并且留下了一张字条。

李光耀对字条的内容印象深刻，“他说：我是一个有尊严的东方人，如果我做错了，请原谅我”。

我曾经三次采访李开复，他曾在苹果、微软、谷歌担任要职，2009年辞职创办创新工场，是许多年轻人追随敬仰的“青年导师”。2013年的一场大病，让他重新感悟生死之道。

杨澜：在写遗嘱的时候，你会突然发现什么对你最重要？

李开复：写我太太和孩子名字的时候，想到没有花足够的时间跟他们在一起，真是非常对不起他们。

杨澜：所以整个过程是一个连忏悔带交代的这样一个非常复杂的过程。

李开复：对，真的是这样的。那时候说实在的，心里是非常乱的，我想要把内心的话讲出来，但写的过程中，又纠缠着复杂无比的心绪。一边是困惑，心中在想上天为什么这么不公平，我这辈子也没做什么坏事，年纪还这么轻，怎么就得了癌症？一边是懊悔，我还有好多想做的事情，我还有家人，我没有拿出足够的时间陪伴他们。整个过程是非常煎熬的，一种特别严重的煎熬。

朱丽叶·比诺什（Juliette Binoche），法国著名演员，她出演的许多电影被誉为文艺片的“圣经”。而她最为吸引人的地方莫过于她神秘的气质，似乎蕴藏着无穷的秘密。面对我的“最”式提问，她的回答和她的脸庞一样，令人琢磨不透。

杨澜：到目前为止，你已经出演了35个角色。你觉得哪一个最接近你的真实的个性？

朱丽叶·比诺什：我回答不了这个问题。

杨澜：为什么呢？

朱丽叶·比诺什：因为我觉得我跟她们都很接近。

向政治家提问“最痛苦”的决策；向漂泊者提问“最心爱”的地方；向渴望生命的人提问“最煎熬”的时刻；向演员提问“最钟情”的角色——投向关键区域的关键问题，只有“最”式提问敢当。

从学者的采访教材到媒体人的工作手册，“最”式提问常被设为万能提问。但是，请一定注意，你很有可能因此落入俗套。

肯·梅茨勒教授在新闻采访教材《创造性的采访》一书中就详细列出了20个人物采访中最常用的提问，而“最”式提问占比最大：

生活中（或在目前的讨论中），你什么时候最快乐？什么时候最沮丧？

你最好的性格特点是什么？

谁是你心目中的英雄？你“最景仰的十大人物”都是谁？为什么？

在事业上以及在生活中，什么样的问题、观念、哲学思想对你最重要？你愿意为何而战？为何而死？为什么？你采取了（或即将采取）什么行动来维护你的信仰？

你的生活中最重要的里程碑是什么？

在生活中你感到最遗憾的事情是什么？最自豪的事情是什么？[13]

采访中遇到才思枯竭的情况，当你不知如何提问时，请拿起“最”式提问只管发球，哪怕发向的不是关键区域，也有可能在不经意间推开谈话的另一扇窗。

# PART VIII
# 质疑式提问

质疑式提问是提问者采取温和或极端的风格，以对抗的方式发掘事实真相，曝光隐秘信息，找寻问题症结，揭密历史内幕的提问方式。

质疑之“理”：追问是在推理中完成批判性质疑，结论不言而喻；直问则是逾越过程，只为一问中的。

质疑之“力”：反问通过强烈的情绪表达，已然将观点与答案隐藏于问题；激问，是明知故问，以特设的事实与信息刺激对方做出抗辩。

质疑之“礼”：在温和与极端之间，提问者更需在理性指导下掌握平衡。

## CHAPTER 17
# 质疑之“理”

质疑精神是一种什么精神？

它是怀疑一切的介入态度和打破砂锅问到底的工作作风。[1]

作为媒体行业的提问者，这个“到底”究竟到达哪里？

如果说寻找真相是质疑的主要目的，那么通往真相的道路又该如何到达？

如果你开始问自己这些问题，恭喜你，你已经开启了质疑之路。接下来不妨去探一探质疑之“理”给我们提供的方向和路径，那就是提问中的推理与论证。

## 追问

苏格拉底：这是大实话。朋友，总之我们得到的结论还和以前一样，只看我们是不是还坚持认为人不光是要活着，还要活得好，这是必须考虑的最重要一点。

克里同：是要坚持这一点。

苏格拉底：活得好和活得正当是一致的，我们坚持不坚持这一点？

克里同：坚持这一点。

苏格拉底：那么，在这一点上我们取得了一致意见：也就是说，雅典人判我有罪，我却企图逃走，到底正确不正确？如果这是正确的，我们就可设法走掉；如果这是错误的，我们干脆打消这个念头。[2]

以上节选自苏格拉底与其好友克里同的殉道之辩，就是在这一串连续提问中，苏格拉底说服了劝他越狱逃走的克里同，使其认识到慷慨赴死的合理性。苏格拉底的漫长追问，正是他三段论的演绎逻辑：

生存最重要的一点是活得好

活得好和活得正当一致

逃走就活得不正当了，也就不能活得好——所以我必须去死

对于一位忠于真理的哲人来说，生死都可以在追问中自行裁决，这就是逻辑的强大力量。

逻辑、语言和认知之间的关系是著名逻辑学家约翰·范本特姆（Johan van Benthem）的研究方向。他指出：逻辑研究抽象的推理模式，而日常生活中我们使用自然语言推理。我们在日常的交流中，在专业访谈中，虽然无法像苏格拉底那样具有严密的逻辑思维，但是作为提问者，却要在与受访者的交流中，注意自然语言间的逻辑推理，否则非常容易陷入无谓的争议。

“到底在多长的时间内重建国家保健体制”，英国前首相托尼·布莱尔曾就这个问题与记者陷入无谓争议的泥潭。

记者：你说“劳动党政府5年内，将重建国家保健体制”。

布莱尔：我们在待解决的事情清单上做了具体的决议。我们说过我们要

根据所需，进行良好的国家保健服务的重建。结果我们也确实增加了医生和17000名护士。

记者：但是你说过“劳动党政府5年内将重建国家保健服务”，你当时是低估了这项任务吗？

布莱尔：我认为我们没有低估这项任务。

记者：那为什么说5年内就能做好呢？

布莱尔：我们没有那样说。

记者：你说过将在5年内重建国家保健服务体制。

布莱尔：我们说得很清楚，我们不能在第一任期内做所有的事情。

记者：那你为什么那么说？

布莱尔：如果你看一下全文，我们说得很清楚……

记者：在宣言里面。

布莱尔：在宣言里面。我们做了具体的决议，我们要减少清单上的待解决事情。我们已经达成了决议，但是很显然我们必须……很显然我们不能一夜之间完成一切。当然这需要时间。

记者：那么当时那么说就是错误的了？

布莱尔：不是。我们确实必须要重建国家保健服务体制。我们现在也正在做。[3]

是记者没有认真读过宣言，为了制造热点掩耳盗铃，还是布莱尔模糊处理既有言论，逃避责任？

记者和布莱尔到底谁在偷换概念？这个问题不解决，双方就直接进入了诡辩的旋涡。提问者应该在倾听中保持高度警惕，准确识别逻辑错误。一些常见的推理错误，如不根据前提的推理、循环论证、回避或忽视问题的推理，这些对于倾听者来说都是一种欺骗，倾听者应该仔细识别这些错误的推理。[4]

1999年1月，山西省绛县被中国农业科学院确定为第三个全国农业科技示范县。仅仅过了一年，人们便从媒体上获悉，绛县已建成142个科技示范区，2687个科技示范点。[5]

中央电视台《新闻调查》栏目于2001年4月7日播出的《绛县的经验》节目却为观众揭穿了繁荣假象。

记者针对当时绛县极力宣传的成功项目——无籽西瓜，采访了一位绛县农业科技示范工作的负责人，他也是主管农业的副县长。

记者：您告诉我一个确切的数字，全绛县种了多少亩的无籽西瓜？

副县长：5300亩，比较成功的是3700亩。

记者：比较成功的标准是什么？

副县长：成功标准就是老百姓的收入。

记者：收入怎么衡量呢？

副县长：去年好的卖两千五六，单亩收入2500块钱。

记者：普遍都能达到这个水平吗？

副县长：普遍是1500元左右，成功的是1500左右。

记者首先就询问确切数字，得到了副县长对种植范围和普遍收入斩钉截铁的回答。

“我们在这个无籽西瓜丰收的乡里采访了二十几位村民，多数人反映每亩收入仅在三四百元左右，有的没有收入。这不仅和县里的统计差别极大，与乡里的说法也有很大出入。”那些看起来像是随机应变产生的追踪问题，实际上常常是事先分析的结果。[6]记者事先分析了采访得知的村民实际收入，与副县长提供的统计数据相差甚远，于是再次追问副县长农民收入问题。

记者：关于农民收入的数字是怎么统计出来的？

副县长：这个数字我们下去以后一家一户走，问你卖了多少钱，他卖了多少钱。有的笑得跟花一样，有的很满意：还不错！差不多！明年继续干！

记者：这样的户多吗？

副县长：十个人种西瓜八个人挣了钱了，一般不向外张扬。

记者：为什么不张扬？

副县长：一个是收入一两千块钱有啥张扬的。如果收入十万、八万，老百姓还有点儿小思想，真正有两户不好，他就吵得特欢：政府让我咋了咋了，这个不对，那个不对。

副县长告知记者，农民收入的数据靠挨家挨户走访调查得来。但是一旦被问及“这样的户多吗”，副县长给出的数字开始模糊起来，引得刨根问底的记者再次发问。

记者：您能不能具体地告诉我这个统计是怎么做出来的？

副县长：因为总共我们是八个乡镇就是几十个村子，而且面积就三千多亩，我们有包乡镇的干部，有包项目的领导，没有准确到像测量小麦产量那样，因为也没有必要把它弄那么准确；农业动态，只要把整个动态了解清楚，以利于我们今后更好地指导农业工作。

问起统计的具体操作，副县长打起了太极，开始强调精确统计的繁重和不必要，引发记者的又一轮质疑。而这次，副县长的回答开始以己之矛攻己之盾，之前挨家挨户的认真调查到这里变成了“基本上统计情况都能弄出来”。

记者：不经过精确的统计，怎么能够知道种得好的有多少，种得不好的有多少？

副县长：因为我们熟悉农村工作的，基本上统计情况都能弄出来。像你吧，你肯定弄不出来，你就要靠一家一户统计，走访调查。

记者：您觉得通过这几种统计方法统计出来的数字可信、可靠吗？

副县长：比较可靠。

绛县的成功经验最重要的支撑来自农户收益的“确切”数字，而在记者的连环追问下，副县长用自己“比较可靠”的统计推翻了最主要的论据，进而推翻了自己的论点。

质疑式提问在逻辑论证中带领我们一步步接近真相。真相，不仅由具体的数据和事实组成，更有历史深处迷雾一般的内幕。

在大英帝国的扩张时期，大量的海外文物被搜罗至大英博物馆，其中又以埃及、希腊和中国的最多。2001年，我采访了大英博物馆东方馆馆长罗伯茨·诺茨（Roberts Knotts）。

针对海外文物，我向罗伯茨馆长展开了多轮提问。访谈中双方的机锋和攻防不断转换，就像是进行了一场击剑比赛。

在这场“击剑比赛”的开端，我以不带褒贬却又暗藏深意的问题开始。

杨澜：博物馆是从什么时候起大量收集中国文物的呢？

罗伯茨：我想是从18世纪90年代开始，我们比较积极地收集。不过，我要强调的是，主要是瓷器，我们有很大的贸易，人们对瓷器有偏爱。

罗伯茨接下了这一番出击，强调英国偏爱瓷器，并且以正当贸易方式收集。而我的关注点一转，落在了带走中国大批文物，给中国文物界造成永久伤害的考古学家亚伦·斯泰因爵士身上。

杨澜：那亚伦·斯泰因爵士呢？他从敦煌带走了成千上万件文物。

罗伯茨：亚伦·斯泰因是个伟大的考古学家，有着很重要的学术地位，举足轻重。在印度北部，他受到人们的尊重。

杨澜：不过在中国人眼里不是这样。

罗伯茨：是的。但在同辈学者当中，他有很高声望，也有不少重要学术著作。他曾在印度、伊朗、阿富汗等国家工作，当然也去过中国和中亚。请记住，中国的艺术对人们有很大吸引力，你们不可能独享。中国人应当记住，其他人也深爱中国艺术，它不仅是中国的，也是我们的。

罗伯茨极力强调亚伦·斯泰因的学术成就，并且声明中国的艺术不仅属于中国，也属于世界。但罗伯茨绕开了文物流失给中国带来的巨大伤痛，不提及空空的敦煌墙壁，还强调大英博物馆并非中国文物的唯一国外收藏者："当中国在19世纪三四十年代、五六十年代发生战乱时，文物流失并散布到欧洲各地，最终进入博物馆。比如美国在近100年里，就迅速收集了许多文物。"

我与罗伯茨都肯定了中国艺术的国际性，但是对大英博物馆内的中国文物的归属问题，看法显然不一致。于是，我聊起联合国公约，进一步追问大英博物馆对非法获取的外国文物的立场。这时，罗伯茨给出了大英博物馆的明确态度。

杨澜：20世纪70年代，联合国通过了一个公约，认为所有被非法从其所属国拿走的财产和文物都应当被归还。因此后来希腊要求大英博物馆归还这些文物，特别是帕台农神庙里的。大英博物馆对此的立场是什么？

罗伯茨：大英博物馆对此立场很明确。它们在法律上实际上是我们的财产。这一点毫无疑问，这些实际上就是我们的财产。

杨澜：只是因为这是年代久远的事吗？

罗伯茨：是的，年代久远，而且我们能证明，这些文物在法律上属于我们，这毫无疑问。大英博物馆不打算把它们交回去。

提问中我的逻辑是：中国文物是被盗抢的，按照联合国公约，大英博物馆应该归还中国。

馆长的逻辑也一样明晰：中国文物是我们搜集的，我们有合法的证据，因年代久远，我们不会归还中国文物。

对话中无法交集的两套逻辑，折射出历史深层的积尘。正因为它的复杂和模糊，才更能撩拨起观众探究的愿望。也许，这就是继续追问的动力。

## 直问

奥普拉：你是否曾经通过服用禁药来提高比赛成绩？

阿姆斯特朗：是的。

奥普拉：这些禁药是否包括促红细胞生成素（EPO）合成药？

阿姆斯特朗：是的。

奥普拉：你是否曾经通过违规增血来提高比赛成绩？

阿姆斯特朗：是的。

奥普拉：在你七次夺冠的环法自行车赛中，你是否存在服用禁药或是违规增血的行为？

阿姆斯特朗：是的。[7]

自行车运动员阿姆斯特朗（Lance Armstrong）在承认服用兴奋剂后首次接受访问，与奥普拉对谈。而奥普拉连续的是非型直问，依据充分的信息事实，问出了严密的逻辑：从是否服用禁药的大问题，深入到禁药使用和违规增血的细节，再连接到运动员往日夺冠是否违规作弊的大问题。

从一般到具体，再从具体到一般，从归纳到演绎，两种推理都内含在了奥普拉的连续直问中，问出了逻辑的强势。

什么是直问？

上面这个问题本身就是一个直问的例子。直问即直接提问，放弃了迂回，直奔主题。与曲径通幽的追问相比，直接提问有着独特的魅力：看似简单，却是行之有效和用得最多的提问方法。在对新闻事件的基本情况还不了解的时候，记者可以利用发问获取事实、了解有关各方的态度和反应等，这些是采访的基础环节。[8]

2001年，我在台北的东风街采访了作家李敖。2000年，新党请他作为代表参加竞选。对于竞选中的各种细节、和陈水扁的交集等，大顽童李敖嬉笑怒骂，好不恣意。

杨澜：您后来写了一本关于陈水扁的书，叫什么？

李敖：《陈水扁的真面目》。

杨澜：这部书在南部，一些书商拒绝为你发行。

李敖：他们怕店被砸。这就证明了一点，我从暴君时代混到了暴民时代。蒋介石他查禁我们的书，他是暴君。现在我们的书不能卖，是遭遇了暴民。

杨澜：这不是您一直在争取的民主吗？

李敖：是没错，我碰到的是一种民主啊。用鲁迅的话来说，暴君专制使人民变成冷嘲，愚民专制使人民变成死相。

从一本书问起，仿佛一个逐渐拉开的镜头，从“台湾的民主真相”到“台湾的暴民时代”。直问“暴民”，李敖的回答则提供了更有料的真相。

杨澜：所谓的暴民是指什么呢？

李敖：台湾的那群混蛋。在陈水扁当选后我讲了一句话，我说一群混蛋选出来了一个大混蛋，旁边还有一个女混蛋，吕秀莲。蒋介石在台湾26年，他儿子在台湾13年，父子两人搞了39年，近40年的时间，留下的老底现在都光掉了。现在台湾的经济面已经落下去了，政治面是混乱了。

直问，是对权威人士的勇敢挑战，引发从另外一个视角对事实的审视。

回望“十年浩劫”，王光美经历了被冤枉被侮辱的人生噩梦。承受一个时代的荒诞和苦痛，她的经历也是更多具有同类遭遇人群的缩影。但是，这仅仅是从“文革”才开始的吗？建国后一系列的政治运动是不是让“文革”

注定发生，只不过批判者与被批判者换了好几轮？我通过逆向思考提出问题，收获了她坦率的回复和对“运动”真切的感悟。

杨澜：您说到，要不是经过“四清”，还有在清华大学蹲点这些第一线的政治工作经验，您可能会挺不过“文革”那么残酷的政治斗争。您现在再想起那一段工作经历时，有没有想过您自己也有可能冤枉过别人呢？

王光美：那真是难说。因为只要一搞运动就很容易过火。现在大家讲实事求是，处理谁的事情就是谁的事，该教育教育，该处分处分，至于搞运动，谁知道谁冤枉了？那个行为过火的人不是自己想过火，所以我不赞成搞运动这种形式。

直问，引发坦诚的自省，帮助我们拨开云雾，反思真相。

“9·11恐怖袭击事件”，对时任美国国家安全事务助理的康多莉扎·赖斯产生极大震撼。2003年，美国以萨达姆（Saddam Hussein）拥有大规模杀伤性武器为由，不顾联合国和世界舆论反对，对伊拉克发动单边军事打击。推翻萨达姆政权之后，却没有找到生化武器。在2005年就职国务卿之后，她继续奉行先发制人的“复仇与打击”战略，用军事手段解决恐怖主义问题。

2011年，我直接将颇具挑衅意味的问题抛给了赖斯。

杨澜：你当时是否对伊拉克拥有大规模杀伤性武器的情报有所怀疑？或是曾先入为主地想相信它的存在，尽管这个情报后来被证明是假的？

赖斯：整个世界都相信萨达姆·侯赛因拥有这样的武器，并形成了威胁。这正是为什么联合国安理会连下16道决议，谴责他对国际和平与安全构成了威胁。我们的情报机构、英国的情报机构和别国的情报机构都相信他在重组自己的大规模杀伤性武器。

赖斯对伊拉克前总统萨达姆·侯赛因使用过且将再次使用大规模杀伤性武器的情报坚信不疑。面对这位强硬的前国务卿，我接着提出了又一个直接的问题。

杨澜：即便是今天，你还是会做出同样的决定吗？

赖斯：萨达姆·侯赛因是中东的癌症。没有他的中东很多地方都更好了。我难以想象，有萨达姆·侯赛因的巴格达会是什么样子。我很确信他会比卡扎菲在利比亚搞更多的屠杀。

显然，萨达姆有没有大规模杀伤性武器已经不是最重要的了，美国人无论如何也要除掉他。赖斯的“相信”彰显了“9·11”后美国的政治思维。在逻辑学研究中有一种“新心理主义”倾向：逻辑理论是来源于实践的，它与人类推理的经验事实相关，与心理学以及经验的认知科学等学科保持适当的联系。在《逻辑与推理：事实重要吗？》一文中，范本特姆明确赞成“新心理主义”这一提法。[9]依据新心理主义，不难理解精通俄语、曾专攻苏联军事军务的赖斯为何这般笃定：美苏博弈给她的成长烙下了深刻印记，经典的冷战思维根深蒂固，于多年后影响了她对伊拉克大规模杀伤性武器存在和使用情况的推理。

CHAPTER 18

# 质疑之“力”

与在逻辑中推进完成的追问相比，反问和激问是高度情绪化的提问方式。

无论是反问还是激问，问题中都设置了一定强度的刺激信息，带有鲜明的对抗色彩，通过浓烈的情绪表达激起被访者的倾诉甚至是抗辩欲望。

也正是问题中情绪与情感的浓度，赋予了两种提问更强烈的感染力和冲击力。

## 反问

假如你吃了个鸡蛋觉得不错，何必认识那下蛋的母鸡呢？

假如你吃了个鸡蛋觉得不错，不必认识那下蛋的母鸡。

同样的意思，前者是反问句，后者是陈述句，哪一个表达效果更强烈？结果显而易见。

正是用前一个反问句，作家钱锺书在电话里拒绝了一位读过《围城》后慕名求见的英国女士。以鸡蛋与母鸡喻作品与作者，巧妙风趣，却又因直白的情绪表达，让钱锺书的夫人杨绛“直担心他冲撞人”。反问的情绪色彩，有时连幽默的比喻也无力冲淡，其强烈的感染力和冲击力可见一斑。

反问句是疑问句，却是一种“无疑而问”，实际上说话者是在强调某个确定的答案，也就是明知故问。这类句式常以“难道”“怎么”等词连接，用疑问句的形式表示确定的意思，其目的是加强语气，增强表达效果。所以反问句往往是表达强烈情绪或者意见的提问方式，它比陈述句更有力量。[10]

反问句的语气比陈述句的语气更加强劲有力，因而常用于适宜慷慨陈词的语境，演讲、辩论、劝诫，都少不了它的身影。很多我们耳熟能详的名言都采用了反问。

它可以是孔子的喜悦：有朋自远方来，不亦乐乎？

也可以是范仲淹的感慨：微斯人，吾谁与归？

还可以是雪莱（Percy Bysshe Shelley）的期待：冬天来了，春天还会远吗？

“真的吗？”

“你难道不这么说吗？”

CNN主持人克里斯蒂安·阿曼普对于“反问”的偏爱，是形成她有锐度的提问风格的重要原因。

阿曼普：你刚刚做了一次演讲，这次演讲大讲全球化的成果，听起来与当今的流行观点不太合拍。

布莱尔：是的。

阿曼普：真的吗？

布莱尔：完全是的。当你退一步看看历史和全球化的宽广历程，就会发现互相开放的总体过程给整个世界带来的巨大益处。

阿曼普：那你怎么说服人们呢？因为似乎反对全球化的论调正在占上风。

布莱尔：你必须解决人们的痛苦！比如移民问题。我认为政府应该采取更强有力的行动去解决问题，而不是把一切全怪到全球化头上。

2018年6月，阿曼普就全球化倒退和西方民主的衰落等议题，采访了英国前首相托尼·布莱尔。有意味的是，就在阿曼普连续的反问下，布莱尔也用自己的方式对媒体的“挑拨离间”进行了微妙的“反击”。

布莱尔：顺便提一下，媒体在某种程度上让事态更严重了。我不是说你们这个媒体，而是总的媒体。因为媒体商业模式正在改变。对当今媒体来说，最简单的事情就是故意惹恼一群人，让他们一直处在抱怨状态，对吧？

而正是由反问带来的压力，架构起了提问者与受访者之间微妙的博弈地带。

2010年世博会期间，我主持了一个有关“城市让生活更美好”的论坛。演讲嘉宾是时任新加坡内阁资政李光耀先生。

在分享了新加坡作为城市共和国是如何追求可持续发展的经验后，李资政谈起了法治的重要性。他说：“法治是城市和国家可持续发展的根基。要让遵纪守法的人有安全感，包括对私有财产的保护。说实话，一些中国人对这一点还不放心，所以会把一部分财产转到海外，包括新加坡。”

他说的有理，但口气有些说教，让现场气氛有点尴尬。为了缓和气氛，我略带挑战地追问了一句：“那么，请问李资政，您是希望这种现状保持下去，让这些外流的资产给新加坡经济注入活力，还是更希望中国加强法治，保障公民合法取得的财产，让它们尽可能留在国内呢？”

80多岁的老人反应真够快，他坐在椅子上的身体向前靠了靠，按住扶手，眼中闪过一丝狡黠的光，反问我道：“你猜呢？”会场爆发出会意的笑声，他的反问既表明了立场，又把尴尬化于无形。

反问，因为是观点的情绪化表达，往往会与尴尬相伴。但也正是这样的不和谐，才会使得交流充满张力。

采访文化名人余秋雨，当我们谈到新闻媒体上未经核实的小道消息广为流传时，余先生说，这大概是我们的传媒从刻板到言路初开所必然出现的无序现象。

而我对此观点无法认同。无论是在英国还是美国，假新闻随处可见，并未因为媒体的“开放”而收敛。相反，专登谣言的报刊、无所不在的狗仔队都已是司空见惯的了。

“我们恐怕只能适应它们，不能期望它们有朝一日会改观吧？”我问道。

这一反问使余秋雨有机会进一步阐述他关于“有序”的看法。他说：“海外和港台报刊上的小道消息确实很多，但它们固守着一个本位：庸俗就是庸俗，连语言都是挤眉弄眼的。不会慷慨激昂地提高到民族大义、文化前途的道德评判上来。这也是一种‘序’。”

《新闻调查》曾播出过一期《“黑脸”姜瑞峰》节目，由记者王志采访纪委书记姜瑞峰，让观众们进一步认识了这位疾恶如仇、严办贪腐的“黑脸包公”。

“金钱、美女难道不好吗？”这是王志在这段采访中极其抢眼的一句插入性反问。

在他提出这个值得玩味的问题之前，被访者姜瑞峰一直大谈对金钱、美女的蔑视。王志的这一反问插入，巧妙地从反面将话题引入更深层的境界。

在人物访谈节目中，反问的“反击力”瓦解了心灵堡垒，打开的是人物的真实世界。

2005年，陈凯歌耗时三年创作的东方玄幻史诗电影《无极》上映，却遭遇了众说纷纭的评价，来自网友的恶搞式创作更使这位曾经的电影哲人和精神贵族感受到了“最刻骨铭心的失败”。

杨澜：你不痛快的时候会怎么样？

陈凯歌：我不痛快的时候我能怎么样！

杨澜：那你会怎么样？

陈凯歌：我什么也不能做！

面对互联网的挑衅和电影票房的追击，他显得愤怒又无力。我以反问与陈凯歌“对质”，并且追问下去。

杨澜：追求艺术的人，总希望能够留下一两部作品，不能说永垂不朽，但是总是希望能够传之于后人。

陈凯歌：我从来没有这种想法。

杨澜：你从来没有吗？

陈凯歌：我从来没有这种想法！

陈凯歌的回答斩钉截铁，我的连续两次追问都得到了简短的否定回答。不满足于简单的否定回复，我继续以反问探听他内心的真实想法。

杨澜：我不能接受你的这种回答，你从来没有想留下一部东西给后人吗？

陈凯歌：没有。过去就有这样的，叫一本书主义、一部戏主义，我是特别窃笑不已。你以为哪个作品能够传之后世？——没有。你以为众人站在一个小玻璃框前头看着蒙娜丽莎的时候，和达·芬奇或米开朗基罗这样的大师产生了心灵的共鸣吗？——没有。他们为什么站在那儿，排着大长队？作为艺术家来讲，你觉得特别振奋，说你看有这么多人来看这一件艺术作品，为什么？

杨澜：起码大家欣赏嘛。

陈凯歌：错，他们什么都不欣赏，他们欣赏的是这点名气。

我以反问追击，陈凯歌也在回答里以反问回击。冲撞之中，我们看到了陈凯歌内心的清高和对商业时代功利性欣赏的嘲讽。

## 激问

杨澜：在《007：明日帝国》这部电影中，刻画了一位意欲通过控制各种传媒而控制世界的狂人，不少人认为这是影射你的形象，你有何感想呢？

默多克先是沉吟一会儿，一贯低沉的语调忽然高扬了起来。

默多克：没有人有这样的能力控制世界。读者、观众、听众实际上是非常聪明的，人们没那么容易受骗上当。他们有自己的辨别能力和判断能力。

面对权威人物，提问可以尖锐一点，其实他们也往往期待着某种挑战。

作为更为尖锐的质疑性提问方式，激问的出发点甚至可以将错就错，明知故犯，目的只有一个：激发起对方的抗辩欲望，让对话更加短兵相接。

蔡美儿是一位在耶鲁大学法学院任教的华裔女性。按理说我们应该称呼她为蔡教授，不过更多的人称呼她为虎妈。她根据自己的育儿经验写作了《虎妈战歌》一书，其中严厉的家庭教育方式在美国掀起了一场“中美教育方法”的论战，也触动了原本焦虑的中国父母们。

2011年，我采访了她。在访谈的前半段，以她的书为线索，我走近了她与女儿之间的矛盾冲突和亲情危机。孩子应该是独立的个体还是父母骄傲的作品？我明知故犯，不断以错问激发蔡美儿的自我辩解欲望。

杨澜：你的书里还有一句话引起了争议。你说自己的女儿是自己伟大的“作品”。

蔡美儿：哦！知道吗，在英语中，说她们是我的“骄傲和快乐”是很美好的词。我觉得那是拙劣的翻译问题。

杨澜：但是在中国，我们还听到很多妈妈说：我的孩子是我的“伟大的作品”。这就像你把孩子看成某个物品，你是一个雕塑家，正把孩子按照自己想象的模式进行塑造，而不是把他看成一个有权成为自我的个体。

蔡美儿：我认为那是一个误解，因为在书中给出的教训是，你必须关注孩子的个性。你知道，我意识到露露有她的个性。她只有在这么做的时候，自己才会快乐，我就让她做那些事，因为这些可以让她快乐起来，即便我不赞同。所以那是误解，我真的只关心她们最终幸福与否。

激发式错问法是一种典型的质疑性提问，即借用一些不准确的传闻，甚至明知是错误的信息，故意激起对方解释辩白的冲动。[11]美国著名记者埃德加·斯诺深谙此道，《西行漫记》中记述了他在前往陕北的路上，如何连续采用激发式错问从一位青年口中获取珍贵的材料。

在开往西安的慢车上，旅客以闲聊打发时光。其中一位老家在四川的青年说起家乡附近的土匪活动，流露出对能否到家的担忧。一心想要了解红军的斯诺赶紧提出了问题。

斯诺：你是说红军吗？

青年：哦，不，不是红军，虽然四川也有红军。我是说土匪。

第一个错问得到了青年的否定，斯诺得知在青年眼里，红军并不是土匪。

斯诺：可是红军不也就是土匪吗？报纸上总是把他们称为“赤匪”或“共匪”的。

青年：啊，可是你一定知道，报纸编辑不能不把他们称作土匪，因为南京命令他们这样做……

为了确定自己获取的信息是否准确，斯诺再次错问，拿报纸上的“赤匪”“共匪”作证，通过青年的否定进一步确定，红军在青年心中的确并非土匪。

斯诺：但是在四川，大家害怕红军不是像害怕土匪一样吗？

青年：这个么，就要看情况了。有钱人是怕他们的……可是农民并不怕他们，有时候还欢迎他们呢。

斯诺并不满足于确定红军并非土匪，借用“大家”对红军的恐惧来明晓青年对红军的真实态度。最终获知：有钱人害怕红军；农民不怕红军，有时还欢迎红军。

反面激问是极具对抗性的提问方式，以特设的事实与信息激起被访者的抗辩，获取难得的信息。这种提问方式分两类：

一类是激问。即记者在其所假设的问题中，投入一定强度的刺激，迫使对方态度朝相反方向转化。

一类是错问。该方式的刺激强度超出激问，而且要求记者从事实的反面提问。[12]

在对刺激强度的准确把握之下，灵活应用激问与错问，可以叩开被访者紧锁的心灵之门。

CHAPTER 19

# 质疑之“礼”

1994年，哥伦比亚广播公司的*Eye to Eye*节目中，著名华裔女主播宗毓华采访了微软公司联合创始人比尔·盖茨。

“有人说你拒绝接受有犯罪前科的人做员工。”宗毓华在提问时谈到了别人对盖茨的不满；

“与你较量不像在踢球，应该说更像一场刃战。”宗毓华引述了一家起诉微软侵害专利权的对手公司的话，继续火上浇油。

“我从来没听到过这样的话。你说像是刃战——这太愚蠢，太幼稚了。你为什么要讲这么愚蠢的话呢？难道他没有说——这与专利诉讼案件没有关系，听起来反倒更像‘大卫对抗歌利亚’一类的事件……好的，我的任务已经完成了。”盖茨说完便走出了采访现场。

如同一场戏需要营造高潮一样，电视访谈节目中有着对戏剧性的追求。当灯光、摄像机、话筒一一就位，访谈主持人的“表演”似乎无可避免。

当盖茨离开现场，拒绝与宗毓华面对面，这样的戏剧冲突对交流来说无疑是破坏性的，但也未必不是主持人预想到的。这类“事件”甚至会带来更高的收视率。

这并非个例。在美国主流媒体访谈类节目中，尤其是在面对政客的时候，提问者的质疑式提问有时会让受访者断然离开。而在主持人退休时，这些片段往往会被编辑到“致敬”环节。

如果说将质疑采访比喻成游戏，最好的CP不是记者与企业家，而是记者与当权者。

地点：白宫

背景：刚结束中期选举，记者会

时间：2018年11月7日

提问者：CNN记者吉姆·阿科斯塔（Jim Acosta）

被访者：特朗普

阿科斯塔连续就中美洲移民和俄罗斯调查向特朗普提问，质疑特朗普将中美洲移民前往美国的行为称为入侵。

阿科斯塔：你认为你将这些移民妖魔化了吗？

特朗普：不不，我希望他们来到这个国家，但必须以合法的方式。他们必须经过一定的程序，我希望他们经过一定的程序再进入美国。我希望人们来到美国，我们需要他们——

阿科斯塔（打断）：你——

特朗普：等等，等等！你知道我们为什么需要他们吗？因为有数百家企业要进入美国，我们需要人力。

特朗普：我认为你应该让我来治理国家，你来管理CNN。如果你做得好的话，你们的收视率会好很多。

阿科斯塔：我能再问个问题吗？你是否担心——

（白宫实习生上场，试图拿回阿科斯塔的话筒）

特朗普（打断）：够了，够了。

阿科斯塔：总统先生，我能再问一个问题吗？——

特朗普：够了，够了，放下话筒。

阿科斯塔：请问你担心——

特朗普：我不担心，够了！（冷场踱步）CNN应该为雇用了你而感到羞耻，你是个粗鲁又可怕的人，你不应该为CNN工作。当你报道假新闻时——CNN经常这么干，你们才是人民的敌人。

记者会之后，阿科斯塔发现自己的白宫记者证被注销。（在记者们的抗议下，不久又被恢复）

当我们探究质疑之“理”和质疑之“力”，这其中“礼”的分寸如何把握？当其中一方不尽然是手持话筒的记者时，“礼”的边界更容易被当权者逾越。

NBC记者凯蒂·图尔（Katy Tur）在《不可思议——在美国历史上最疯狂的总统竞选中坐在前排》（*Unbelievable: My Front-Row Seat to the Craziest Campaign in American History*）中写道：特朗普竞选总统期间，因为不满她的报道，在一次公众演讲时，突然指向在人群中采访的凯蒂说：“就是她！制造关于我的假新闻，一个三流记者。”一时间，全场人的目光齐刷刷地看向她，有人扬言要揍她，让她不由得感到毛骨悚然。

诚然，对于握有提问“特权”的采访者，掌握质疑之“礼”的分寸感也是一种微妙的考量。

1993年，华莱士采访了意大利歌剧明星鲁契亚诺·帕瓦罗蒂（Luciano Pavarotti）。后来，华莱士在回忆起这次采访时说：“你知道怎样让你提问的对象变得脆弱，因为你对他或她以及整个状况太了解了，以至于瓦解了所有礼节。”[13]

在采访中，华莱士为了刺激帕瓦罗蒂，几乎提到了所有对帕瓦罗蒂的尖刻批评：“他们说你的声音越来越差了，你太胖了，你很懒，你的嗓子破了，你被人喝倒彩。”

他接着质问帕瓦罗蒂：“你在害怕什么？是不是你职业生涯的终结就要

来了，因为你的嗓子达不到以前的水平了？你在罗马唱《唐·卡洛》时嗓子破了，听现场的人喝你的倒彩。”

帕瓦罗蒂在连环施压下脆弱地说：“当然，他们是对的。”

对于职业提问者来说，也许并不存在无礼的提问。但对于我来说，我更愿意将这个“礼”看作是不伤害对方的基本礼貌。

在本章开篇的采访中，虽然宗毓华借用了第三方言论间接提问，但第三方言论过于直接和粗暴，最终恶意的累积导致了盖茨的愤然离席。所以，在选择第三方观点进行质疑式提问时，把握好分寸是非常重要的。

马来西亚从一个出口木材和橡胶的落后国家，发展成一个生产和出口电子产品的现代经济体，成为继“四小龙”之后亚洲新兴的“四小虎”之一，这是“马哈蒂尔时代”的最大亮点。但是1997年的金融危机，也让这位政坛强人承受了空前的压力。

杨澜：我碰巧在1998年采访过乔治·索罗斯先生，当然了，我不可能不在他面前提到您的名字。他说他觉得自己被“挑出来”承担（导致亚洲金融风暴发生）的责任，尽管在攻击马来西亚货币的对冲基金中，他的资金只占一小部分。他的观点是，对冲基金是狼，这只狼可以保证羊群的健康。他说，如果马来西亚政府没有对外汇买卖规定上限，就不会给投机留下这么大的空间。

马哈蒂尔：我完全不同意他的看法。我认为对冲基金是完全没有必要的。它是一种保险，用来规避市场不规则波动带来的风险。但他们后来成为破坏金融市场稳定的力量。最开始，你进行对冲交易是因为，如果市场出现异常的波动，你的资金可以避免由此带来

的损失。但是对冲基金的数额变得如此巨大，它可以扰乱金融市场的稳定，通过对冲交易，他们可以让货币升值或者贬值。到了这个阶段，对冲基金当然就不再会对保护全球财富提供任何帮助了。这就是为什么我们反对对冲基金。

作为第一个提倡创建东亚经济共同体的领导人，在领导本国走向现代化的进程中，马哈蒂尔（Mahathir bin Mohamad）敢于对抗西方国家，被对方称为“一门容易走火的加农炮”。在提问中我引用其“死对头”索罗斯的观点，并没有刻意营造“针尖对锋芒”的个人恩怨，而是采取比较理性的语态转述索罗斯的话，这种方式也同样让我获得了我想要的有效信息。

质疑式提问，在尖锐与得体之间找到平衡之道，在追寻真相与侵犯他人隐私之间画定界线，也在沟通中解决问题。越是能在沟通中解决问题的人，就越擅长提出高明的问题。他们聪明地捍卫原则，在该跨出一步时既能够气势凛然，又不使对方过于难堪。这是一种巧妙的平衡。[14]

这种原则恪守与平衡之道，正是采访伦理提示中外媒体人都应遵循的提问之“礼”。“对事不对人”是我秉承的观点，对真相的挖掘，而不是对人身的攻击是底线。

肯·梅茨勒教授在《创造性的采访》中指出，当前新闻界对娱乐尤为重视：众所周知，20世纪90年代，采访时对娱乐的重视超过了对信息的需要。无论是报纸还是电视上的小道消息，都对名人们的不谨慎言行表现出前所未有的关注。不久，甚至连正统的新闻媒体也开始追逐那些充满流言蜚语的小道消息。同时，采访的语调也变得更加夸张——啰唆的和诱人上钩的问题，往往会导致对方做出防卫性的、情绪化的和急躁的回答。而这就是娱乐。[15]

然而，重视娱乐并不代表娱乐应该泛滥成灾，忘却“礼”的存在。许多媒体机构都制定了从业准则。

根据职业记者协会（Society of Professional Journalists）的定义，这些规则在三条原则上达成共识：

挖掘和报道事实。

不受外界压力，行为独立。

把对相关者的伤害减少至最低限度。[16]

在质疑式采访中，掌握“礼”的边界和分寸，需要采访者和受访者的协同维系吗？当然。

有一次，奥巴马（Barack Obama）接受一位美国网络节目主持人的采访。这位主持人突然无来由地挑衅道：“你对成为最后一位非裔总统怎么看？”奥巴马立刻反唇相讥：“你对最后一次采访美国总统怎么看？”结果大部分美国公众认为奥巴马的回怼有理。

通过暗中盯梢，在受访者毫无准备的情况下突袭，伏击式采访曾经是华莱士的招牌采访风格。追求“戏剧性”的伏击式采访一时间收获了不少观众，但也同时让受访者遭遇到更多被戏弄的无礼对待。

多年之后，华莱士开始反感并反思这种方法：“这里边的确有一定的戏剧性，但那些很快会被消耗完。”[17]于是，他选择了放弃。

在多年从业中不断优化“光与热”的调配比例，他最终得出：热作为光的补充时才是好的，因为戏剧性或冲突能够使一篇文章的光照得更深、更亮。既有光又有热的文章可能使人们读得更加仔细，或从头读至尾，增加他们对新信息的吸收量。两者一起也更能吸引观众或读者。[18]

远眺质疑之路，在质疑中兼备“理”与“力”，方能直击真相；将“光与热”的分寸拿捏得当，遵循质疑之“礼”，才能在尖锐与得体之间找到平衡之道。

# PART IX
# 婉语式提问

婉语式提问是采取婉转、迂回、间接的提问方式，去触及难以接近的敏感话题、禁忌话题或隐私话题领域。

变不能问为可以问，提问者需要打开的不是受访者的门，而是先去敲开一扇小窗。桥接和迂回的提问方式可以使受访者逐步降低警惕与防范，使大脑系统自“超速挡”切换到“低速挡”，在迂回的道路上帮助提问者逐渐靠近真正的目标答案。

即使是婉语式提问，底线原则仍然有效，毫无顾忌地突破红线，是对采访伦理的悖离。提问之后的关系修复，是提问者职业素养和人文精神的体现。

## CHAPTER 20

# 禁区左右

“他信里写的什么？”

“那个是秘密。”

2006年末，采访香港演员黄秋生。面对我，他并不讳言自己的私生子身份。谈起6岁时就不辞而别的英国父亲，他特别提及父亲曾经留给他一封信，“那封信里面，表现得好像很爱我”。当我的好奇心刚被吸引，黄秋生却直接喊CUT。

话题禁区左右的“放与防”，折射出媒体与名人隐私之间既亲密又疏离的微妙关系。

在日常谈话领域，涉及家庭、婚姻等方面的个人隐私是不可轻易触碰的禁区。但在媒体领域，由名人隐私丑闻等组成的禁区周边，正是被高度关注的活跃地带。因为在这里容易找到话题资源，容易构成节目收视热点，这个点不仅与媒体的利益挂钩，也与屏幕前的受众收视需要相关。

如何靠近这个宝藏地段?

如何进入对方的私人世界?

婉语式采访正是与此相关的采访方法。

## 禁忌与触及

"没钱。"——"囊中羞涩。"

"死亡。"——"与世长辞。"

以上两例中，破折号之后的句子均采用了婉语形式。

婉语是在交流中采用各种手段，以避免参与者感到不适的非直接语言。婉语的出现常常是由于需要规避交流中出现的某些禁忌。

禁忌则是人们禁止或避忌的语言、行为、观念等。常见的禁忌有性、收入、疾病等，但禁忌并非一成不变，它因社会群体、环境、时代的不同而有所变化。

避免参与者在交流中感到不适的手段之一就是合理运用适当的修辞方法。在婉语式采访中，恰到好处的措辞可以弥合突破敏感区域所带来的刺痛，建立和维系谈话双方的良好关系。提问者需要警惕语言中的贬义与歧视，在言谈中给予被访者应有的尊重。

有一次，中央电视台记者赵忠祥去采访一位小学老师，那位老师原来得过精神疾病，被采访时刚刚康复准备出院。编辑原来给赵忠祥设计的提问是："你原来怎么得的精神病？"

在访问中，话到嘴边，赵忠祥突然感到这句话不合适，因为"精神病"三个字常被当作骂人的话，所以他灵机一动，临时改为："你原来有病的时候，感觉怎么不好？"

那位小学老师明显感觉到赵忠祥话语中对他的尊重和关怀，在提问中故意避开"精神病"三个字，心情很激动，不但讲了自己原来的病情，而且还讲了自己出院后努力教学的打算和决心。[1]

赵忠祥在这次采访中，巧妙地使用了婉语，用概括性的“病”在特定语境中替换了在日常对话中常带贬义的“精神病”，准确地传达了原意，却又不失人性关怀与尊重。这种谨慎也换来了被访者的坦诚和积极回应。

收入问题常常被作为隐私划入日常交谈的禁忌区域，如果提问只是纯粹收集信息，服务于访谈本身，收入也是可以触及的话题。

1999年，我采访一代鸿儒季羡林教授。这次采访的主题是高等教育与教师待遇。季羡林曾写过一篇文章《论教授》，记录了他自己的老师们，其中对“教授架子”有生动的描述。接着我们聊到回忆录《牛棚杂忆》，谈话的内容自然地过渡到“文革”时期，我不由得问起了他当时的工资。

季羡林：那是“文化大革命”前期，1965年我在南口镇南口村。

杨澜：那个时候当地的农民一天的工分才挣几毛钱，但是那个时候您的工资加上国家的这种补贴能够达到四百多元，所以那个时候就跟你们说，不要把自己的工资告诉农民，怕把农民吓坏了。您现在敢把自己的工资告诉农民吗？

季羡林：现在也不敢告诉，怕农民耻笑。

杨澜：您现在工资有多少呢，能问吗？

季羡林：我的工资老一级，工资的基础是八百八十七，加上各种名目一个月可以拿到两千块钱。

从他工资的变化，我得以了解到，当时的教授似乎真的如人们所说的那样“贬值”了，购买力下降了。而这一收入变化恰好是描摹中国教授整体状态的重要信息。

个人情感是相当敏感的私人话题，不同的人，在不同的人生阶段，开放度都会不同。

1999年，我在香港采访巩俐，采访前特别打电话问她最近有无特别的心得，可以放进我的采访提纲中，她回复说："没什么特别的，其实我这个人嘴挺笨的，你问什么我就答什么吧。"

我们的采访进行得很顺利，直到我不避俗地问她私人的事情："你择夫的标准是怎么样的？"她立即不同意回答这个问题："这个，太敏感了吧，我不想谈。"好吧，也许可以笼统地谈谈如何面对公众的猜测和评论。其实，我的潜台词是，当巩俐宣布她要嫁的人不是张艺谋，而是一位新加坡商人时，街头巷尾，人们议论得格外热烈，好像她与谁结婚与每个人都有关似的。

继2006年《满城尽带黄金甲》后，巩俐与张艺谋时隔7年再度合作，于2014年5月，推出了影片《归来》。就在巩俐携新片强势回归的这一年，我再次采访了她。

借着她的新作，我再次询问了感情问题："因为大家都知道你们（巩俐与张艺谋）曾经有过一段情感关系，事隔多年，大家都有了自己的生活阅历以后，再在一起合作，是一种什么样的感情和关系？"

"情感好像是一个老朋友的这种情感，就像一个很老的、很长时间的朋友。工作上大家互相了解，我觉得这个很好。"这一次，她不再回避。

"所以很多东西其实也可以释怀了？"我笑问。

她也坦然回复："可以可以，不用担心。"

相隔15年的两次采访，面对同样的情感话题，对提问者而言，收获显然大不相同。1996年的巩俐进入了第一段婚姻，18年后，她走出了那段婚姻。

但是，无论是否处于在婚状态，情感话题始终是敏感区域。

即使是采取更婉转的方式触及她的情感生活，第一次我仍然遭遇了拒绝。第二次能够坦诚交谈，一方面是时间已经让她看开了，另一方面也是基于我们双方之间的信任。

在禁区左右徘徊，我们可以先以婉语的方式轻轻敲门，如果对方开了一扇小窗，分明是对提问者的福利。而等待对方开门，则需要抱以耐心。

## 桥接与迂回

时间烘焙耐心，也酝酿出双方的信任，而信任是靠近对方的前提。

除却由时间交换的信任，有没有其他可以通往禁区的快捷道路呢？

桥接型问题是搭建提问者与被访者之间心灵之桥的有效方式。这类问题旨在鼓励人们在不想开口说话时开口说话。这些问题通过巧妙的方式获得信息，搜集细节，评估意图和能力。[2]

在采访中一步步搭建桥梁，接近敏感区域，也就是提问者运用各种访谈技巧使采访对象的大脑由“超速挡”切换到“低速挡”的过程。

所谓“超速挡”和“低速挡”，是获得诺贝尔经济学奖的心理学家丹尼尔·卡尼曼（Daniel Kahneman）提出的一种心理学理论。丹尼尔假定了两种人脑借以发挥作用的“系统”：

“系统一”是一种低速挡：它无处不在，它让我们很快做出决定，并给出现成的答案。可把它视为你的大脑的自动驾驶仪。当你周围的环境和参照点十分熟悉时，它会继续运转。如果有人问你2加2是多少，你会自动回答“4”，毫不费力。得出答案不费吹灰之力。在“系统一”（卡尼曼称“认知放松”）中，我们感到放松、舒适，有控制力。[3]

“系统二”触发了大脑的超速挡，使大脑运转更快，工作更卖力，消耗更多的氧气。“系统二”是对不熟悉的、复杂的、困难的或可怕的事物的回应。棘手的数学难题或有争议的情况能让我们处于这种状态之中。你停下、反应，快速给出一个回答。[4]

而桥接型提问恰好能够让对方的认知放松，从充满戒备的“超速挡”切换到舒适的“低速挡”。

“善问者，如攻坚木，先其易者，后其节目。”

这句出自《礼记·学记》的名言启示着提问者要像砍伐坚硬的木头一样，先易后难，循序渐进。

有时候当单独一个问题被提出后，可能达不到预期效果，而解决之道除了优化问题之外，可能需要将一个问题拆分成两个，或者设计成多个问题的组合。因为通过问题的组合，我们可以利用问题之间的逻辑关系与层次，或者循序渐进地吸引对方，或者欲扬先抑地吸引对方，最终发挥组合拳的优势，创造出“1+1>2”的提问效果。[5]

2019年3月15日，在新西兰，51名穆斯林被一名白人种族极端主义者谋杀。这场暴力直播在脸书流传开来，并像病毒一样在网络扩散。新西兰总理杰辛达·阿德恩（Jacinda Ardern）迅速做出反应，说服国会通过了更加严格的枪支管理法案。

两个月后，CNN记者阿曼普在巴黎采访了杰辛达·阿德恩。

阿曼普：当你的小女儿九个月大的时候，你的丈夫说道：“在她九个月这天，她学会了爬行，此时她妈妈送给了她一份可以让她在一个更加安全的环境中长大的礼物。”这是一个非常机智的方式去……

阿德恩：告诉我女儿会爬了。

阿曼普：告诉你她会爬了。但同时也是对你如此迅速地与你的政治伙伴以及对手们去加强枪支法律的一个反应。

阿德恩：是这样。

阿曼普：你知道，甚至连奥巴马总统都不能这样做，甚至在桑迪胡克城的孩子们被杀之后。

阿德恩：是的。

阿曼普；但是你这样做了。在事情发生26天后，立法被通过了。

“赞美—请求”的组合型问题是促使被访者切换大脑挡位，降低警觉程度，卸下部分防备的妙招。面对赞美，一般人都不抗拒，面对赞美后的请求，如果拒绝则可能意味着自我的否定，所以“抬高赞美—提出请求”的问题组合和“获得承诺—提出请求”的问题组合有异曲同工之妙。[6]先是提及阿德恩的小女儿，继而从出生的“礼物”过渡到枪支管制法律的出台，阿曼普的组合型提问有效化解了阿德恩作为政治领导者的防范，使她主动承认了新西兰在枪支管理方面的疏漏，并做进一步推进和加强枪支管理的承诺。

阿德恩：是的。新西兰3月15日发生的袭击与我们纵容枪支使用的法律有关。当然，在新西兰，我们也有着非常实际的枪支使用需求，也批准枪支的使用。我清楚地记得，在一次简报会上，警方告诉我，3月15日那次袭击使用的武器是多么容易合法获得。毫无疑问，在那一刻，我们的法律需要改变。

2001年，魔幻电影《指环王》首部曲在全球上映，电影中俊美的精灵族王子莱格拉斯一时吸粉无数。这个角色的扮演者，来自英国的奥兰多·布鲁姆（Orlando Bloom），也从新人一跃成为大红大紫的好莱坞男星。2011年，我采访了即将在《指环王》的前传电影《霍比特人》中再次扮演精灵王子的布鲁姆。

除了精彩的电影拍摄经历，在采访前我就留意到他私人生活中一段独特的经历，在提问这一敏感话题之前，我主动赞美了他的母亲，以旅行打开了他的话匣子。

杨澜：我发现你母亲有着相当多的国际经历，她曾频繁地在全球旅行。这一定也为一个孩子开辟了更开阔的视野。

布鲁姆：我的确和家人一起到过世界很多地方。我觉得那对孩子很有好处——如果你的财力足够雄厚，能够游走于世界各地。

杨澜：有哪些最难忘的旅行？

布鲁姆：它开阔了我的视野，有很多。我13岁的时候，去非洲狩猎旅行。我记得看到了很多野生动物，接触了非洲的文化和人。那给我留下了很深刻的印象。

旅行这一轻松话题降低了他的戒备，在愉快的谈话氛围中，布鲁姆维持着“低速挡”，我趁势踩了一把油门，开往敏感区域，赞美与请求的组合提问就这样搭建起了通往布鲁姆父亲话题的稳固桥梁。

杨澜：但是，当你妈妈告诉你，刚去世的父亲并非你的生父的时候，你是否觉得非常惊讶？你一直以为他就是自己的生父，对十几岁的孩子来说，这可能是很大的打击和出乎意料的，对吗？

布鲁姆：是的，这当然是我人生中一件大事。我和父亲的关系非常亲密，他一直是我生命中很重要的人，尽管我不知道他并非我真正的父亲。当然知道真相的确对我是个挑战，我认为，这种事不是让你死掉，就是让你变得更坚强。这是我生命中很有趣的一部分，让我知道我究竟是谁，所以我充满感激。

香山饭店是建筑大师贝聿铭在中国改革开放后回国设计的第一个建筑，倾注了大量的心血，但当时国内的施工、管理水平跟不上，以至于肯尼迪夫人等国际要人前来参加开幕典礼的当天，贝先生还要亲自蹲在香山饭店的大厅里铲地上的石灰，而他的夫人则在客房中教服务员如何整理床铺；身着晚礼服的各国嘉宾与疯抢自助餐的中国来宾混杂在一处……

在采访建筑大师贝聿铭先生之前，他托人转告说："什么都可以谈，但不要提香山饭店的事。"

但我想，香山饭店在贝先生的建筑生涯中是尝试中西风格兼容的重要一笔，不可回避。在这之前，我们聊建筑风水，聊苏州园林（贝先生的祖籍在苏州，狮子林就曾是贝家园林），聊北京的建筑特色。大概是因为我事先有比较充分的准备，贝先生的谈兴也越来越浓。在我对他的访问进行了一大半时，我以比较隐晦的方式提起了这个话题。通过前面的铺垫和桥接，他竟不怀戒心地主动回忆起敏感话题——当年的香山饭店。

杨澜：您在中国有很多愉快的经历，是否也会有一些让您觉得mixed feeling，就是说感情比较复杂的一些例子？

贝聿铭：可能香山饭店就是这样的一个例子。

杨澜：您现在还回去看吗？

贝聿铭：不去了，不忍心看了。

杨澜：现在想起来有没有觉得很可笑？

贝聿铭：可笑也是，心疼也是。那段时间，中国经济还处于吃“大锅饭”时期，服务的人并不尽力，服务专业知识也比较欠缺；但现在大不同了，中国人的见识打开了，专业的程度有了很大的提高。

对于中外记者而言，政治家的丑闻是难以完成的采访话题。在完成这一艰巨任务时，正面提问未免太过直白唐突，不妨试试侧面采访（迂回型提问），让问题变得更易于接受一些。

因与白宫实习生莱温斯基（Monica Lewinsky）产生性丑闻而险些遭到弹劾，是克林顿在8年总统任期内经历的最严重的个人危机。2005年，我采访克林顿之前就了解到，在位于阿肯色州小石城的克林顿总统图书馆内，他开辟了一个专区，保存和展示与这一事件有关的历史资料。于是，借用“图书馆”这一参照物，我接近了敏感区，而一连串的迂回询问，带着我到达敏感区。

杨澜：在图书馆开辟莱温斯基事件专区，是您的主意吗？

克林顿：当然。

杨澜：您完全可以不这么做的，对吗？

克林顿：当然，我可以不这么做。这是我的博物馆，我可以放任何我想放的东西，也可以把它拿开。

“为什么要把您生活中所谓的负面的一部分放到这里来呢？”

“是什么帮助您度过这一危机的？”

“您说过在您把真相告诉您太太、女儿和大陪审团之前，您一直过着双重生活。这样的生活有多艰难？”

克林顿在采访中说，他过去一直怀着“不要和别人谈自己的私事”的想法，但是随着迂回问题层层推进，禁区并非遥不可及。

杨澜：您什么时候感到如释重负了？是在告诉您太太以后，还是在整个事件结束以后？

克林顿：是在我告诉她之后。我回答了陪审团的问题，一切都已经真相大白。我对大陪审团的证词是弹劾的基础，大家都说它没有问题。这纯粹是一个政治问题，然后我彻底解脱了。

1972年美国总统大选中，美国共和党尼克松竞选班底的成员潜入位于华盛顿水门大厦的民主党全国委员会办公室，在安装窃听器并偷拍有关文件时当场被捕。尼克松因此成为美国历史上首位因丑闻而辞职的总统。

向尼克松提问水门事件显然十分棘手，著名脱口秀主持人拉里·金在采访尼克松总统的时候，则利用了参照物水门大厦，成功绕回提问的目的地——水门事件：“当您开车从水门大厦旁边经过的时候，心里会不会有点什么感触？”[7]

利用参照物迂回提问的例子并不少见，以图片作为参照物也是一种不错的方式。

阿曼普：我想给您看几张照片，因为您已经见过了三位美国总统、四位英国首相，以及两到三位法国总统。您一直是特朗普总统的出气筒。他说过一些很强硬的话，您知道的，包括您和俄罗斯的关系以及其他种种。我只是想给您看下这张照片，因为它在全世界范围内疯传。我想了解关于你们的个人关系和政治关系，您能告诉我些什么吗？

“德国总理安格拉·默克尔（Angela Merkel）在近15年的时间里站在全球政治的中心。她是世界上最有权力的女性。随着美国总统由小布什到奥巴马再到特朗普的转变，在德国，却一直只有默克尔。”2019年5月，CNN记者克里斯蒂安·阿曼普在专访默克尔的节目中，特别阐述了她对这位“欧洲事实上的领导人”的认知。

为了在节目中勾勒出默克尔本人与全球领袖们的关系网络，阿曼普出示了多张默克尔与领袖们的合影，并特别准备了特朗普与默克尔的相关图片。访谈现场中的这些图片有效调度起了默克尔的回忆，她在回忆的基础上阐述了与其他国家领导者，尤其是美国总统特朗普“在对话中谈判”的合作关系。

默克尔：我认为我们有着密切的合作，这仅仅是因为我们拥有必须共同解决的问题。此图也表明我们确实在努力解决一个问题。在我们宣布的每一份公报中，我同样是汉堡召开的G20会议的东道主，我们进行了争辩。但最后我们也找到了共同点。当然，辩论总是一个挑战，但我很高兴接受这一挑战。总统有他的意见，我有我的观点，而且很多时候，我们也能找到共同点。如果没有，我们必须继续进行谈判和对话。

设置参照物也就是所谓的“抛出一只兔子”——这个词描述的是非裔

美国人教堂布道的一种方式。“抛出一只兔子”包括一系列影射某个敏感问题的不具有威胁性的追问，而非采取直接提问的方式。通过这样的方式，你可以向被访者表明自己对这个问题很感兴趣，但是并不强求获得答案。[8]

在提问者设定了提问目标之后，往往借助特定的参照物，间接达成由此及彼的效果。而被抛出来的这只“兔子”是胖是瘦，是黑是白，也是需要提问者进行灵活选择的。

有时，这只兔子是一个虚幻的“梦”。

2005年，中国IT界风头最劲的人物非马云莫属，在阿里巴巴和雅虎的空前并购案当中，马云出任中国雅虎董事局主席。中国互联网的第一代创业者当中，马云在互联网江湖中压力不可谓不小。

杨澜：你说过在和雅虎的并购案之后，这十亿美元一到账你就开始做梦，梦见自己爬梯子，然后连那个石头都抓不住了，要掉下来。这是不是某种心理压力的暗示？

马云：我想是。其实最近半年，梦特别多。以前我做梦，特别多是考数学。以前我记得考数学也好，其他考试也好，让我的压力挺大的。感觉到这么多年过去，20多年了，还经常做这样的梦。最近我估计自己在创业过程中、在经营过程中的压力还是会有。尽管我白天并没有感受到，晚上做梦也这样，那是肯定有的。

精神分析学派创始人弗洛伊德认为：梦境是现实的投射，梦通过象征来表现隐匿的思想。除此之外，梦中的精神材料具有可塑性，象征的存在不仅使梦的解释变得简单，也使它变得困难。

在这次采访中，我既是提问者，也是释梦师。联系马云现实中的巨大责任和梦中爬梯的坠落，让我进入了被访者更内在的世界。

CHAPTER 21

# 修复前后

看似无辜的问题也能导致情绪化的反应。天真地询问对方儿时的某段记忆，得到的回答却是对方的泪流满面。你又怎么能知道自己正踩上一枚情感地雷？[9]

在禁区左右辗转腾挪的同时，提问者有时一不小心就闪进了意料之外的雷池。不管是“意料之外，情理之中”，还是精心设计、小心布局，积极做好冒犯对方或分寸不当所需的必要修复工作总归是保险的。

而提问者的修复并非阶段性工作，要从采访前一直贯穿至采访后。

## 问前与问后

为了将伤害降至最低，在采访策划阶段，提问者就应该对敏感问题的提问方式和提出时段做出合理设计。

敏感问题的提问应该放置于采访的后半段，不要一开始就极速奔驰，迈入敏感区提问。这样既便于被访者在接受敏感问题之前经过一段心理适应期，做好准备；又能保证先前营造的融洽氛围支撑谈话抵达敏感区域，避免采访因提问敏感问题而中断。

不过，从采访心理的变化过程来说，采访对象若连续地接触敏感性问题，他就会紧张、尴尬，产生抵触情绪。[10]因此在采访过程中，若非必要，敏感问题的设置既不能过多，也不能全部放置在采访的最后阶段。

有些情感创伤的修复工作，在采访正式开始之前就已经启动。

十年浩劫给王光美带来了深重的苦难，从万人仰慕的国家主席夫人沦为十二年的阶下囚，生离死别、百般羞辱，她都尝了个够。

2001年，采访这位一生大起大落的传奇女性，我知道不免要提起那段家破人亡的痛苦经历，所以在采访前特地对她说：“对不起，可能要引起你那些伤心事。”而她却很快地回答我说：“没关系，你问吧，我受得了。”在采访当天，王光美的胞弟王光英正好来探访，我“抓”住机会请他一起加入访谈。说到“文革”往事，他突然抑制不住泪水，失声痛哭起来，仿佛是个委屈的孩子。此时王光美站起身，走过去抱着弟弟的头，轻声安慰道：“都过去了，你‘沾’我的光也‘沾’得够呛。”我不再插话，让老人的情绪不受干扰地慢慢释放出来。

进入具体提问环节，有些敏感提问需要特别在问题的最前面预先用过渡语进行说明。

1998年，向公开的同性恋者、舞台剧导演林奕华提问艾滋病与同性恋问题，我在问题的最开始就做了铺垫，提示他访谈将要步入敏感区域。

杨澜：那我们现在谈一个比较敏感的问题。80年代的中后期，美国艾滋病开始泛滥。对此，大家普遍对同性恋有一种看法，把同性恋和不健康甚至肮脏联系在一起。您觉得应承担这方面的压力吗？

林奕华：我觉得这是一种媒体战争，因为很多时候我们了解艾滋病也是通过媒体的。

在提出问题的时候，有些过渡语表达了提问者对涉足私人领域、可能引起不快的歉意，并且给出了具备说服力的提问原因。

采访作家王小波的遗孀、社会学家李银河，我在直接询问这对特立独行的夫妇为何选择不要孩子后，对触碰个人话题表示了歉意，并且给出了解释。

杨澜：你们为什么决定不要孩子？对不起，这个话题太个人化了。在你们这个年纪想到不要孩子，两个人自由自在地过日子的人，还不算太多。

李银河：我们婚前就说好不要孩子的，我们可能是第一拨做这种选择的人。

2010年5月，第二轮中美战略与经济对话在中国成功举行。时任美国商务部部长骆家辉的华裔身份既拉近了与中国人的距离，又在维护各自国家利益的时候展现出特有的疏离。对话骆家辉之前，在提问开始我就给出了“私人问题”的提示。

杨澜：下一个问题是个私人问题，希望不会冒犯您。作为一位华裔美国人的后代，当您和中国谈判的时候，您觉得这种身份是否会影响到您的谈判能力？

骆家辉：不，根本不会。

亡羊补牢，为时未晚。如果提出的问题遭到对方拒绝，还可以在后续提问中进行解释和说明。若是补救得当，有时还会有意外的收获。

2006年，我采访了歌手莎拉·布莱曼（Sarah Brightman）。因参演音乐剧《猫》，她结识了音乐剧作曲家安德鲁·韦伯（Andrew Lloyd Webber）并坠入爱河。然而，在婚姻持续了6年之后，他们回归了朋友关系。在我提到她在离婚之后仍然主演前夫的音乐剧，试图了解韦伯对她的影响时，莎拉表现出明显的抵触，拒谈婚姻隐私。

杨澜：事实上正如你所说的，如果一段浪漫史一直都受到媒体和公众的关注，对身处其中的当事人来说是非常困难的。但是我注意到，在你们离婚一个月之后，你仍然主演了韦伯的《爱情面面观》。

莎拉：我不太想谈这个问题，离婚也好，婚姻也好，都是个人隐私，与他人无关。

意识到她对于个人婚姻隐私的特别保护，我进一步说明我并非打探隐私，而是想要知道韦伯对她职业生涯的影响。莎拉在了解到我并非恶意窥探隐私后，欣然谈起了韦伯的鼓励和从业原则如何影响了她的歌唱事业。

杨澜：我其实并不想了解你们当时的关系，只是想知道韦伯对你的影响，对你职业生涯的影响，甚至到今天回想起来，他的影响有多重要？他怎样影响和塑造了你的职业生涯？

莎拉：我想，比如说，和他在一起时我还很年轻。他对我说得最多的就是要有勇气，要相信自己。你知道，如果你全身心地投入到你所从事的事业中，执着地热爱它，你就会不断超越梦想。我想这也是他对待事业的原则，他总是极富创造力，总是抱有冲破现实的理想，这就是我从他那里学到的。

提出敏感问题后，提问者需要将被访者（还有自己）从高涨的智力或情绪水平上缓和下来，但不要损失讨论的开放性，也不要排除以后继续讨论的可能。[11] 这一阶段的情感修复，可以通过赞美、穿插缓和问题等方式来完成。

作家白先勇不但在自己的长篇小说《孽子》中毫不避忌地描写同性恋，还曾公开表示过自己是同性恋者。2004年，在访谈中，当他谈及自己的父亲时，我借此提出了有关性倾向的问题。

杨澜：白先生，我问的问题可能比较唐突，但我非常好奇，因为您到中年以后，您是比较坦诚地公开自己的性倾向，我想知道您年轻的时候有没有跟父亲交流过这方面的想法，他那样传统的父亲能够接受儿子这样吗？

白先勇：我想我父亲是个非常开明的人，其实他对儿女的前途、感情生活不会去干涉，他会谅解，会了解。

当我已经得到想要的答案，并没有继续提出刺激性的问题，继而又将话题转至其父母对他的积极影响，使整个谈话的节奏舒缓下来。

杨澜：在那封信中，你的父亲是一位英雄，母亲也颇有巾帼豪杰的气概，当年也是率领80多口人闯封锁线，自己到前线去找丈夫。您觉得您一生当中做的有勇气的事情是什么？

白先勇：是写作。

杨澜：写作需要勇气吗？

白先勇：要。因为我觉得写作要由你自己孤独地一条轨迹走下去，没有人帮助你，不知道自己的成败，也不知道前面的险状。这都需要勇气。

功夫巨星成龙曾与艺人吴绮莉产生婚外情，1999年，吴绮莉向媒体承认自己怀有“小龙女”之后，这个新闻马上轰动了全香港。成龙因此遭遇媒体的围追堵截，公众形象严重受损。而他的妻子，昔日台湾金马奖影后林凤娇，在因婚姻放弃演艺事业，默默为家庭奉献20多年之后，用宽容谅解的胸怀消除了他多年的戒心。

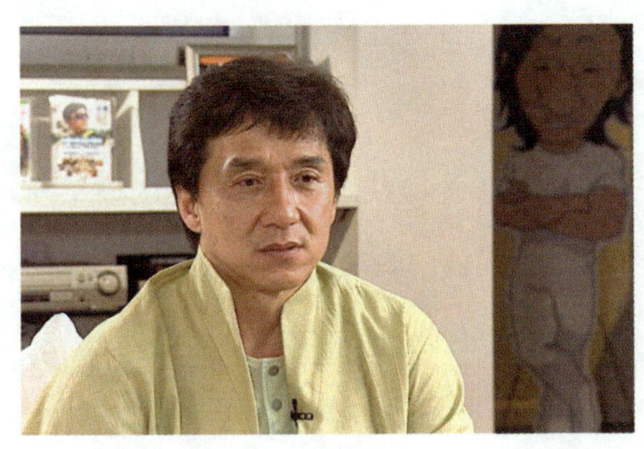

杨澜：我一直有一件事情，对你蛮有看法的，就是你说“小龙女”事件以后，你跟林凤娇通了很长的电话，然后她不仅说仍然支持你，而且还让你去照顾别人，所以你很感动，说你消除了对她的戒心。这就是说你对自己的太太一直有戒心？

成龙：我看到我几个朋友……你可以想象老公一回来整个家没有了吗？沙发都没有，空空的。

杨澜：其实你对女人一直都是蛮有戒心的，对吗？

成龙：对我老婆有戒心，我没有给她一分一毛，每个月就是家用，所有钱我自己抓住。但我想不到她是这种语气，平心淡气地说：不要伤害到人，不要伤害到我们，你先解决你的事情，我知道你很烦，你千万要去解决，好不好？不要管我们。

到这里，触及敏感话题“小龙女”、询问私人感情的提问已经收到了诚意的回复。没想到他主动向我透露了额外的一件个人隐私——重立遗嘱事件。

杨澜：有这样的妻子，你真的怎么这么好福气呢？

成龙：那个时候就去写遗嘱。对，所有的一半，另外的全部给她。现在我跟以前不同，我不是以前的成龙，经一事长一智，在我的人生路途之中会不断地犯错误，不断去改进。

问前与问后的修复，重点并非工作的技术性，而是提问者应该具有的体谅他人的悲悯之心。

正如世间的问题没有统一的标准答案，每个人的人生都有各自的仓皇与狼狈，在提问中比掌握话语策略更重要的是保持一颗敏感又柔软的心。即便是以婉语方式成功完成了敏感提问，触及的也还是他人的敏感区域，优秀的提问者一定不会忘记以积极的修复和弥补去回馈被访者的信任。

# PART X
# 提问中的留白

不懂得沉默的人，一定不懂得倾听；

不懂得倾听的人，也一定不会提问。

人类通过“听、说、读、写”认知自我和世界。作为最基础的语言技能，在双方交流过程中，倾听是语言与非语言的高度协作，是提问与沉默的有效对应与有机呼应。

提问中的留白，并不意味着交流中的空白，而是提问者在倾听中的沉默和倾听中的反馈，是通过有效倾听所达成的认知上的默契与共鸣。

## CHAPTER 22

# 倾听中的沉默

谈到脱口秀，你会想到什么？

当然是主持人侃侃而谈，滔滔不绝的“口水秀”。

但是以一份1993年杂志上的调查报告为证，脱口秀主持人花费在倾听上的时间比花在说话上的时间多[1]：

| 主持人 | 倾听时间的比例 | 说话时间的比例 |
| --- | --- | --- |
| 奥普拉·温弗瑞 | 66.8% | 33.2% |
| 维奇·劳伦斯 | 67.2% | 32.8% |
| 杰瑞·斯普林格 | 68.3% | 31.7% |
| 琼·里弗斯 | 70.6% | 29.4% |
| 杰拉尔多·瑞维拉 | 73.7% | 26.3% |
| 莫里·波维奇 | 76.4% | 23.6% |
| 菲尔·唐纳休 | 77.8% | 22.2% |
| 萨莉·杰西·拉斐尔 | 80.5% | 19.5% |

仅以奥普拉为例，倾听时间就相当于说话时间的两倍，她的这个比例还不是最高。所以，数据在向我们表明，脱口秀也是“倾听秀”。一个优秀的

访谈节目主持人，秀的不只“谁会说话”，还有“谁会倾听”。

语言是窗户，或者是墙，
它们审判我们，或者让我们自由。
在我说与听的时候，
请让爱的光芒照耀我。

我心里有话要说，
那些话对我如此重要，
如果言语无法传达我的心声，
请你帮我获得自由好吗？

——鲁思·贝本梅尔

当人类面对交流的无奈，倾听带来的自由却可以让我们释怀。从理性的数据到诗人的箴言，都在用一种“此时无声胜有声”的巨大力量表达着“倾听”的重要性。

“倾听是最基本的语言技能。”美国传播学教授安德鲁·D. 沃尔文（Andrew D. Wolvin）和卡罗琳·格温·科克利（Carolyn Gwynn Coakley）在《倾听的艺术》（*Listening*）中特别指出：在语言发展的四个重要领域中，倾听是最基础的，倾听是语言发展过程中的第一项技巧，它和其他的语言技巧是按这样的顺序排列的：

1. 倾听
2. 说话
3. 阅读
4. 写作

因此，说、读、写及掌握复杂的认知技巧的能力都直接或间接地依赖于倾听技能。[2]

世界，真的是用来听的。

## 语空与放空

中国绘画中有“留白”一说，我刚出道做主持人时，唯恐冷场，所以只要有空，就不停地说，有时甚至“抢”了搭档的话。有一次，赵忠祥老师在办公室拿着一幅国画山水对我说：“看到了吗？好的图画讲究留白，你把纸面都涂满了，想象空间就没了，‘味道’就没有了。”

主持人的留白意识，表现在对于“空”的处理方式和态度上。

在交流过程中，倾听与“语空”有着相对应的关系。那么什么是语空？

中国人民大学新闻学院副教授高贵武在《主持传播学概论》中给语空下了明确的定义：所谓语空，就是指运用常规语言进行交流时所出现的话语停顿和沉默。随着人际关系学和大众传播学的发展，人们逐渐发现，在言语交谈过程中，恰当的沉默和话语停顿也能帮助交谈双方传递信息，因此，语空实际上也是一种音量值为零的语言。他还指出，没有沉默，人的言语有时就会缺少深入的机会，甚至缺少足够的震撼力。因而，沉默不是一种间隔，而是连接声音的桥。[3]

当人们利用常规语言交流，由停顿和沉默组成的语空就成为交流中的“留白”。在这个特别的区域，一个真正的倾听者，不只是保持沉默就可以，而是要通过不带个人评价的倾听，去学会倾听对方的沉默。

罗杰斯：抽屉里有些香烟，来一支吗，嗯？是呀，天气太热了。

布朗：（沉默25秒）

罗杰斯：你今天早晨是不是有些不开心，或者这只是我的想象而已？（布朗轻轻地摇了摇头）没生气吧，嗯？

布朗：（沉默1分26秒）

罗杰斯：出什么事了？想要我做点什么吗？

布朗：（沉默12分52秒）[4]

这是心理学家卡尔·罗杰斯以“沉默模式”与来访者布朗交流的片段，虽然布朗只是摇头，没有回答，但是，罗杰斯通过提问表达着给予对方的“无条件的关注”，那就是“我想尽可能地接近这个人，我很想听听正在发生什么事情，我想与这个人有一种真诚相处的关系”。在他看来，只要让对方说出自己的真实感受，而不必顾虑自己说了什么，这样的交流就是成功的交流。

当然，访谈中的倾听不是心理学家的治疗式倾听，但是，不带个人评价的倾听正是值得专业采访者借鉴的倾听态度。

很多要素与倾听紧密相连，包括：兴趣、责任、他人导向、耐心、平等、开放等，正是这些要素决定了提问者是“以自我为中心的倾听者”，还是“以他人为中心的倾听者”。以自我为中心的倾听者更关心他们自己，超过关心他人。他们真的不想听；他们更愿意说——说任何事情，但主要是关于他们自己的（他们的成就、观点、感觉、需要、目标，等等）。他们最喜欢的用语是“我”“我的”，他们最喜欢的声音是他们自己的。[5]与此相反，以他人为中心的倾听者更接近移情式的倾听，用倾听表达对受访者沉默背后的深切关注，从思想到身体都做好倾听的积极回应。

《杨澜视线》是我在美国研究生学习阶段，与上海东方电视台合作制作的一档访谈节目。其中一期的选题是美国老年人的生活，为此我采访了位于纽约市外斯坦顿岛上的“安乐家”老人院。这是一家公益性质的养老院，入院标准是取得绿卡三年以上，个人存款在一千美金以下，那里60%以上的居民是华裔老人。

我看到其中一位70岁左右的妇人，手工做得很巧，便上前攀谈。她姓蔡，来自上海虹口区，做了一辈子家庭妇女。十几年前丈夫就去世了，现在有两个女儿在上海工作，一个儿子已在纽约成家立业。几年前她来到美国，起初与儿子、儿媳、孙子同住，而现在则一个人生活在老人院里，儿孙有时一个月也不打一个照面。“想他们吗？”我问。她没作声。过了一会儿，头也不抬地说：“不想，想他们做什么？！”

“你在来美国之前想过会住在老人院里吗？”

她摇了摇头。

“想不想回到上海去？”

她又摇了摇头，说：“回去没有地方住了。”

“女儿们呢？”

“提她们做什么？我不想她们。不想了。”老人眼角渗出了泪水。

记者的本能促使我再问下去，但我没有，因为那样分明会触动她的伤心事，使一颗在彩色绒线中稍得安慰的心又伤痛起来。而一旦伤痛起来，我又如何安慰？她泪水后面的细节我无法了解，我也宁愿不知道。

马歇尔·卢森堡（Marshall Rosenberg）博士在《非暴力沟通》（*Nonviolent Communication*: *A Language of Life*）中指出：遭遇他人的痛苦时，我们常常急于提建议，安慰或表达我们的态度和感受。可是，倾听意味着全心全意地体会他人的信息——这为他人充分表达痛苦创造了条件。有一句佛教格言恰如其分地描述了这种能力：“不要急着做什么，站在那里。”[6]面对这位与我素昧平生的悲伤老人，我想也许只有以沉默去应对她的沉默，才是此刻最好的尊重。

2008年，北京大学中国经济研究中心主任林毅夫教授受世界银行行长佐利克（Robert Zoellick）的任命，成为世界银行首席经济学家兼负责发展经济学的高级副行长。有机会在世界银行工作，借鉴中国的发展经验去帮助世界上更多的发展中国家，是他的骄傲，也是国人的骄傲。但是当我问到“你现在取得的种种成就是否达到了当年你父亲对你的期许”，一直侃侃而谈的他却突然沉默了，眼眶慢慢红了，继而泪流满面，哽咽无语。看得出他一直在努力控制自己的情绪，但是泪水就是不听话地扑簌簌地落下来。他25岁那年抱着篮球泅海从金门游到大陆，虽然后来终于与妻子团聚，但父亲在台湾临终时，他却无法回台湾去见最后一面。这样的人生遗憾与痛楚，情何以堪？

我不忍再问下去，唯有以静默回应对方这份突然的沉默。

有时，对于提问者，最好的交流不是提问，而是学会适时闭嘴。留白处恰恰是双方难得的默契共鸣。

“让我们学会倾听沉默，因为在万象喧嚣的背后，在一切语言消失之处，隐藏着世界的秘密。倾听沉默，就是倾听永恒之歌。因为我们最真实的自我是沉默的，人与人之间最真实的沟通是超越语言的。倾听沉默，就是倾听灵魂之歌。”哲学家周国平以哲学思考阐述了“沉默是语言之母”：一切原创的、伟大的语言皆孕育于沉默。但语言自身又会繁殖语言，与沉默所隔的世代越来越久远，其品质也越来越蜕化。

沉默是语言之母。倾听是最基础的语言技能，倾听中的沉默是提问者在语空留白处放空自我，摒弃浮躁与噪音，在身与心的合作中与受访者共同抵达沟通本质的交流。

倾听中的沉默是双向的，提问者既要学会倾听对方的沉默，又要利用好自身的沉默，以提问的常规语言和沉默的无声语言，共同推进交流进程。

中国人很讲究一个地方的气场，只有进入这个空间里边，静下心来，才能感受到这种神秘的物质。2015年，在故宫博物院建院90周年之际，我采访了时任故宫博物院院长单霁翔。

与单院长一起走在世界上最大的木结构古建筑群中间，他告诉我自己走遍了故宫一万多个房间的每一间，就在这个过程中，他与故宫600年历史时光缔结了无法言说的情缘。慢慢聆听他的讲述，凝视着一座座神秘的宫殿，我用倾羡的眼神与他呼应，一起感受这里的过去、现在和未来。

*单霁翔：600年的紫禁城，它应该是有未来的……*

2020年，故宫将迎来建成600周年。单霁翔的心愿是让故宫博物院跻身世界一流博物馆的行列，并把壮美的紫禁城完整地交给下一个600年。听着他若有所思的话语，我不想打断他的思考，没有急于提问，只是给予表情上的积极回应，以显示我在用心地倾听。

沉默。这种沉默是早有预料的，与之相伴的是一些得体的非语言符号，暗示对方可以继续其谈话。通常，你的沉默反倒帮助了对方收集想法。[7]沉吟片刻，单院长给出了自己的回答。

单霁翔：就是我呢，今天特别希望故宫能够把两院两基地建成。也就是今后是一个科学的研究机构，一个文化传播的教育机构，和一个承担起中国古建筑修缮技艺和中国文物藏品保护维修技艺的基地。

杨澜：当你独自一人在这里行走的时候，你会感受到一些什么？特别是安静的时候，比如说傍晚了，下午闭馆之后，在这里面，空空荡荡的，你走一走，能够感受到什么？

单霁翔：可能一般人会觉得，我会感觉到时光积淀下来的历史的厚重，其实呢，我更感觉到的是……

作为故宫的院长，单霁翔内心深处的故宫到底是怎样的？好奇心驱动着我提出了自己的问题。他在回答中先是停顿了一下。也许是曾经被问过类似的宏观问题，但还没有被问及这么细微的个体感受，此刻，我观察到单院长对这个问题非常感兴趣。所以我只是用耐心的倾听等待他的回答。

单霁翔：我感受到的故宫是一个有生命的空间，一个环境，一个群体。这个古建筑群，包括它的环境，包括它的植物、动植物这些呢，它是一个不断发展的历程。这个历程呢，不应该在某一个时期终结，而应该是继续地在成长，在进步。所以600年的紫禁城，它应该是有未来的。

倾听时，记者是沉默的。但沉默并不等于没有信息量。约翰·布雷迪（John Brady）在《采访技巧》（*The Craft of Interviewing*）中提到：别打断采访对象的话……作为一种采访技巧，沉默为金。迈克·华莱士说："我发现，在电视采访中，你可以做的唯一一件最有意思的事就是，提一个巧妙的问题，在对方答复之后，停止三四秒，好像你还在等待他说点什么。你说怪不怪？对方会觉得有点窘迫，于是说出更多的东西。"当然，这样一种采访技巧并不一定具有普遍意义，但是它说明，倾听和沉默有时会比进一步的发问得到的还要多。所以说，沉默也是鼓励采访对象继续谈话的有效方式。[8]

在众多的关于倾听的分类中，有一种倾听似乎与访谈节目关系不大，那就是欣赏性倾听。因为它是一个高度个人化的倾听过程。但是，在人物访谈环节以倾听的方式，与受访者的作品进行情感互动，无疑是一种将个人化的倾听扩展为群体和公共化倾听的有效方式。

2001年，我在台湾高雄中山大学采访了诗人余光中。纵观余光中的一生，可以看出其中有不少的转折和漂泊。从江南到四川，到台湾、到美国、到香港，最后再回到台湾。有的时候是痛苦的逃难，有的时候是主动的选择。这使他的诗歌题材也相当丰富。关于自己的一生，余光中用女性进行了生动的比喻：大陆是母亲，台湾是妻子，香港是情人，欧洲是外遇。与诗歌中的浪漫和肆意对照，坐在我对面的诗人显然过于中规中矩。“当然如果一个诗人浪漫的话，他不会在接受访问的时候表现出来。对不对？”余光中先生的自我调侃，倒是给予我反向的鼓励，我在访谈中间两次让诗人吟咏自己的诗作，开启了一段倾听式访谈。

杨澜：《乡愁》这首诗，大家是耳熟能详的。这是在什么样的一种情况下写就的呢？

余光中：是在70年代初。大概是19……

杨澜：1972年。

余光中：1972年，你记得很清楚。

余光中：那个时候呢，我已经离开大陆有20多年了，而且呢，在当时看来，也不知道哪年哪月能够回去，所以在那种心情下写下来。

杨澜：您现在能不能为我们朗诵一段这首诗？

余光中（朗诵《乡愁》）：小时候，乡愁是一枚小小的邮票，我在这头，母亲在那头。长大后，乡愁是一张窄窄的船票，我在这头，新娘在那头。后来啊，乡愁是一方矮矮的坟墓，我在外头，母亲在里头。而现在，乡愁是一湾浅浅的海峡，我在这头，大陆在那头。

余先生朗诵用的是四川话，那是抗战时期，他在陪都重庆长大的顽强记忆。并非字正腔圆，但是真挚动人。《乡愁》也许世间有诸多朗诵版本，而此版绝对是原味。他说，自己的乡愁不是同乡会式的，不是某省某县某村。因为乡愁可以升华为整个民族的感情寄托，不仅是地理，也可能是历史的、文化的乡愁。

在访谈进入尾声的时刻，余先生主动要求朗诵他的《七十自喻》。

再长的江河终必要入海。河口那片三角洲，还要奔波多久才能抵达？只知道早就出了峡。回望一道道横断山脉，关之不断，阻之不绝。到此平缓已经是下游，多少支流一路来投奔。沙泥与岁月都已沉淀，宁静的深夜，你听，河口隐隐传来海啸，而河源雪水初融，正滴成清细的涓涓。再长的江河终必要入海。河水不回头，而河长在。

就在诗人的朗诵和我的倾听中，这期访谈收场。

回忆18年前的这一场倾听式访谈，让我再次感叹倾听的重要性和必要性，通过倾听中的沉默可以与受访者保持亲密的距离，倾听中的沉默也可以打开受访者隐秘的情感世界。提问中的倾听，得以让我们在“留白处”见识更加微妙和美妙的风景。

CHAPTER 23

# 倾听中的反馈

我知道，你认为自己已经完全理解了我说的东西，但是我不知道你是否清楚，你刚听到的东西根本就不是我想说的。

美国第37任总统理查德·尼克松的这句话值得每一位采访过他的记者倾听再倾听。

是的，忙于设计问题的提问者们，其实应该好好问自己这样一个问题：什么是倾听？

## “听”还是“听见”

倾听，不就是在听吗？

“倾听显然是一个很难把握的概念。研究者对倾听过程的理解反映在其各种定义上，仔细分析，我们可以把倾听定义为对各种听觉和视觉刺激的接收、注意和解读的过程。”[9]正如研究倾听行为的教授安德鲁和卡罗琳的以上阐述，倾听除了接收信息，还有“注意和解读”的功能，而这两种功能决定了你是在“听”（listening）还是“听见”（hearing）。

一边倾听对方讲话，一边思考对方的话语，可能吗？

不仅可能，而且完全可以。因为人类的思考速度比讲话速度快得多，倾听者可对信息进行“吸收”与“屏蔽”。拉尔夫·G. 尼克尔斯（Ralph G. Nichols）是理解性倾听研究领域的先驱，他提醒理解性倾听者应该注意不要浪费讲话速度和思考速度之间的差别。作为倾听者，我们可以以每分钟500个词的速度思考，但是正常的说话速度是每分钟125到150个词。因此，当我们听的时候，每分钟可以有接近400个词的思考时间。[10]这个时间差，为提问者创造了珍贵的思考时间，在倾听中根据受访者的答案去找寻对方主要观点之间的联系，迅速整合与分析，并将这个发现以提问或者附和的方式运用于下一个交流段落。

25岁那年，一位刚从军队退役的年轻人，一夜之间，发现自己在军营期间偷偷创作的漫画，俨然已成为人们茶余饭后的热门话题，但成名，却很快让他陷入了另一种彷徨和困境。

朱德庸：唯一真正认真过的是我想去开飞机。

从小被太多人灌输“画画是没出息的”观念，朱德庸想过去拍电视、当导演、拍广告、做行政，甚至还想过开飞机。就是听到这里，我忍俊不禁，忽然联想起朱德庸稍前提到的“我还有识字困难，我其实到了很大我才知道，就是当我看一个字的时候，眼睛看的是这个字，但在我脑海中它是另外一个字”，漫画家朱德庸要是真成了一位认不清标识的飞行员，该造成多大的损失啊——无论是对漫画界还是飞行界。

杨澜：天哪，拜托，拜托，你要把哪个标识给认错了，就完蛋了。

朱德庸：其实你真的很敏感，很多人都不晓得我为什么当初那么想去开飞机。

这种“敏感”，其实并非偶然，是在倾听的过程中，在充分理解的基础上，对被访者说话内容和行为的准确反馈。

提问者的倾听并不是抛出一个问题之后就被动等待答案，而是要主动地去捕捉对方的信息。就在倾听朱德庸讲述早期创作困境的同时，我发现了他“识字困难”的信息，迅速将这个信息与“开飞机”整合，于是，我得以从他的回答中解读出了“弦外之音”。要学会领悟对方的弦外之音。在很多时候，人们开口说话时都会把真实意图埋在字面意思的下面，即使跟亲近的人沟通也是如此，并非是我们听到的那样。然后，他们希望你能听出来并且及时地理解他们。因此，必须在沟通时充分领悟对方的真实意图，并以此做出反应，引导后面的谈话，提出正确的问题。[11]

倾听的过程是对大脑接收的信息进行重新认知的过程，所以理解性倾听并不意味着同意和遵从。采访哲学家周国平，倾听他对爱情与婚姻的讲述和思考，我的思考与质疑也常常交织其中。

同那个时代大多数上山下乡的知识青年一样，因为精神苦闷和生活乏味，周国平在偏远的西南边陲缔结了自己的第一段婚姻。1978年，当他考上了中国社会科学院研究生，回到北京，这一段婚姻开始走向破裂。

杨澜：你当时做出的决定，你跟自己的妻子是怎么说的？

周国平：其实这个东西，做决定是个漫长的过程，不是说很明确地一下子做了决定了，但是爱情，那种感情是一个自然爆发的东西，它不是做了决定以后爆发。

杨澜：不太受这儿的管。

先是共情性倾听。我用指指“大脑”的手势，来反馈周国平的讲述，如何把控两性情感中的理性和感性显然不是一道简单的选择题或判断题。

周国平：其实是很痛苦的，这是一个挺长的过程，那个时候从谈恋爱到我最后离婚，结婚，好多年了，七年。

杨澜：但是你不觉得她很冤枉吗？她一开始被你作为一个理性选择的伴侣，后来在你遇到爱情的时候，又被你理所应当地甩到了一边。

周国平：是，是的。

杨澜：对啊，那你怎么一会儿要伴侣，一会儿又要爱情了？

再是思辨性倾听。倾听周国平在婚姻与爱情中的“两难”，对他的双重标准我提出了自己的观点：婚姻伴侣和理想爱情难道不可以统一吗？

周国平：那你说最好的结果是什么呢？

杨澜：我没有答案，没有答案。

周国平：没有爱情的婚姻是不是道德，是不是？在这个问题上，其实我的观点是比较激进的，我是强调没有爱情的婚姻就是不道德的，爱情是最重要的原则。是吧？其实是对的啊。所以最后结果还是哲学帮我想清楚了这个问题。

杨澜：我想起码你可以在那个时候了解到人性的复杂性。

周国平：对。这个我是太有体会了，这种复杂性把我弄得整个太苦了。

最后是评估性倾听，并为论断指明方向。在与周国平的对话中，我的“没有答案”，让周国平说出了自己的答案：没有爱情的婚姻是不道德的婚姻。对应着哲学家的思考，我的思考与反馈也得到了哲学家的认同，对话的结论归结于“人性的复杂性”。

在共情性倾听中讨论观点，在思辨性倾听中辩论观点，在评估性倾听中找到结论。对于访谈记者而言，理解性倾听绝不是懒散松懈只被动等待对方回答的“在听”，也不是只埋头做记录的“形式感的倾听”，而是通过语言和非语言信息，去探求、追寻、判断、整合、提升，做出有价值的反馈，通过倾听形成新认知的有效倾听。

阿德勒这样解释，“倾听者一定得穿透那些话语并找到隐藏于其中的思想……这实际上意味着，倾听者需揭示出其中的思想而不管说者是如何表达的”。当人们认为一个讲话者常常能表达出多种想法和感觉时，人们才会明白倾听的唯一方便之处在于人们可以主动参与到它的整个过程中，也只有这样，我们才会消除对倾听的这个误解。[12]

## 听觉还是视觉

从提问者的角度探究语言与非语言的功能和作用，在第一篇“提问之前”中已经进行了阐述。本节所关注的是倾听过程中的语言与非语言互动。

倾听是对各种听觉和视觉刺激的接收、注意和解读的过程。来自听觉的刺激是语言，视觉的刺激是非语言。既然倾听来自听觉和视觉两个方向的刺激，那么所对应的语言和非语言是否属于两个独立的系统?

结合倾听的具体过程，这个观点显然无法成立。语言和非语言讯息是相互缠绕的。一些理论认为，把语言和非语言讯息分离开来几乎是不可能的。例如，非语言讯息会补充语言讯息。我们也许用真诚的声音和随意的语速对语言传播做补充。严肃的面部表情和直接的眼神接触会强化对同情和理解的传达。非语言符号可以强调和印证我们的话。[13]

通过电视报道，在7月20日这一天，全世界的观众都被牢牢地吸引在电视屏幕前，等待着登月舱“鹰”以强大的力量降落在月球表面的盛景。

“鹰”：着陆灯。没问题。引擎熄火……登陆引擎命令飞跃，脱开！

施艾拉：我们到达终点啦！

克朗凯特：人类登上月球了！

“鹰”：休斯敦，这里是静海基地。“鹰”已经着陆！

控制中心通信员：收到，静海。地面收到。这里有不少人的脸都被憋青了。我们又能呼吸了。多谢了。

静海：谢谢你们。

克朗凯特：噢，天哪！[14]

“噢，天哪！”克朗凯特的最后一句在许多新闻教材中被反复解读，从主持人的沉默之道到欲擒故纵之道，但很少有人去解读这位伟大记者的非语言表达。报道伟大的登月事件，当倾听到来自月球之上“鹰”的声音，克朗凯特已然“欲语泪先流”，握着眼镜的手在颤抖，难以置信地摇着头。此刻虽然没有发表所谓惊人不朽的评论，但盈眶的泪水、颤抖的双手、震撼的表情已经表达了比语言更加强烈的情感！在自传《记者生涯——目击世界60年》（*A Reporter's Life*）中，他特别回忆了这个无法用语言描述的伟大时刻：“看到尼尔·阿姆斯特朗（Neil Alden Armstrong）在24万英里之外迈着人类的大步走上月球表面，这一刻比飞行中一切令人刺激的事件都更令人兴奋和激动。一切的兴奋和刺激飞快地重叠起来，我们一阵儿一阵儿地起鸡皮疙瘩。当天鹰号温柔地落在月面上那一刻，我完全失去了平衡，直到尼尔出现在天鹰号外我才终于恢复了平静。我为这一刻做准备的时间与宇航局同样长，可是当这一刻终于到来时我还是激动得说不出话来。‘噢，天啊！嚄！上帝啊！’这就是我说的最初的几个词，记录了那一刻的感觉的就是这永远传诵的意味深长的几个词。除此之外我再也说不出别的话。”[15]

相互缠绕的语言与非语言在倾听过程中并非只发生在双方的一方，而是在反馈中彼此激发，同步进行着听觉和视觉的刺激。试想，如果受访者面对的是神情漠然的倾听者，或是只埋头记录的采访者，谈兴从何而来？同样，如果倾听者面对的是消极应答、左顾右盼的受访者，倾听的热情肯定会大打折扣。作为采访者，也就是倾听者，更应该主动地密切关注对方的语言信息和非语言信息，并给以积极的反馈。一个优秀的倾听者，会利用积极的反馈调动起对方讲话的欲望，鼓动被采访者的热情，引导谈话的方向。

日本音乐指挥大师小泽征尔与中国有缘。他出生于中国沈阳，童年在北京度过。他说：“我进小学以前的所有记忆都是对北京的印象。”20世纪70年代以后他曾多次访华。2002年，我在日本东京歌剧院采访了他，他特别回忆了两次返回中国的情景。

杨澜：您第一次来中国？

小泽征尔：1976年9月，毛泽东逝世，“四人帮”倒台，我来了中国。

杨澜：11月？

小泽征尔：11月，两个月以后，我来了。

杨澜：我明白了，您目睹了历史上的重要时刻。

小泽征尔：那时，中国没有西方音乐，没有巴赫、莫扎特、贝多芬或柴可夫斯基。中国的音乐人弹奏自己的音乐。我相信，我会有机会在此指挥勃拉姆斯和贝多芬。李……

小泽征尔第一次返回中国是在1976年。来到中国之后，他拜访在中国的好朋友、指挥家李德伦。在李家却见到了不寻常的情景。看到他欲言又止，我用好奇的表情和表示惊讶的语气词“哇”一步步激发他的回忆。

杨澜：发生了什么故事？

小泽征尔：在他家里，也许我不该说这些，他家的地下，有……

杨澜：地下室吗？

小泽征尔：不，在他家的地板下，他藏了很多很多磁带，录音带。

杨澜：哇！

小泽征尔：都是西方音乐。

杨澜：他在地板下藏着所有的磁带？

小泽征尔：（睁大了眼睛）在“文化大革命”时期！

小泽征尔第二次返回中国是在1979年。他跟随美国波士顿乐团访问中国，进行中美两国之间的文化交流。呼应着他的讲述，我以短句和词语提醒着和补充着相关的信息；又用了第二个“哇”字感叹他又一次参与和见证了重要的历史时刻。

小泽征尔：1979年，卡特先生和邓小平先生在美国见面。

杨澜：邓小平访问美国。

小泽征尔：我病了，待在波士顿的家里，我感冒了，看电视。邓小平和吉米·卡特说中美两国要进行文化交流。然后他们说要派很重要的团……你们叫什么，中国歌剧——

杨澜：京剧。

小泽征尔：同时，他们也准备邀请波士顿交响乐团去……然后，我们就来了，您知道，那对我和波士顿交响乐团来说是很重要的。

杨澜：哇！这么说，不管您乐不乐意，您总是会被卷入具有历史意义的抉择中去。

积极的反馈可以用语言来反馈，短语和语气词都是不错的选择，这让对方不会感觉到自己是在进行自言自语式的独白；积极的反馈也可以用身体前倾、点头等动作和表情，给予对方及时的回应。有时，非语言传播被认为是比语言更真实地传递着某种信息，最好的提问也许无须说出，而是用一个眼神，或者仅仅抬一下眉毛就可以让对方收到你的问题。在倾听小泽征尔的过程中，配合语气词的同时，我更多以好奇的语气和温和的表情，有意识地引导和配合对方的讲述与回忆。当我的采访接近尾声，意犹未尽的小泽征尔先生竟然表示，这次采访没有时间限制，我可以继续向他提问。

专注和回应是访谈中有效倾听的关键所在，我们应该警惕有效倾听中的一些障碍，如急于给出评价，很冲动，不作回应，采用恼人的非言语习惯（如逃避眼神接触、看手表、乱写乱画），使谈话中断等。为了克服有效倾听中的障碍因子，专家建议访谈人应该主要做到以下几点：

仔细倾听被访谈人的全部回答；

当被访谈人进行回答时，访谈人要注视对方；

心中保持评价标准；

不要急于做出评价；

探究完整的答案。[16]

杨澜：你当过智利总统，是你们国家的第一位女总统。你认为，女性是不是必须要拥有政治和经济地位，才能真正做到“赋权”？

**巴切莱特：对极了！我把经济提到第一的位置，因为并非每一个妇女都愿意被卷入政治。但是每一位妇女都需要自身在经济上的能力或独立，因为不这**

样的话，她就会依赖其他人。当你依赖其他人的时候，你就完全没有选择的自由。当然了，这是我自己的经验之谈。你也可以从女性在世界上取得进步的历程中看出这一点。

2016年，在北京举行的APEC会议上，就政治与女性权力的话题，我采访了智利首位女总统巴切莱特（Verónica Michelle Bachelet Jeria）。

倾听她的论据（1）依据自己的经验阐明，女性要想获得选择的自由，首先要取得经济上的独立。

她们在政坛的进步最小。如果你看看联合国的193个成员国，其中只有20位女性国家元首或政府首脑。全世界只有不到20%，大约19%的女性……女性政府官员也非常非常之少，诸如此类。你会问了：女性是人类的半边天，甚至要还多一点，占很多国家一半以上的人口，她们怎能没有足够的代表？她们的代表权被忽视了。

继续倾听巴切莱特的论据（2）根据当今政治领域女性领导者的数据观察，女性领导者的比例明显过低，女性代表权被忽视。

所以我真觉得我们要有更多的妇女代表。不仅仅因为这是一件正确的事情，还因为任何一级政府、议会或政治机关有了更多女性，就不会失去她们的潜能。妇女有着很多潜能，特别是如今妇女在更高层次上接受教育的概率提高了。所以，这是一个正确的举动，也是一个明智之举。这样，不论是哪个国家，都将完全拥有妇女的潜能。我想，每个人都会同意，本世纪最大的、未开发的或未释放的潜能，就是妇女的潜能。你能够从政治、经济和社会等各个层面去开发，那么所有的国家就会更加美好。妇女更好，孩子们就会更好，社区就会更好，经济也会更好。

继续倾听巴切莱特的核心论点：我们需要更多的妇女代表，从政治、经济和社会多方面开发更多女性的潜能，女性获得公平的机会，会给社会带来全方位的益处。

杨澜：男人也会更好。

巴切莱特：男人也会更好。这很重要，因为我们真正赋予女性权力，但是还是要男人的支持。我们需要说服男人，如果妇女的状况更好，对他们也是再好不过的事。

根据倾听中获得的论据和论点，我对巴切莱特阐述中最后的受益对象进行了补充，使得她的逻辑更加严密。我的这个补充，也得到了巴切莱特的深度认同和积极回应。

从我提出问题到巴切莱特回答完这个问题，用时超过15分钟，我的倾听时间占据2/3还多，从对方的反馈来看，这无疑是一个令人满意的对话段落。

倾听和认知过程是不可分离的，倾听中的反馈就是认知在互动中的动态推演。受访者从论据罗列到得出结论需要一个逻辑阐述的过程，作为倾听者需要做到的重要一点是耐心，听完对方的主要观点，同时在倾听中积极思考对方的阐述逻辑，并给以有价值的补充和评价。有时，这也意味着礼貌地打断或引导对方进入更深入的阐述。只有这样，双方的认知才会通过有效的倾听形成有效的互动。

# PART XI
# 结语式提问

结语式提问是宣布或暗示谈话终止的提问方式。

遗产式结语以回溯的方式结束提问；预言式结语以展望的姿态结束提问；提问者与受访者的协同创意头脑风暴，让结束具有金句的能量，引出的答案也往往是箴言版本的人生智慧。

提问结束，并非意味着终止，是对下次对话的预约，是缔结新关系的起点，是持续的认知更新。

# CHAPTER 24
# 提问暂停

如果有机会向上帝提一个问题，你会问什么？

我会问：你好，上帝，你能让我多问几个问题吗？

在人物访谈中，如何以提问的方式与对方说再见，并不是一个简单的过程。

## 两种方向：遗产和预言

当我年轻时，我的想象力从没有受到过限制，我梦想改变这个世界。

当我成熟以后，我发现我不能改变这个世界，于是我将目光缩短了些，决定只改变我的国家。但是，我的国家似乎也是我无法改变的。

当我进入暮年后，我发现我不能改变我的国家，我的最后愿望仅仅是改变一下我的家庭。但是，这也不可能……

这是英国威斯敏斯特教堂一则第一人称的墓志铭，剖开一生各个段落的横断面，只闻听无尽的声声感慨。

回顾这一生，你最怀念哪段时光？感到骄傲的事情是什么？有什么遗憾吗？如何总结自己的成功和失败？有哪些心里话最想告诉你的爱人与孩子？

除非为自己构思墓志铭，除非在自传体的写作中，一个人极少有机会自问或者被问到以上的问题。这些回顾往昔、评估生命的提问，被称为“遗产型问题”。

### 1. 提问思想

当访谈进入尾声，若江河汇入大海，结语式提问看似顺流而下，实则最易与受访者碰撞出思想的浪奔浪流。

已经年近九旬而且几乎失明的星云大师，依然在世界各地奔走，特别是活跃在海峡两岸文化交流的舞台上。星云大师之所以在全球华人当中拥有很高的声誉，不仅仅是因为他在佛教界的建树，更是因为在这个纷繁复杂的世界之上，他对于人类心灵的关怀与抚慰。采访这位有大智慧的老人，问题接问题，从生的路上到死的途中，最后一个问题推向了最后的“归宿”。

杨澜：在我过去的印象当中，出家人最高的境界是要解脱生死，要结束轮回，最后成佛，但是您说自己不想成佛作祖，不欲往生天堂，也志不在了脱生死，那您志在何处呢？

星云：我志在来生再做和尚啊，因为我觉得做和尚，可以做很多事，做和尚可以结很多的缘，做和尚可以度诸多众生。假如说成佛，成佛太安闲了吧，太静了，暂时没想到那

个，我先把人做好，和尚做好。

此生先做好和尚，来生还要继续做和尚。简单的答案是大师对自己生命的顿悟。我提问中的一个“志”字终究充满了“执”的红尘气息。但是，恰恰是“志”在必得的提问，才会将遗产式提问进行到底。

海伦·克拉克（Helen Clark）曾连续9年担任新西兰总理。克拉克的爱好中最出名的是登山，对此她可不是随便玩玩，她曾先后于1991年和2001年登上非洲最高的乞力马扎罗山和南美洲最高峰阿空加瓜峰。而克拉克登上海拔6000多米的阿空加瓜峰时，已经50岁了。

杨澜：即使有时冒着生命危险，您也要爬山，为什么一定要那么做？

克拉克：像我这样生活忙碌的人要经历不同的环境，这是很有挑战性的。我总是得考虑如何立足，以及怎样平衡生活。

杨澜：别人怎么会允许您爬山呢？我无法想象，人们会同意国家领导人去登6000米的高山，太危险了。

克拉克：没人能阻止我。因为我是领导，别人无权告诉我什么能做，什么不能做。

杨澜：您觉得人生像什么？有人把它比作一段旅程，也有人把它比作登山。

克拉克：我的人生哲学中，有两点是确定的：一个是生，另一个是死。问题是，在这两个明确的点之间，你还剩多少时间，你要用这段时间去做什么。因为人生是你自己缔造的，包括你设定的目标，并为之而做的一切。这就是我的人生哲学，它一直激励着我。

在访谈的最后阶段，我用连续递进的提问让克拉克完成了关于自己人生哲学的总结和回顾。

设定遗产式提问一定要以受访者的生活嗜好和职业特长等为圆心，在这个区域内进行有的放矢的提问，如果只是按照“你最骄傲的事情是什么”之类的通用套路进行泛泛提问，对方很难做到认真地思考与总结，往往反馈的也是泛泛的回答。以下两个结语式提问中，我也特别注意了这一点。

**提问** 建筑设计大师 贝聿铭

杨澜：回顾自己这一辈子设计过这么多建筑作品，您认为自己是怎样一位设计师？

贝聿铭：很难说，我是比较保守一点的，可是因为问题想得穿，想得透，总有一点好结果的。建筑至少要（存在）二十年、五十年、一百年，希望一千年。不赶时髦，我不是时髦建筑师。

**提问** 篮球运动员 科比·布莱恩特（Kobe Bryant）

杨澜：你怎么定义你自己的风格，科比风格是什么样的？

科比：我风格的基础是创造性，无限的创造性，我竭尽全力去达到目标。站到球场上的时候，我就想最大限度地发挥，我的创造力和想象力。

杨澜：所以你觉得打球就像是艺术？

科比：是的，可以这么说，因为你就是在即兴地创作，感受着比赛的韵律和观众的能量，面对着对方的防守，你要不断地想出新的招数来打败他们，你要让自己融入到比赛中去。

科比无疑具有充沛的创造力。在退役后，他开始写作，制作的电影《亲爱的篮球》获得了2019年奥斯卡最佳动画短片奖。2020年1月26日，他和爱女在直升机空难中去世，享年只有41岁。他对“科比风格”的定义，为他的传奇人生留下了宝贵的注脚。

关于遗产性问题，弗兰克·赛斯诺在《提问的力量》一书中指出，它们询问你的成就或者改变，询问你生命的触动。它们与这些元素有关：意义、精神、获得的教训、感激、悔恨、人和目的。我们中的大多数人在度过一生时会考虑这些问题，尤其是在临终之际，我们进行评价、回顾往昔、考虑人生的意义以及我们有着怎样的作为。然而，遗产式问题不必完全是可以追溯的。你能用这些问题给现在和未来增添意义。尽早提出这些问题，常常询问这些问题，我们对自己的生命进行评估，检查我们的举止，寻求平衡。[1]但是，在访谈节目中提出遗产式问题并不只是针对年纪大的嘉宾，年轻的嘉宾同样适用。

**提问** 小米科技董事长 雷军

杨澜：2010年的时候，你曾经说做了一番非常残酷的自我解剖，你发现在你的身上，什么是需要改变的？

雷军：有些人动不动就想改变世界。自己到了40岁的时候，我觉得光有自信和勤奋是远远不够的，更要顺势而为，把握时机，这一点远远超过了战术。我认为这是我最大的观念变化。

**提问** 台湾歌手 王力宏

杨澜：如果说当年你是在美国社区里的一个亚洲人，后来又觉得是回到了亚洲的一个美国人，那么现在你如何定位自己的身份和音乐特色呢？

王力宏：现在就是自己了，就不会像小时候一直寻求认同感，或者是（问自己）我到底是归为哪一种人呢。我觉得在音乐的世界里成长，就真的能够找到自己。

**提问** 法国电影演员 苏菲·玛索（Sophie Marceau）

杨澜：30多年的从影生涯，你最深刻的感受是什么？

苏菲·玛索：我觉得自己是个老年人，是一头已经在这个世界爬行了300年的老乌龟。也许我天生如此，我喜欢独自一人，独立思考，观察自然，观察昆虫什么的。我需要自己的隐私，我需要找个地方躲起来。

雷军的40岁之前，王力宏的美国成长岁月，苏菲·玛索的30年从影生涯，生命转折段落的关节处都是提问遗产式问题的好契机，以片段回忆的方式回溯提问，是将访谈在高潮中自然推入尾声的最佳方案。

除却按照时间线进行设定，有一种遗产式提问叫作忠告式。这样的提问主要针对的嘉宾是某个领域的权威人士，他以忠告的方式总结和发布自己在思想领域或者学术方面的见解。

从某种意义上来说，一个好的校长就是一所学校的精神领袖，他指引着学校，乃至教育发展的方向与潮流。哈佛大学作为世界顶级的著名学府，吸引着越来越多来自中国的留学生。

专访哈佛大学校长德鲁·福斯特（Catharine Drew Gilpin Faust）女士时，我将最后一个问题设置为她对未来学生的忠告。

杨澜：你能对中国的年轻人谈谈你最喜欢什么样的学生吗？什么样的学生是你最欣赏的？

福斯特：我最喜欢的学生应当充满了好奇心，好奇心带领他们去探索世界，他们提出问题和解决问题的方式会让我大吃一惊；他们应当热爱他们所从事的事情。对我而言，这是他们大学生活里最开心的部分。

## 2. 提问梦想

回忆的副作用是常常带来懊悔，展望的副作用是容易导致绝望。这样说有些极端，但也有些道理，所以坊间才会将“你的梦想是什么”比喻成限制级的恐怖问题。

除了回头看，在结束部分我们也可以看看另一个方向，与采访对象一起展望未来。你的梦想是什么？这是一个我们大多数人都不敢问的、看似简单却很有力的问题。也许是我们把它想象得太冒失，也许我们害怕的是答案本身。[2]

美国历史最悠久的专业财经杂志《福布斯》自称是资本家的工具，在过去的80多年当中，它历久常新。2001年，我走访了它的第三代传人史蒂夫·福布斯（Steve Forbes），并且在访谈末尾追问了他对《福布斯》的预言与展望。

杨澜：你已经预言了市场的长期走势，那么对于《福布斯》本身你有何估计，它将永远生存下去吗？在三代人付出巨大努力的基础上，它将如何取得更大的成功？它将如何面对与其他财经杂志的肉搏战？

史蒂夫·福布斯：这就像面包店，你每天都要烤新鲜的面包，你每天都要进步。如果你看看今天那些刊登在《福布斯》杂志上的文章，你会发现它们已不同于5年、10年和20年前的文章。如果一成不变，你会僵化，你会落伍，最终你将失败，你将会失去整个世界。

“压力，肉搏战，失败，僵化”，关于未来的预言，提问者可以将更情绪化的词语设置其中，提问的潜台词其实是这样的：坏的未来最快什么时候到来？好的未来就一定会到来吗？

杨澜：如果有一个假设，借你五百年，你要把这世界上所有的极限挑战自我的事都干一遍吗？

王石：因为生命的长度无法拉长，而在宽度上我觉得可以更丰富多彩。为什么我到哈佛上学？因为我突然感觉到，我二三十年不用的脑袋瓜，突然转动起来，感到像新生的一样，这样的感觉让我的生命一下丰富起来了。

对于自己的人生，万科前任董事长王石曾说：“人生就是抛物线，走到顶点，自然向下滑落，我的人生也在经历这个过程。”从第七大高峰下来，他心中的第八座高峰在哪里呢？就是去国外游学。从企业家、探险家、登山家，再到去哈佛上学、到以色列做研究，王石以自己的方式寻找着灵魂的台阶。面对企业家嘉宾，预言式提问是很对他们胃口的问题，因为他们是一群需要依赖敏锐的嗅觉和前瞻力求生存的群体，也是非常适应各种极限挑战的群体。

杨澜：面临全世界这么多的问题，您有时会觉得悲观吗？您相信我们这个世界正变得越来越美好吗？

潘基文：这个世界仍然面临很多问题。总体而言，我是乐观的。如果你不是一个乐观主义者，你是解决不了这些问题的。如果真的要让这个世界有所改观，你必须充满希望和乐观的精神。这是我信奉的，也是我一直在实践着的。

从企业家到联合国秘书长，每个人都有未曾实现的渴望或梦想，不管他处于事业或生活的哪一个阶段。而通过我的预言式提问，也可以让思想与梦想在回答中交集。

在自传《曙光集》前言里，杨振宁这样写道：幸运地，中华民族终于走完了这个长夜，看见了曙光。我看不到天大亮了。翁帆答应替我看到。

在清华大学访谈杨振宁和翁帆夫妇，我将这个关于思想和梦想的提问放到了最后，它指向两个方向，一个是历史的方向，一个是未来的方向。

杨澜：究竟在您心中，这是一份怎样的憧憬？

杨振宁：第一，我憧憬未来中国的人均收入达到了发达国家的水准；第二，憧憬中国的文化传统变成一个综合性的影响世界的文化。这里头未知数还很多，我必须要说，我不是绝对的乐观主义者。

杨澜：翁帆你听到杨先生说这段话的时候，你的感受是什么样的？

翁帆：就是我会很感动，他会说我可以替他看到天亮。他说：假如将来是这样的话，你不要忘记告诉我一声。有时候我们讲笑话一样地讲这一类的话。

## 两类定格：高光与火花

私人询问，询问对方个人问题是结束访谈并加强关系的一个好方法，但在询问时态度要真诚。要给访谈对象充足的时间来阐述他的要求或者他关心的问题，并且表现出兴趣。[3]

与向嘉宾提问其职业领域的光鲜成就对比，关于家庭和孩子的话题更容易引发对方的高度共鸣。访谈以私人询问的方式结束，不经意间构造出的是访谈进程中的高光区域，在这个区域里，即使保守和寡言的嘉宾也会发生奇异的转变，他们的言谈和眼神展露的是丰富生动的语言和非语言信息。

### 1. 私人询问

和普普通通的父母一样，希拉里和克林顿对女儿也倾注了无微不至的关爱。当初，切尔西（Chelsea Clinton）刚考入斯坦福大学，希拉里和克林顿亲自把她送到宿舍，克林顿还特意找了一把扳钳，把切尔西宿舍的小床拆卸了又重新组装起来。2005年和2009年，我分别采访了克林顿和希拉里，访谈的最后环节我都选择以他们的女儿切尔西作为提问的主话题。

**提问** 美国前总统 克林顿

杨澜：您说过在白宫任职期间最高兴的一件事就是在切尔西高中毕业典礼上演讲。作为一个婚姻生活中有过麻烦的父亲，你有没有信心给她一些建议？

克林顿：她把生活处理得很好。她问过我意见，我也给了。但我很信任她，她有能力自己拿主意。我想当孩子长大成人后，家长的大部分任务已经完成了。你得给他们私人空间，他们有权利自己做决定。

**提问** 美国前国务卿 希拉里

杨澜：你今天就要回国是吗？

希拉里：是的，今天就得回去。

杨澜：正好能赶上你女儿29岁的生日。

希拉里：没错，她星期五就要满29岁了，我很期待参加她的生日聚会。

杨澜：你希望她的人生朝什么样的方向发展？我知道她在哥伦比亚大学主修卫生政策和管理专业。

希拉里：没错，我觉得她是很有主见的人，我对她自己的选择都很支持。就像大多数母亲一样，我只要她高兴就好。希望她生活得好，我只要求这些。

杨澜：你觉得她的行为方式像你吗？

希拉里：我觉得她综合了我和她父亲的优点。她性格很好，工作努力，她是个很好的朋友，也很有爱心。我作为母亲觉得很幸运。

如果不是对面的助理不断以手势催促，希拉里可能还会兴致盎然地谈下去。无论是亲和的克林顿，还是严肃的希拉里，当对话段落出现“切尔西”的时候，他们的脸上就会流露出发自内心的笑容。这就是私人询问的特殊魅力。

当我提及孩子，即使是低调的中国首富，也会在克制的话语中泄露出爱的放纵。

杨澜：中国的这些家族企业，都先后到了一个传承的时候。在能力和兴趣之间，您觉得自己的孩子属于哪一种？

王健林：我觉得他能力有，我不重视家族法则。我儿子现在呢，我支持他在做投资公司。

杨澜：您当初给他五个亿，说是可以亏掉？

王健林：我跟他讲，我允许你失败两次，你亏掉我再给你，第二次再失败，对不起，算了，你就老老实实回来上班。

无论一个人走得多远，故乡总是无法抹去的起点。在访谈结束的关节处提出与个体出生与成长密切相关的信息，所得的回复总是散发着摩尔斯密码般的神秘光泽。著名物理学家崔琦出生于中国河南一个偏远县的乡村，少年时逃难一样离开故乡，从此再也没有见过自己的爹娘。

杨澜：你在1984年回过一次北京，1986年又回过一次香港，从那以后至今没有回去过。离开中国这么久，对于你来说，有没有觉得中国已经是一个很遥远的地方？

崔琦：也许“遥远”不是个合适的词。

杨澜：那应该怎么说呢？

崔琦：地理上的距离是远，但是实际关心起来还是和别的地方不同。报纸上或者收音机里说到中国时，注意力马上就被吸引了，先读读，先看看，这是中国。

刘永好及其兄弟曾位列中国首富。我在与这位四川籍企业家交谈的结尾，从他吟唱的四川民歌中找到了更自然、更新鲜的材料，将画面定格在川味的“红薯”——红苕，以特写的方式聚焦了他对故乡旧时生活的怀恋。

刘永好：我记得小时候，四川有一首民歌：“今年的红苕硬是好耶，大窖小窖不够装。红苕拌起九斗碗噻，那才是……”小姑娘吃得流口水，老爷爷吃得胡子带油花，今后我要结婚的时候，要用红苕办酒席来招待大家。

杨澜：“红烧”（红苕）是什么呀？红烧肉吗？

刘永好：就是红薯。

杨澜：噢，是红薯啊！你结婚的时候就用红薯招待大家？

刘永好：对啊！你看，那个时候人们生活的愿望是多么容易满足啊！红薯大窖小窖装不下就已经很满足了，小康生活是很让人向往的。

## 2. 小型头脑风暴

平行线式问题设计是口述史访谈和专业调查访谈常用的方法，平行+交叉则是人物访谈节目的问题设计类型。当从各个方向和维度展开的提问一起推进到节目尾声，多项信息就进入事实与观点复合萃集的过程，最后阶段的提问恰恰就体现了多项信息密集交织的过程。

厦门大学教授易中天主要专业为美学和文学，却因为在电视节目中品读历史而声名鹊起。一时间写书书畅销、讲座收视高，在媒体围堵、“粉丝”崇拜和学术质疑的竞相追逐中，成就了独特的“易中天现象”。现象中的他却感觉有一种不安全感。

杨澜：那你为什么说自己是有点像探路的，或者叫扫地雷的，随时准备牺牲呢？为什么有这样的一种不安全感？

易中天：因为像我这样一个平民成为一个大家瞩目的公众人物，即使你再有名也是弱势群体。被那么多媒体包围，在这样一种恶炒成风的文化氛围里，我不得不学会保护自己，不会轻易接受采访。

杨澜：有很多证人的情况下可以？

易中天：有证人的情况下我才说。上次有一个记者就问我，说你的观众都没有读过《三国志》，他们并不懂历史，他们这样盲目地崇拜你，就会认为你讲的就是正史，你讲的就是真理，你将如何对此负责？

杨澜：好厉害。

易中天：对。然后我说：既然是盲目，那有谁能够负责呢？因为刚好那位记者是位女孩子，我说：比方说今天有位小伙子盲目地爱上了你，也该你负责吗？

杨澜：这个回答很妙，也是现场即兴啊。

易中天：对。你要知道，你做什么事情肯定都会有人说，所以我是想通了一个问题，就是人生的道路只有两种选择。

杨澜：什么选择？

易中天：一个是走自己的路让别人去说，还有一个是走别人的路那就让自己说了。

杨澜：你决定选择哪条路呢？

易中天：我决定是不让自己说。

就好像观看精彩大戏，落幕前总希望出现高潮一样，访谈的尾声，从提问者到观众都希望被所谓“金句”点亮。但是，金句的获得不那么容易，它非常隐秘，只有在双方小型头脑风暴式的交流中才可能现身。具有金句能量的观点式结语登场，让那些经过沉淀的人生智慧，熠熠闪光。

**提问** 国际象棋冠军 诸宸

杨澜：那对于你来说下棋是什么呢？你并没有把它看成生命那样重要。

诸宸：以前小时候觉得，下棋就一定要拿出一个成绩来。

杨澜：现在呢？

诸宸：慢慢地，我觉得棋是帮助我成长的一个工具。通过下棋，我在小时候就得到了很多素质的培养，学会了用一定的思维方式去理解整个世界，我们不是有句话叫“世事如棋”嘛。

**提问** 法国著名导演 吕克·贝松

杨澜：让·雷诺曾经说过，当上帝不在的时候，导演就会担当起上帝的角色。但是与此同时，你自己又说，电影其实只是一片阿斯匹林。哪一种说法更可以描述你对电影的感受呢？

吕克·贝松：我想那是因为每个人都知道电影是虚构的，它是幻象。

杨澜：它是虚构的。

吕克·贝松：所以就让我们极度认真地去做一件本身是虚构的事情吧，就是这种感觉。

即使是平凡的问题，如果遇到好的受访者，照样会有火花迸射；若遇到不按常理出牌的周星驰，头脑风暴方向却会被反向“解构”。

杨澜：按理说爱情主题很老套，为什么在这个《大话西游》里面觉得还有一点意思，就是觉得跟别的不一样？

周星驰：其实它有它不老套的地方，当然“爱你一万年”这一种对白就是很老套、很肉麻的，通常我们不会说，我不知道你有没有说过？

杨澜：这是对你的访问，不是对我的访问。

“当访谈准备结束，或者在心理上感觉要结束时不要引入新的话题和看法。”关于访谈尾声段落的节奏控制，在《访谈的艺术》中，查尔斯和威廉进一步指出：不要匆忙结束。近因律（law of recency）证明，人们会记住访谈中最后说的话或做的事，所以未经仔细斟酌就匆忙说出结束可能会毁了访谈结果，包括你们的关系和以后的接触。[4]

作为提问者，有时需要应对的挑战不是如何问，而是被反问。尽管访谈是彼此的互动，但话题的行进一定要在提问者的思维路线图中。尤其当访谈进程行至结尾，面对试图重启议题的受访者，提问者需要做的就是厘清访谈双方的角色分工，把方向盘掌握在自己手里。

营造理想的访谈，对于一个职业提问者而言，不仅要精心营造好开场，更要做好收尾的准备。

谢谢你！拉加德夫人。我知道你不再有时间打理你在诺曼底的玫瑰园，但是你一定会把工作做好。顺便说一下，我们很喜欢你的围巾。非常漂亮！祝你工作好运！再见！

即使是最为平常的致谢，访谈者也要让感谢语充满具体的细节，而不是缺乏温度的泛泛的礼貌用语。

2011年，在访谈时任国际货币基金组织总裁克里斯蒂娜·拉加德之后，我们一起闲聊，她说起了诺曼底家中那座未及打理的玫瑰园，所以我在最后的致谢中，专门提及了她的玫瑰园。在第二次采访中，拉加德特别告诉我，由于工作繁忙，虽然她已有两年时间没有回到自己钟爱的玫瑰园，但她的儿子为了安慰母亲，特地跑到了诺曼底家里，拍了玫瑰的照片寄给她，让她非常欣慰与感动。2011年至2016年，三次专访，拉加德的五年人生变迁都在《杨澜访谈录》的追踪关注中，而这个在访谈结束之后的“玫瑰园”话题一直贯穿其中，既是铺垫，又是开启，成为延续着双方关系的有趣而有效的话题。

是的，正式访谈结束后，被访者会继续一些更为随意的对话。有时只是友好的说笑，但经常发生的是，被访者在间接向你传递一些额外的信息。因此你要特别留意，离开后要迅速地把它们记录下来，同前面的正式访谈结合起来对待。[5]

结束语只是表示访谈结束，而不是双方关系的结束。

CHAPTER 25

# 提问待续

## 未问之问

正如马克思所言，“在其现实性上，个人的本质是社会关系的总和”，起承转合之后，当提问进入尾声，问题所指向的关系越发具有条分缕析的多重性。

杨澜：当我们评判政治人物表现的成败时，我们会采用不同的标准。我知道您已故妻子赖莎·马克西莫夫娜曾是一名哲学家，如果评判一位政坛人物的成败得失，从政治观与哲学观两种角度的审视对比中会得出不同的结论吗？

戈尔巴乔夫：没有。我和她没探讨过这个。我们生活中有太多的具体问题……生活动荡，也有趣味，还有危险、忧虑和不安一直困扰着我们。我认为，这对她而言，是非常沉重的负担，她一直默默承受，毕竟她不是搞政治的。

我的对面，曾经出现过上百位“搞政治的”，他们是世界各地的政治领袖，也是最精于应对提问的一群人。但擅长回答的领袖们，面对我让他们评判自身的假设性提问，往往会有一个问题让他们欲言又止。它关乎理性，也关乎情感，不分明的边界感让谨慎的政治家们裹足不前。

告别时分，戈尔巴乔夫反问我："我对您算是畅所欲言吧，不是吗？"面对这位历史性的但又充满争议的政治人物，我心中的诸多疑惑还没有都问出来。历史学家们也将不断地挖掘和辩论那段风云突变的转折中的人和事。但对于提问者而言，更多的疑惑，也就意味着更持久的提问驱动力。

杨澜：第一次看到"派"的故事的时候，你相信哪个故事？

李安：我两个都不相信。

杨澜：但是我觉得这个片子好像讲的就是无论你愿意相信什么，你愿意才是最重要的。

李安：我在表面上是比较善良的样子，但有一些比较黑暗的东西我却想去碰它。重要的不是把大家带到黑暗里面，而是带过去一次，检验一遍。

造梦大师李安用电影《少年派的奇幻漂流》营造了一个个超脱于现实的梦境，从而折射出观者各自内心的欲望。少年派和一只名叫理查·帕克的孟加拉虎，在海上漂泊227天的冒险历程，他们共同经历了动物间的厮杀、风暴、登上无人岛，直至最终获救。然而，就在影片将要结束时，派说出了故事的另一个版本。在船上的，并不是动物，而是活生生的人。没有食物、没有淡水，为了生存下来，人们不得不自相残杀。

美好的童话，还是残酷的现实，你究竟相信哪一个故事？李安留给大家无解之题，也让我们从自己的答案中，去审视每个人内心的光明与阴暗。

无论你相信，还是不相信，有些答案已然在那里，但这个答案却需要他人用提问去提示。因为，正视它，真的需要勇气。

杨澜：想到有一天自己也会被别人超越吗？

刘翔：说实话，那天真的很可怕。

杨澜：是吗？这样一天来的时候会很可怕？

刘翔：觉得如果被别人超越了，说实话会失去很大的动力，一次次那种信心上的被打败肯定是很难受的。

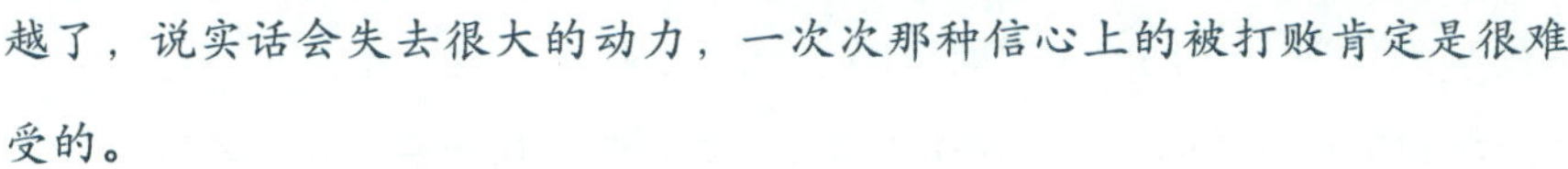

杨澜：如果是你，你会怎么面对？

刘翔：如果我被人超越了……

杨澜：这是自然规律，对吧，你不可能跑到40岁。

刘翔：如果有人超越我的话……我也想不练了。

提问刘翔，是在他刚刚获得奥运冠军，处于职业生涯的巅峰之际，一个神奇的“12秒91”一步将他带进“名人堂”。就在他第一时间被商业广告和社会活动团团围住的热闹当口，“想到有一天自己也会被别人超越吗”，我的这个提问显然有些不合时宜，刘翔也显然没有做好回答它的心理准备。但是，这个问题却关涉终极的宿命，运动的宿命，竞争的宿命，乃至人类的宿命。它不只与刘翔有关，而是与所有胜利者和成功者相关，是需要时刻准备好去应答的未问之问。

2012年，中国互联网行业群雄逐鹿，硝烟四起，各大巨头为争夺移动互联网市场，可谓是使尽浑身解数。然而，就在这个战况激烈、生死攸关的关键时刻，张朝阳，这位中国互联网的风云人物，却远离企业日常管理，远离公众视线，长达一年半。

杨澜：你说龙年是你最悲催的一年，这种悲催的感觉什么时候慢慢侵蚀到你的生活当中来？你怎么突然意识到这些事情在发生？

张朝阳：脑子里面的某些虚妄的想法赶不走，然后这种想法非常恐怖。

杨澜：为什么那些看上去很聪明、很敏感，甚至有着很强的意志力和克己精神的人往往更容易受到精神焦虑和抑郁的困扰？

张朝阳：我觉得在某种意义上成功是一种诅咒。

杨澜：是一种诅咒，为什么？

张朝阳：成功往往能让这个人对于自我认知出现偏差，就是会有一个超级自我的出现。

本我、自我和超我，叠加出哲学理论中人类对于“我”的认知层级，寻“我”的过程所带来的是一系列终极问题。当我的提问尚未发出的时候，生命的凋落让我错愕不已。

2018年12月，55岁的物理学家张首晟教授选择了告别这个世界，而就在几周前，他还在微信中答应为《探寻人工智能》第二季接受我的采访。他因对量子自旋霍尔效应和拓扑绝缘体的开创性研究，以及对“天使粒子”的发现，被导师杨振宁认为是“离诺贝尔奖最近的华人物理学家”。他生前最喜欢威廉·布莱克（William Blake）的诗：“一花一世界，一沙一天国。掌中含无限，刹那即永恒。”这正是他的导师杨振宁最喜欢的一首诗，把世界的真理与美结合在一起。

我曾于1999、2001及2010年三次在台北采访作家李敖。世间对李敖有爱有恨，有誉有谤，但没有人否认，他是个快意恩仇、放浪形骸的人。我在采访他时，也曾问过生死的问题，他说："哈哈，我从不伤感。伤感是一种负面情绪，它刚一出现，我就把它消灭掉了！"他说自己平生最欣赏庄子和伏尔泰：前者在妻子死后鼓盆而歌，认为生死有命，各得其所；后者死的时候嘱咐把棺材一半留在教堂内，一半留在教堂外，万一上帝不让他上天堂，就好从另一端逃走！李敖去世前就安排与自己的友人和仇人相见，想必是相逢一笑泯恩仇了。

从职业拳击手到顶级建筑师，一路走来，安藤忠雄几乎囊括了全部的世界建筑大奖。访谈这位享有"清水混凝土诗人"之誉的建筑大师时，他没有长篇大论去谈论自己的代表作"光的教堂"，而是特别提及了一个"未完成"的建筑作品。"9・11"之后，在世贸大厦的重建工程中，他是当时最早做出反应的建筑师之一，并且强烈反对在世贸废墟上再建造任何建筑物。最终他提交了一座"镇魂之墓"的设想，希望用一处缓缓隆起的空白地面来纪念城市的伤痛。

杨澜：您经常谈到建筑是对一个地方的特殊记忆，而这种记忆不仅仅是个人的，也是一个社会的。当自己的"9・11"世贸大厦重建工程方案被否决的时候，您有没有感到失望？

安藤忠雄：世贸大厦事件死了数千人，去世的人的灵魂还在那儿不愿离去，在那儿建高层建筑是令人难以接受的事情。我觉得我们更应该做的是在那儿建一个安抚故人的场所，建一个供人们聚集以思考如何避免发生类似事件的场所。

杨澜：但您的方案却被拒绝。

安藤忠雄：美国是一个利益社会，肯定还是希望在原址上大建特建，重新再来赚取财富。对于这块美国的经济心脏之地，我认为最好的归宿是建造一个供人们思考美国未来应该如何处理国际关系的场所，很遗憾没能实现。

相比他设计的其他建筑作品，在安藤忠雄的心里，这件没有能够在现实中完成的建筑作品才是最能体现他人文主义建筑思想的作品。正像安藤的“未建成之建筑”，我最想发问的问题亦在“未问之问”中。这些问题中，有我想问却不能问的；有我问了也无法播出的；有我已经问过还想继续追问的……

我的些许遗憾在“未问之问”中，我对提问的期待亦在“未问之问”中。当媒体进入智媒和碎片化创意时代，在我的面前展开了一条充满更多未知和更大挑战的提问之路。“谁在听我的提问？我又为谁而问？”在当下，这无疑是一个属于提问者的关键提问。

“你会同情今天的年轻人吗？”面对我的提问，“摇滚教父”崔健给予了超越感十足的回答：“我周围‘90后’的朋友很多，而且他们创作出来的东西比我还猛，谁要是想说他们有问题，我会站起来跟他们说：你们根本就没有这个资格，甭管你是60年代出生的，50年代出生的，你根本就没有任何资格去歧视年轻人，你以为你是谁？”

对年过半百的崔健而言，他想要的不是复古和怀旧，而是不断突破迷失和困境，在创造中享受跨越年龄和时代界限所带来的风暴。

是的，提问者的年龄会老去，但发问的姿态却可以保持新锐，好奇心始终新鲜跃动。我为电视时代的观众提问，为网络时代的受众提问，更为不断探索人与社会的真相而提问。回答可以千人千面，但重要的是继续发问。

日本设计师山本耀司说：“‘自己’这个东西是看不见的。只有撞上一些别的什么，反弹回来，才会了解‘自己’。所以，跟很强的东西、可怕的东西、水准很高的东西相碰撞，然后才知道‘自己’是什么，这才是自我。”

二十二年《杨澜访谈录》，上千位人物，上万次提问，就像是撞上再反弹的过程，那些新奇的、幽默的、感动的、困惑的、深刻的、忧伤的、热情的、痛苦的、愤怒的、宽容的……渐渐地，勾画出这个时代的缩影，也让我看到自己。

从肉体的生死，事业的成败，到精神的存灭，提问诱惑我们的认知不断深入时代的旋涡，继而再从湍急处跳脱。每一个不甘被吞没的思考者，都会忠诚于自己的好奇心。保持提问的姿态，也许正是这个瞬息万变时代的生存之道。

（全书完）

# 全书注释

**PART I 提问之前**

1. 拉里·金、比尔·吉尔伯特：《拉里·金沟通现场》，方海萍、魏青江译，中国人民大学出版社，2006，第 32—33 页。
2. 詹姆斯·E. 瑞安：《关键提问：哈佛大学给毕业生的 5 个人生思考题》，靳婷婷译，中信出版社，2018，第 27—29 页。
3. 肯·梅茨勒：《创造性的采访（第三版）》，李丽颖译，中国人民大学出版社，2010，第 5 页。
4. 芭芭拉·沃尔特斯：《试镜人生：芭芭拉》，苏西译，重庆出版社，2010，第 78 页。
5. 沃尔特·克朗凯特：《记者生涯——目击世界 60 年》，胡凝、刘昕译，江苏人民出版社，1998，第 28 页。
6. E. Bruce Goldstein：《认知心理学：心智、研究与你的生活（第三版）》，张明等译，中国轻工业出版社，2015，第 459—460 页。
7. 拉里·金、比尔·吉尔伯特：《拉里·金沟通现场》，方海萍、魏青江译，中国人民大学出版社，2006，第 9—10 页。
8. 尼尔·布朗、斯图尔特·基利：《学会提问（原书第 10 版）》，吴礼敬译，机械工业出版社，2013，第 4—5 页。
9. 查尔斯·J. 斯图尔特、威廉·B. 凯什、龙耘：《访谈的艺术》，复旦大学出版社，2007，第 27—28 页。
10. 敬一丹：《99 个问号——敬一丹漫谈主持人》，中国广播电视出版社，2004，第 5—6 页。
11. 尼尔·布朗、斯图尔特·基利：《学会提问（原书第 10 版）》，吴礼敬译，机械工业出版社，2013，第 17 页。
12. 肯·梅茨勒：《创造性的采访（第三版）》，李丽颖译，中国人民大学出版社，2010，第 27—28 页。
13. E. Bruce Goldstein：《认知心理学：心智、研究与你的生活（第三版）》，张明等译，中国轻工业出版社，2015，第 387 页。
14. 代树兰：《电视访谈话语研究》，中国社会科学出版社，2009，第 26 页。
15. 雷蔚真、朱羽君：《电视采访学（第三版）》，中国人民大学出版社，2018，第 80 页。
16. 张征：《新闻采访教程》，中国人民大学出版社，2008，第 155 页。
17. 沃尔特·克朗凯特：《记者生涯——目击世界 60 年》，胡凝、刘昕译，江苏人民出版社，1998，第 314—315 页。
18. 芭芭拉·沃尔特斯：《怎样与任何人谈好任何事》，戴欢、韩世元、王子岚编译，新疆人民出版社，2001，第 23 页。
19. 芭芭拉·沃尔特斯：《怎样与任何人谈好任何事》，戴欢、韩世元、王子岚编译，新疆人民出版社，2001，第 55 页。

20. 查尔斯·J. 斯图尔特、威廉·B. 凯什、龙耘：《访谈的艺术》，复旦大学出版社，2007，第 116—117 页。
21. 迈克·华莱士、贝丝·诺伯尔：《光与热：新一代媒体人不可不知的新闻法则》，华超超、许坤译，中国人民大学出版社，2017，第 49 页。
22. 查尔斯·J. 斯图尔特、威廉·B. 凯什、龙耘：《访谈的艺术》，复旦大学出版社，2007，第 94 页。
23. 拉里·金、卡尔·福斯曼：《非凡旅程——拉里·金自传》，朱丽丽、吴海峰、王景婷译，中信出版社，2010，第 144 页。
24. 芭芭拉·沃尔特斯：《试镜人生：芭芭拉》，苏西译，重庆出版社，2010，第 235 页。
25. 迈克·华莱士、贝丝·诺伯尔：《光与热：新一代媒体人不可不知的新闻法则》，华超超、许坤译，中国人民大学出版社，2017，第 81 页。
26. 查尔斯·J. 斯图尔特、威廉·B. 凯什、龙耘：《访谈的艺术》，复旦大学出版社，2007，第 36 页。
27. 陈力丹：《传播学是什么》，北京大学出版社，2007，第 225 页。
28. 弗兰克·赛斯诺：《提问的力量》，江宜芬译，中国友谊出版公司，2017，第 201 页。
29. 弗兰克·赛斯诺：《提问的力量》，江宜芬译，中国友谊出版公司，2017，第 201 页。
30. 陈力丹：《传播学是什么》，北京大学出版社，2007，第 221—222 页。
31. 爱德华·霍尔：《无声的语言》，何道宽译，北京大学出版社，2010，第 1—2 页。
32. 查尔斯·J. 斯图尔特、威廉·B. 凯什、龙耘：《访谈的艺术》，复旦大学出版社，2007，第 38—39 页。
33. 迈克·华莱士、贝丝·诺伯尔：《光与热：新一代媒体人不可不知的新闻法则》，华超超、许坤译，中国人民大学出版社，2017，第 68 页。
34. 芭芭拉·沃尔特斯：《试镜人生：芭芭拉》，苏西译，重庆出版社，2010，第 413 页。
35. 特里·费德姆：《提问的艺术：沃顿商学院写给管理者的提问指南》，闫宁译，人民邮电出版社，2016，第 108 页。
36. 敬一丹：《99 个问号——敬一丹漫谈主持人》，中国广播电视出版社，2004，第 23 页。
37. 拉里·金、比尔·吉尔伯特：《拉里·金沟通现场》，方海萍、魏青江译，中国人民大学出版社，2006，第 183—184 页。
38. 芭芭拉·沃尔特斯：《怎样与任何人谈好任何事》，戴欢、韩世元、王子岚编译，新疆人民出版社，2001，第 286—287 页。

**PART II 提问开启**

1. 拉里·金、比尔·吉尔伯特：《拉里·金沟通现场》，方海萍、魏青江译，中国人民大学出版社，2006，作者自序第 10 页。
2. 赵周、李真、丘恩华：《提问力》，电子工业出版社，2018，第VI页。

3. 芭芭拉·沃尔特斯：《怎样与任何人谈好任何事》，戴欢、韩世元、王子岚编译，新疆人民出版社，2001，第 118 页。
4. 特里·费德姆：《提问的艺术：沃顿商学院写给管理者的提问指南》，闫宁译，人民邮电出版社，2016，第 115 页。
5. 奥里亚娜·法拉奇：《风云人物采访记》，阿珊译，新华出版社，1983，第 33 页。
6. 斋藤孝：《如何有效提问》，傅稜君译，文化发展出版社，2017，第 67 页。
7. 拉里·金、比尔·吉尔伯特：《拉里·金沟通现场》，方海萍、魏青江译，中国人民大学出版社，2006，第 18 页。
8. 高飞：《提问的逻辑：如何让别人特别想跟你聊下去》，湖北科学技术出版社，2018，第 119 页。
9. 张征：《新闻采访教程》，中国人民大学出版社，2008，第 219 页。
10. 拉里·金、比尔·吉尔伯特：《拉里·金沟通现场》，方海萍、魏青江译，中国人民大学出版社，2006，第 19—20 页。
11. 肯·梅茨勒：《创造性的采访（第三版）》，李丽颖译，中国人民大学出版社，2010，第 29 页。
12. 迈克·华莱士、贝丝·诺伯尔：《光与热：新一代媒体人不可不知的新闻法则》，华超超、许坤译，中国人民大学出版社，2017，第 66 页。
13. 奥普拉·温弗瑞：《我坚信》，陶文佳译，北京联合出版公司，2017，第 58 页。

**PART III 场景化提问**

1. 张征：《新闻采访教程》，中国人民大学出版社，2008，第 254 页。
2. 查尔斯·J. 斯图尔特、威廉·B. 凯什、龙耘：《访谈的艺术》，复旦大学出版社，2007，第 45 页。
3. 张征：《新闻采访教程》，中国人民大学出版社，2008，第 254 页。
4. 迈克·华莱士、加里·保罗·盖茨：《你我之间：迈克·华莱士回忆录》，徐琳玲译，中信出版社，2009，第 216 页。
5. 查尔斯·J. 斯图尔特、威廉·B. 凯什、龙耘：《访谈的艺术》，复旦大学出版社，2007，第 44 页。
6. 弗朗索瓦·特吕弗：《希区柯克与特吕弗对话录》，郑克鲁译，上海人民出版社，2007，第 16 页。
7. E. Bruce Goldstein：《认知心理学：心智、研究与你的生活（第三版）》，张明等译，中国轻工业出版社，2015，第 268—269 页。
8. 肯·梅茨勒：《创造性的采访（第三版）》，李丽颖译，中国人民大学出版社，2010，第 143 页。
9. 雷蔚真、朱羽君：《电视采访学（第三版）》，中国人民大学出版社，2018，第 177 页。

**PART IV 共情式提问**


1. Barry A. Farber，Debora C. Brink，PatriciaM. Raskin：《罗杰斯心理治疗》，郑钢等译，中国轻工业出版社，2006，第 17 页。
2. 卡尔・R. 罗杰斯：《个人形成论：我的心理治疗观》，杨广学等译，中国人民大学出版社，2004，第 15 页。
3. 霍华德・基尔申鲍姆、瓦莱丽・兰德・亨德森：《卡尔・罗杰斯：对话录》，史可鑑译，中国人民大学出版社，2008，第 4 页。
4. 肯・梅茨勒:《创造性的采访（第三版）》，李丽颖译，中国人民大学出版社，2010，第 2 页。
5. 肯・梅茨勒:《创造性的采访（第三版）》，李丽颖译，中国人民大学出版社，2010，第 2 页。
6. 姬蒂・凯莉：《奥普拉传》，钱峰译，江苏人民出版社，2011，第 4 页。
7. 姬蒂・凯莉：《奥普拉传》，钱峰译，江苏人民出版社，2011，第 4 页。
8. 卡尔・R. 罗杰斯：《个人形成论：我的心理治疗观》，杨广学等译，中国人民大学出版社，2004，第 17 页。
9. 卡尔・R. 罗杰斯：《个人形成论：我的心理治疗观》，杨广学等译，中国人民大学出版社，2004，第 17 页。
10. 斋藤孝：《如何有效提问》，傅稜君译，文化发展出版社，2017，第 106 页。
11. 拉里・金、比尔・吉尔伯特：《拉里・金沟通现场》，方海萍、魏青江译，中国人民大学出版社，2006，第 11 页。
12. 彼得斯：《交流的无奈》，何道宽译，华夏出版社，2003，译者前言第 3 页。
13. 彼得斯：《交流的无奈》，何道宽译，华夏出版社，2003，译者前言第 3 页。
14. 芭芭拉・沃尔特斯：《怎样与任何人谈好任何事》，戴欢、韩世元、王子岚编译，新疆人民出版社，2001，第 191 页。
15. 芭芭拉・沃尔特斯：《怎样与任何人谈好任何事》，戴欢、韩世元、王子岚编译，新疆人民出版社，2001，第 193 页。
16. 芭芭拉・沃尔特斯：《怎样与任何人谈好任何事》，戴欢、韩世元、王子岚编译，新疆人民出版社，2001，序言。
17. 芭芭拉・沃尔特斯：《试镜人生：芭芭拉》，苏西译，重庆出版社，2010，第 528 页。
18. 弗兰克・赛斯诺：《提问的力量》，江宜芬译，中国友谊出版公司，2017，第 43 页。
19. 埃里克・拉克斯：《伍迪・艾伦谈话录》，付裕、纪宇译，河南大学出版社，2016，第 114—115 页。
20. 埃里克・拉克斯:《伍迪・艾伦谈话录》，付裕、纪宇译，河南大学出版社，2016，第 V 页。
21. 詹姆斯・E. 瑞安：《关键提问：哈佛大学给毕业生的 5 个人生思考题》，靳婷婷译，中信出版社，2018，第 60 页。
22. 詹姆斯・E. 瑞安：《关键提问：哈佛大学给毕业生的 5 个人生思考题》，靳婷婷译，中信出版社，2018，第 60—61 页。

**PART V 假设式提问**

1. 乔治・斯托克：《问题之书》，林晓琴译，江苏凤凰文艺出版社，2017。
2. 竹内薫：《假设的世界：一切不能想当然》，曹逸冰译，南海出版公司，2017，第 46 页。
3. 尼尔・布朗、斯图尔特・基利：《学会提问（原书第 10 版）》，吴礼敬译，机械工业出版社，2013，第 90 页。
4. 斋藤孝：《如何有效提问》，傅稜君译，文化发展出版社，2017，第 121—122 页。
5. 斋藤孝：《如何有效提问》，傅稜君译，文化发展出版社，2017，第 123—124 页。
6. 张征：《新闻采访教程》，中国人民大学出版社，2008，第 297—298 页。
7. 乔治・斯托克：《问题之书》，林晓琴译，江苏凤凰文艺出版社，2017。
8. 奥里亚娜・法拉奇：《风云人物采访记》，阿珊译，新华出版社，1983，第 15 页。
9. 弗兰克・赛斯诺：《提问的力量》，江宜芬译，中国友谊出版公司，2017，第 91 页。
10. 弗兰克・赛斯诺：《提问的力量》，江宜芬译，中国友谊出版公司，2017，第 96 页。
11. 芭芭拉・沃尔特斯：《试镜人生：芭芭拉》，苏西译，重庆出版社，2010，第 162 页。
12. 罗朝平：《提问的秘密》，电子工业出版社，2018，第 139—140 页。

**PART VI 转场式提问**

1. 沃尔特・克朗凯特：《记者生涯——目击世界 60 年》，胡凝、刘昕译，江苏人民出版社，1998，第 419 页。
2. 雷蔚真、朱羽君：《电视采访学（第三版）》，中国人民大学出版社，2018，第 186—188 页。
3. 斋藤孝：《如何有效提问》，傅稜君译，文化发展出版社，2017，第 97—99 页。
4. 多米尼克・盖廷斯：《牛文案是怎样炼成的》，陈志娟译，中国传媒大学出版社，2010，第 119 页。
5. 威廉・E. 布隆代尔：《〈华尔街日报〉是如何讲故事的》，徐扬译，华夏出版社，2006，第 195 页。
6. Christopher Johnson：《短！微讯息时代写作的艺术》，赵燕飞译，人民邮电出版社，2012，第 3 页。
7. 史蒂芬・平克：《风格感觉：21 世纪写作指南》，王烁、王佩译，机械工业出版社，2018，第 16 页。
8. 马克・克雷默、温迪・考尔：《哈佛非虚构写作课：怎样讲好一个故事》，王宇光等译，中国文史出版社，2015，第 13 页。
9. 拉里・金、卡尔・福斯曼：《非凡旅程——拉里・金自传》，朱丽丽、吴海峰、王景婷译，中信出版社，2010，第 244 页。
10. 马克・克雷默、温迪・考尔：《哈佛非虚构写作课：怎样讲好一个故事》，王宇光等译，中国文史出版社，2015，第 106 页。
11. 威廉・E. 布隆代尔：《〈华尔街日报〉是如何讲故事的》，徐扬译，华夏出版社，2006，第 35 页。
12. 马克·克雷默、温迪·考尔：《哈佛非虚构写作课：怎样讲好一个故事》，王宇光等译，中国文史出版社，2015，第 153 页。
13. 罗伯特·麦基:《故事: 材质、结构、风格和银幕剧作的原理》, 周铁东译, 中国电影出版社, 2001，第 441 页。
14. 威廉·E. 布隆代尔：《〈华尔街日报〉是如何讲故事的》，徐扬译，华夏出版社，2006，第 248 页。
15. 马克·克雷默、温迪·考尔：《哈佛非虚构写作课：怎样讲好一个故事》，王宇光等译，中国文史出版社，2015，第 204 页。
16. 威廉·津瑟:《写作法宝: 非虚构写作指南》, 朱源译, 中国人民大学出版社, 2013, 第 51 页。
17. 马克·克雷默、温迪·考尔：《哈佛非虚构写作课：怎样讲好一个故事》，王宇光等译，中国文史出版社，2015，第 160 页。
18. 马克·克雷默、温迪·考尔：《哈佛非虚构写作课：怎样讲好一个故事》，王宇光等译，中国文史出版社，2015，第VI页。

**PART VII 阐述式提问**

1. 赵周、李真、丘恩华：《提问力》，电子工业出版社，2018，第III页。
2. 王栋：《对话美国顶尖杂志总编》，作家出版社，2008，第 34 页。
3. 迈克·华莱士、贝丝·诺伯尔：《光与热：新一代媒体人不可不知的新闻法则》，华超超、许坤译，中国人民大学出版社，2017，第 30 页。
4. 尼尔·布朗、斯图尔特·基利:《学会提问（原书第 10 版）》, 吴礼敬译, 机械工业出版社, 2013，第 149 页。
5. 陈力丹：《传播学是什么》，北京大学出版社，2007，第 107 页。
6. 高飞：《提问的逻辑：如何让别人特别想跟你聊下去》，湖北科学技术出版社，2018，第 148 页。
7. 高飞：《提问的逻辑：如何让别人特别想跟你聊下去》，湖北科学技术出版社，2018，第 157—158 页。
8. 斋藤孝：《如何有效提问》，傅稜君译，文化发展出版社，2017，第 59 页。
9. 安德鲁·索贝尔、杰罗德·帕纳斯：《提问的艺术：为什么你该这样问》，陈艳译，中国人民大学出版社，2014，第 26 页。
10. 安德鲁·索贝尔、杰罗德·帕纳斯：《提问的艺术：为什么你该这样问》，陈艳译，中国人民大学出版社，2014，第 27 页。
11. 张征：《新闻采访教程》，中国人民大学出版社，2008，第 298—299 页。
12. 斋藤孝：《如何有效提问》，傅稜君译，文化发展出版社，2017，第 27 页。
13. 肯·梅茨勒：《创造性的采访（第三版）》，李丽颖译，中国人民大学出版社，2010，第

144 页。

**PART VIII 质疑式提问**

1. 赵淑萍：《当代电视新闻采访教程》，复旦大学出版社，2010，第 277—279 页。
2. 柏拉图：《柏拉图对话录》，水建馥译，商务印书馆，2013，第 85—88 页。
3. 李龙旭：《深度对话：英美高端人物访谈录》，中国宇航出版社，2011，第 70—71 页。
4. 安德鲁・D. 沃尔文、卡罗琳・格温・科克利、吴红雨：《倾听的艺术（第 5 版）》，复旦大学出版社，2010，第 207 页。
5. 赵淑萍：《当代电视新闻采访教程》，复旦大学出版社，2010，第 277—279 页。
6. 赫伯特・J. 鲁宾、艾琳・S. 鲁宾：《质性访谈方法：聆听与提问的艺术》，卢晖临、连佳佳、李丁译，重庆大学出版社，2010，第 121 页。
7. 弗兰克・赛斯诺：《提问的力量》，江宜芬译，中国友谊出版公司，2017，第 85 页。
8. 雷蔚真、朱羽君：《电视采访学（第三版）》，中国人民大学出版社，2018，第 181—182 页。
9. 郭美云、周君：《试析约翰・范本特姆对逻辑"新心理主义"的辩护》，《哲学研究》2013 年第 8 期。
10. 罗朝平：《提问的秘密》，电子工业出版社，2018，第 148 页。
11. 张征：《新闻采访教程》，中国人民大学出版社，2008，第 322 页。
12. 曾祥敏：《电视采访：融合报道中的人、故事与视角（第 3 版）》，中国传媒大学出版社，2018，第 225 页。
13. 迈克・华莱士、贝丝・诺伯尔：《光与热：新一代媒体人不可不知的新闻法则》，华超超、许坤译，中国人民大学出版社，2017，第 77—78 页。
14. 高飞：《提问的逻辑：如何让别人特别想跟你聊下去》，湖北科学技术出版社，2018，第 105 页。
15. 肯・梅茨勒：《创造性的采访（第三版）》，李丽颖译，中国人民大学出版社，2010，第 146—147 页。
16. 肯・梅茨勒：《创造性的采访（第三版）》，李丽颖译，中国人民大学出版社，2010，第 147 页。
17. 迈克・华莱士、贝丝・诺伯尔：《光与热：新一代媒体人不可不知的新闻法则》，华超超、许坤译，中国人民大学出版社，2017，第 16—17 页。
18. 迈克・华莱士、贝丝・诺伯尔：《光与热：新一代媒体人不可不知的新闻法则》，华超超、许坤译，中国人民大学出版社，2017，第 17—18 页。

**PART IX 婉语式提问**

1. 张征：《新闻采访教程》，中国人民大学出版社，2008，第 235 页。
2. 弗兰克・赛斯诺：《提问的力量》，江宜芬译，中国友谊出版公司，2017，第 61 页。

3. 弗兰克·赛斯诺：《提问的力量》，江宜芬译，中国友谊出版公司，2017，第 66 页。
4. 弗兰克·赛斯诺：《提问的力量》，江宜芬译，中国友谊出版公司，2017，第 66 页。
5. 罗朝平：《提问的秘密》，电子工业出版社，2018，第 171 页。
6. 罗朝平：《提问的秘密》，电子工业出版社，2018，第 175 页。
7. 拉里·金、比尔·吉尔伯特：《拉里·金沟通现场》，方海萍、魏青江译，中国人民大学出版社，2006，第 174 页。
8. 赫伯特·J. 鲁宾、艾琳·S. 鲁宾：《质性访谈方法：聆听与提问的艺术》，卢晖临、连佳佳、李丁译，重庆大学出版社，2010，第 168 页。
9. 肯·梅茨勒:《创造性的采访（第三版）》，李丽颖译，中国人民大学出版社，2010，第 18 页。
10. 张征：《新闻采访教程》，中国人民大学出版社，2008，第 263—264 页。
11. 赫伯特·J. 鲁宾、艾琳·S. 鲁宾：《质性访谈方法：聆听与提问的艺术》，卢晖临、连佳佳、李丁译，重庆大学出版社，2010，第 106 页。

**PART X 提问中的留白**

1. 安德鲁·D. 沃尔文、卡罗琳·格温·科克利、吴红雨：《倾听的艺术（第 5 版）》，复旦大学出版社，2010，第 229 页。
2. 安德鲁·D. 沃尔文、卡罗琳·格温·科克利、吴红雨：《倾听的艺术（第 5 版）》，复旦大学出版社，2010，第 11 页。
3. 高贵武：《主持传播学概论》，中国传媒大学出版社，2007，第 177—178 页。
4. Barry A. Farber，Debora C. Brink，PatriciaM. Raskin：《罗杰斯心理治疗》，郑钢等译，中国轻工业出版社，2006，第 207 页。
5. 安德鲁·D. 沃尔文、卡罗琳·格温·科克利、吴红雨：《倾听的艺术（第 5 版）》，复旦大学出版社，2010，第 86 页。
6. 马歇尔·卢森堡：《非暴力沟通》，阮胤华译，华夏出版社，2009，第 86 页。
7. 肯·梅茨勒:《创造性的采访（第三版）》，李丽颖译，中国人民大学出版社，2010，第 30 页。
8. 雷蔚真、朱羽君:《电视采访学（第三版）》，中国人民大学出版社，2018，第 191—192 页。
9. 安德鲁·D. 沃尔文、卡罗琳·格温·科克利、吴红雨：《倾听的艺术（第 5 版）》，复旦大学出版社，2010，第 43 页。
10. 安德鲁·D. 沃尔文、卡罗琳·格温·科克利、吴红雨：《倾听的艺术（第 5 版）》，复旦大学出版社，2010，第 147 页。
11. 高飞：《提问的逻辑：如何让别人特别想跟你聊下去》，湖北科学技术出版社，2018，第 142—143 页。
12. 安德鲁·D. 沃尔文、卡罗琳·格温·科克利、吴红雨：《倾听的艺术（第 5 版）》，复旦大学出版社，2010，第 23 页。
13. 查尔斯·J. 斯图尔特、威廉·B. 凯什、龙耘：《访谈的艺术》，复旦大学出版社，2007，第 37 页。

14. 道格拉斯·布林克利：《讲述真相：沃尔特·克朗凯特》，徐海幈译，北京时代华文书局，2016，第 349 页。

15. 沃尔特·克朗凯特：《记者生涯——目击世界 60 年》，胡凝、刘昕译，江苏人民出版社，1998，第 312 页。

16. 安德鲁·D. 沃尔文、卡罗琳·格温·科克利、吴红雨：《倾听的艺术（第 5 版）》，复旦大学出版社，2010，第 233 页。

**PART XI 结语式提问**

1. 弗兰克·赛斯诺：《提问的力量》，江宜芬译，中国友谊出版公司，2017，第 185 页。

2. 安德鲁·索贝尔、杰罗德·帕纳斯：《提问的艺术：为什么你该这样问》，陈艳译，中国人民大学出版社，2014，第 117 页。

3. 查尔斯·J. 斯图尔特、威廉·B. 凯什、龙耘：《访谈的艺术》，复旦大学出版社，2007，第 106 页。

4. 查尔斯·J. 斯图尔特、威廉·B. 凯什、龙耘：《访谈的艺术》，复旦大学出版社，2007，第 104—105 页。

5. 赫伯特·J. 鲁宾、艾琳·S. 鲁宾：《质性访谈方法：聆听与提问的艺术》，卢晖临、连佳佳、李丁译，重庆大学出版社，2010，第 107 页。

**提问**

特约监制 | 李志新　　装帧设计 | 马　娴
特约策划 | 王楚婷　　技术编辑 | 丁占旭
产品经理 | 曹俊然　　执行印制 | 刘　淼
　　　　　冯　晨　　策 划 人 | 路金波

**图书在版编目（CIP）数据**

提问 / 杨澜著. -- 杭州 : 浙江文艺出版社,
2020.3
ISBN 978-7-5339-6027-8

Ⅰ. ①提… Ⅱ. ①杨… Ⅲ. ①随笔 – 作品集 – 中国 –
当代 Ⅳ. ①I267.1

中国版本图书馆CIP数据核字(2020)第023861号

**提问**
杨澜 著

责任编辑 金荣良
特约监制 李志新
特约策划 王楚婷
装帧设计 马 娴

出版发行 浙江文艺出版社
地 址 杭州市体育场路347号 邮编 310006
网 址 www.zjwycbs.cn
经 销 浙江省新华书店集团有限公司
果麦文化传媒股份有限公司
印 刷 北京盛通印刷股份有限公司
开 本 710毫米 × 1000毫米 1/16
字 数 202千字
印 张 22
印 数 1—80, 000
插 页 4
版 次 2020年3月第1版
印 次 2020年3月第1次印刷
书 号 ISBN 978-7-5339-6027-8
定 价 68.00元